KB079587

곽재식의 고전 유람

곽재식의

고전 유람

이상한 고전
더 이상한 과학의
혹하는 만남

북트리거

과학과 고전의 이상야릇한 만남

지난 몇십 년 동안 고등학교 교과 구분에서 역사는 소위 문과로 분류되는 과목의 대표로 꼽혀 왔다. 그러다 보니 잘못 생각하면 역사와 과학은 멀리 떨어져 있는 분야라고 착각하기 쉽다. 그러나 대학 입시를 삶에서 너무 큰 비중으로 받아들이는 분위기 속에서 생긴 오해일 뿐이다. 사실 아주 예전부터 사람들은 역사 연구에 과학기술을 매우 적극적으로 활용했다. 새로 발견된 신라 유물이 얼마나 오래 묵은 물건인지를 측정하기 위해 방사성 동위원소 분석이라는 물리와 화학 분야의 기술을 활용하기도 하고, 백제 사람들이 어떤 불빛으로 밤을 밝혔는지 알아내려고 백제 시대 등잔에 남아 있는 기름 성분을 분석하며 생화학 분야의 지식을 사용하기도 했다.

특히나 한국사에서는 조선이 왜 망했고, 어째서 이웃 나라에 비해 근대화가 뒤처졌는가 하는 문제에 관한 연구가 굉장히 많이 이루어졌다. 이 분야의 연구는 지금도 치열한 논쟁이 자주 벌어지는 주제다. 근대화를 설명하기 위해서는 과학에 대한 이해가 어떻게 변화했고, 신기술의 도입이 어떻게 이루어졌는지를 같이 따져 볼 수밖에 없다. 곧 한국사에서는 과학기술의 발전과 도입이 그 자체로 대단히 많은 관심을 받는 주제였다. 그러니 역사와 과학을 한데 묶어 이해하는 것은 이상할 것도, 놀라울 것도 없는 일이다. 딱히 융합이니 학제 간 연구니 하는 거창한 이름을 붙이는 것조차 새삼스럽다고 생각한다. 따분하게 구분해 놓은 대학 입시 과목의 틀만 넘어서면, 과학과 역사를 함께 이해하는 일은 언제나 중요했다. 앞으로 새로운 연구를 하기 위해서도 중요한 일이다.

이 책은 한국의 옛 문학작품과 옛 기록에 갖가지 과학 이야기를 섞어서 재미있는 이야깃거리를 만들고자 시도해 본 결과다. 고전문학이라고 하는 옛글들은 지금과는 사회의 모습도, 세상을 이해하는 방법도 달랐던 다른 시대 사람들이 쓴 것이다. 그렇기 때문에 『춘향전』에서 이몽룡이 암행어사의 증표로 마패를 꺼내 드는 장면을 이해하기 위해서는 줄거리만 들여다보아서는 안 된다. 일단 그 시절에는 말 문양을 새겨 놓은 이 쇳덩어리가 때에 따라 특별한 임무를 맡은 높은 관리를 상징하는 물건으로 쓰였다는 사회상을 알아야 한다. 그리고 그 시대 사회상에 대해서 더 깊이 알기 위해서는 과학기술에 대한 지식도 같이 필요하다. 왜 하필 마패가 중요한 증표였는지를 이해하려면 조선 시대에는 자동차나 기차 같은 교통수단이 없었다는 사실을 알고 있어야 하고, 그렇기 때문에 지방을 오가는 관리는 역참에서 말을 빌릴 수 있는 표식, 곧 마패를 갖고 다녔다는 이해가 필요하다. 아울러 조선은 산지가 많고 도로가 발달하지 않아 다른 방법보다도 말을 이용하는 것이 요긴했다는 점을 같이 안다면, 마패를 꺼내 드는 장면에서 더 강하고 깊은 감정을 느낄 수 있을 것이다.

언뜻 설명하기 어려운 신비로운 사연을 다룬 전설이나 신화 같은 이야기도 과학을 더하면 훨씬 재미있어진다. 간혹 신비한 이야기를 신비한 채로 남겨 두지 않고 너무 세밀하게 따지고 분석하는 것은 옳지 않다고 주장하는 사람들도 있기는 하다. 그 말도 어떤 면에서는 일리가 있다고 생각한다. 밤하늘 북두칠성만 해도 그렇다. 하늘에서 가장 고귀한 별인 '칠성님'이라고 부르던 것을, '지구에서 120광년 떨어져 있으며 태양보다 네다섯 배쯤 큰 크기로 핵융합반응을 일으키고 있는 수소 덩어리'라고 하면 확실히 느낌이 달라진다. 굳이 거기에다 대고 손을 모으고 소원을 빌고 싶은 마음이 샘솟지 않는다. 무언가 상상을 뛰어넘은 초능력이나 알 수 없는 힘을 발휘하는 마법이 숨어 있을 것 같은 기분이 줄어드는 것도 사실이다.

그런데 관련된 과학 이야기를 붙여 보면 내용이 더 풍부해지고 알 수 있는 사실도 훨씬 많아진다. 예를 들어 지구가 도는 모습은 마치 팽이가 비틀거리며 도는 것처럼 시간이 흐르면서 조금씩 변하기 때문에 북쪽 하늘의 중심이 긴 세월이 지나면 조금씩 달라진다. 현재는 북극성이 북쪽의 중앙을 가리키지만, 지금으로부터 3,000년 전쯤에는 지금의 용자리 근처에 해당하는 별이 북쪽의 중앙을 표시하는 역할을 했다. 그러므로 고조선 시대 사람들은 현재의 북극성을 보고 '북극성'이라 부르지 않았을 것이다. 21세기의 북극성 자리가 그 시대에는 북쪽 하늘의 중심이 아니었기 때문이다.

북극성 주변을 떠나지 않는 것 같은 북두칠성도 알게 모르게 예전과 달라졌다. 지금은 북두칠성의 국자 손잡이 부분이 밤하늘의 북쪽 중앙에 가깝다. 그러나 고조선 사람들이 밤하늘을 봤을 때는 북두칠성 국자에서 국 퍼 담는 옴폭한 부분이 북쪽 하늘의 중심에 가까웠을 것이다. 이런 사실을 알고 있으면 긴 역사에 걸쳐 북극성이라는 말의 의미가 어떻게 바뀌었으며, 북두칠성을 사람들이 어떻게 생각했을지 좀 더 세심하게 상상해 볼 수 있다. 북쪽 하늘 중앙에 하늘의 중심이 있다고 본다면 어떤 시대 사람들에게는 그곳과 국자 손잡이가 가까워 보이고, 다른 시대 사람들에게는 그곳이 국자 퍼 담는 부분과 가까워 보인다. 그럴듯하게 이야기를 꾸며 보자면, 고구려 사람들은 하늘의 신령이 북두칠성 국자의 손잡이를 잡고 있다고 상상했겠지만, 그보다 시대가 훨씬 앞선 고조선 사람들은 하늘의 신령이 북두칠성으로 국을 퍼담아 그것을 입에 대고 마시고 있다고 상상했을지도 모른다.

◇ ◇ ◇

특히 내용이 짤막하고 전후를 알 수 없는 기록일수록 과학의 눈으로 추측하고 상상해 보면 이야기가 풍부해진다. 한국 고전에 실린 신비한 이야기들은 그 내용이 지나치게 간단한 경우가 많다. 고구려 건국신화만 해도 대뜸 해모수가 하늘을 다스리는 임금의 아들이고, 유화는 물을 다스리는 신령의 딸이라고 나와 있을 뿐 그 이상의 설명은 없다. 북유럽 신화나 켈트 신화에는 하늘, 땅, 강, 바다의 신령들이 어떻게 세상에 등장했고 무슨 일을 겪었는지, 어떤 형제자매가 있고 누구와 원수지간인지, 무슨 재주를 지녔고 성격은 어떠한지 등등의 이야기가 자세히 나와 있다. 그에 비하면 고구려 신화는 구체적인 면이 조금 부족하다. 기록 한 자 한 자를 샅샅이 들여다본다고 한들, 신화 속에서 더 많은 의미를 알아내는 데에는 한계가 있다.

그런데 고구려의 도읍에서 멀지 않던 압록강을 관찰해 보면, 이야기를 풀어 나갈 실마리가 보인다. 이 지역은 조류가 강해서 밀물과 썰물을 이용해 그에 따라 배가 움직이는 방향을 조절할 수 있는 곳이 있다. 이런 과학적 사실을 결합하면 짤막한 신화에 더 많은 추측을 덧붙일 수 있다.

고대에 압록강 근처의 조류를 특히 잘 활용해서 배를 타고 다니며 상업을 발달시켰던 사람들이 있었다고 생각해 보자. 고구려인의 조상인 그들은 강물에 신령이 깃들어 있다는 믿음을 갖게 됐을 것이고, 조류와 관련 있는 해와 달에 대한 주술적인 생각도 떠올렸을 것이다. 왜냐하면 해와 달의 배치에 따라 지구가 태양과 달의 인력을 받는 방향이 달라지고, 그에 따라 밀물과 썰물도 달라지기 때문이다. 즉 해와 달은 조류와 관계가 깊은데, 조류를 잘 알아야만 배가 움직이는 방향을 잘 잡을 수 있다.

또 해모수와 유화의 출신과 이야기 속의 역할을 통해 고대인들이 강과 하늘을 어떻게 생각했는지 짐작해 볼 수도 있다. 고대인들은 강물의 신을 좀 더 어머니에 가깝다고 생각했고, 해와 달 같은 하늘에 관한 신을 아버지와 관련 짓지 않았을까? 여기서 조금만 더 나아가면 고구려 사람들은 물의 신을 상업, 교역, 돈과 연결 짓고, 하늘의 신을 밀물과 썰물의 때, 시간, 세월과 연결 지었을 거라는 상상도 해 볼 수 있다. 그리고 여기서 한발 더 나아가면, 해모수와 유화의 결합이라는 신화에 무사히 항해하려면 밀물과 썰물을 잘 알아야 한다는 생각이 깔려 있다는 이야기도 만들어 볼 수 있다.

나는 이런 식으로 작은 이야기를 과학을 활용하여 더 풍성하게 따져 보면서, 더 재미난 이야기로 상상해 보는 일을 좋아한다. 그 자체로는 분명한 역사적 사실이라 할 수도 없고 명확한 과학이라 할 수도 없는 내용이지만, 역사와 과학이 동시에 나타나기 마련인 옛 문학에서 상상력을 통해 이야기가 연결되는 모습은 아름답다. 특히 소설을 쓰면서 이야기 속에서 흥미로운 사연을 찾아내고, 그 사연을 더 재미있게 꾸미는 일을 해 오다 보니, 이렇게 짧은 옛이야기의 소재를 다양하게 살펴보는 시도가 즐거웠다. 이렇게 보면 과학은 문학을 더 깊이 이해할 수 있는 틀이고, 한 사람의 생각을 넘어서서 더 넓게 세상을 보게 해 주는 도구다. 이런 일에는 다양한 주변 정황을 따져 가며 사실을 추측하고 새로운 가능성을 떠올려 보는 추리소설 속 탐정 같은 재미도 있다.

나는 월간《고교독서평설》에 2021년 한 해 동안 '이상한 고전, 신통한 과학'이라는 이름으로 매달 이런 이야기들을 써서 연재했다. 이 책을 완성하기 위해 그 열두 편의 글을 모아 다시 정리하고, 추가로 몇 편의 글을 더했다. 학생들을 대상으로 쓴 글인 만큼 단순히 즐길 수 있는 이야기들을 나열하는 것에 더해, 한국사에서 의미가 있을 만한 사건들을 위주로 뽑아 소재로 삼고, 동시에 평소 익혀 두면 좋은 과학 지식 또한 충분히 소개하고자 노력했다. 제시하는 고전의 내용이나 과학 지식은 잘 밝혀진 사실 위주로 소개하여, 과학과 고전문학 모두를 좀 더 재미있게 접할 수 있는 기회가 될 수 있도록 했다. 단, 그 둘을 연결해 추측한 뒷이야기나 사건의 진상에 관해 짐작한 이야기는 어디까지나 재미있는 글을 엮기 위해 내가 상상한 내용일 뿐이다. 이 점에 혼동이 없도록 내 주장을 담은 내용은 최대한 명확히 밝혀 쓰고자 했다.

또한 이 책을 통해 한국의 옛이야기 중에도 이렇게 신기하고 이상한 일이 있다는 사실을 보여 주고자 노력했다. 요즘 세상의 이상한 일, 괴이한 일, 알 수 없는 사건을 소개하는 책이나 동영상이 꽤 인기가 있는 편인데, 아직까지는 주로 해외의 자료를 소개하는 내용이 주류인 것 같다. 이 책이 우리 고전 속에서 오히려 더 새롭고 참신한 이야기를 찾아내 보는 사례가 된다면, 그 역시 새로운 이야깃거리를 찾고 퍼뜨리는 소설가로서 기쁜 일이 되리라고 생각한다.

— 2022년, 양재역에서
곽재식

1부 ◎ 괴이한 생명체

미지의 대상은 괴물이 되고

이야기 하나 - 『천예록』과 공룡

집채만 한 이무기가 남긴

거대한 뼈

표류한 섬의 거대 뱀에게서 두 섬의 구슬을 줍다

예전에 바닷길을 통해 중국에 사신으로 가던 행렬이 있었다. 사신 일행을 실은 배가 바다 한가운데 이르러 어떤 섬에 닿게 되었다. 그런데 섬에서부터 바람이 불기 시작하더니 배 주위를 돌며 파도를 일으켜 집어삼킬 듯하였다. 이 때문에 배는 앞으로 나아가기는커녕 금방이라도 뒤집힐 판이었다. (…) 사공이 다시 말하였다. "그렇다면 필시 잡으려는 사람이 있어서 이럴 겁니다." 사신은 대동하던 역관과 부관을 한 사람씩 섬 안에 내려놓고 시험해 보기로 하였다. 수십 명이 차례로 내려가 보았으나 전혀 변화가 없어 모두 배로 돌아왔다. 마지막으로 한 역관이 남았는데, 그가 섬에 내리자마자 바람의 세기가 갑자기 잦아들며 물결도 잠잠해졌다. (…) 홀로 남겨진 역관은 작두로 나뭇가지를 잘라 해안에다 집 한 채를 얽고 대나무를 베어다가 지붕을 이어 잠자리를 마련하였다. 밤이 되어 누워 있는데, 바다에서 '쉬익, 쉬익' 하는 소리가 섬 쪽으로 들려왔다. 몸을 숨긴 채 밖을 엿보니 거대한 이무기 하나가 나타났다. 어찌나 큰지 몸뚱이는 집채만 하고 길이는 수십 길이나 되었다. 섬의 제일 높은 곳으로 올라가더니 한참 뒤에 다시 내려와 바닷속으로 들어가는데 '쉬익, 쉬익' 하는 소리가 귀청을 울렸다.

— 임방, 『천예록』

외딴섬에서 마주친 기이한 괴물

18세기에 나온 이야기책 『천예록(天倪錄)』에는 여러 가지 기이한 사연이 실려 있다. 이 책은 조선 후기의 인물인 임방(1640~1724)이 민간에 떠도는 이야기를 엮어서 펴낸 야담집인데, 주로 귀신이나 신선에 얽힌 이상한 이야기가 많은 편이다. 그런데 그 가운데 어느 역관, 즉 외국어 통역관이 바다에서 겪은 모험담 한 편은 귀신이나 신선 이야기 어느 쪽에도 속하지 않는 것으로 특이한 괴물을 다룬다. 책장을 넘기는 와중에도 얼른 눈에 들어올 만큼 인상적이다.

내용을 살펴보면 더욱 눈길을 끈다. 이야기 흐름이 독특하기 때문은 아니다. 오히려 반대로 줄거리의 뼈대는 친숙하다. 그리고 그 친숙함이 이런 부류의 이야기를 찾는 사람들의 시선을 더욱 잡아끈다.

이야기는 서해를 건너 중국으로 항해하던 옛 한국인들이 바다에서 난관을 겪는다는 첫머리로 시작한다. 바람이 이상해져서 배가 제 방향으로 움직이지 않고 파도가 거세게 일자 뱃사람들은 당황한다. 사람들은 하는 수 없이 주술에 기댄다. 무언가, 또는 누군가가 바다의 신령을 노하게 한 건 아닌지 점쳐 본다. 마침내 주인공인 역관이 문제라는 결론에 이른다. 따지고 보면 무고한 희생양을 하나 정하는 작업이니, 벌칙 제비뽑기라고 볼 수도 있겠다.

이렇게 해서 주인공은 낯선 바다 한가운데의 외딴섬에 버려진다. 그는 섬에서 모험을 겪는다. 이상한 괴물을 만나고, 덫을 놓아 무찌른다. 마침내 주인공은 살아서 돌아올 뿐만 아니라 큰 부자가 되는 대단한 성공을 거둔다. 『천예록』의 역관 이야기는 그렇게 끝맺는다.

괴물 뱀 모험담의 옛날 버전

이 같은 이야기 구조는 『천예록』의 역관 이야기뿐만 아니라 신라 후기를 배경으로 하는 『삼국유사』(1281)의 거타지 설화에서도 그대로 찾아볼 수 있다. 활을 잘 쏘는 주인공 거타지는 서해의 섬에서 노인의 모습을 한 용을 만나고, 그의 부탁으로 여우

괴물과 맞서 싸운다. 승리를 거둔 거타지는 용의 딸을 아내로 맞이하게 된다. 섬에서 맞서는 괴물이 무엇인지, 결말에서 어떤 성공을 거두었는지는 조금 다르지만 나머지 내용은 사실상 동일하다.

이런 줄거리는 거타지 이야기에서만 찾아볼 수 있는 것은 아니다. 『고려사』(1451)에는 태조 왕건의 할아버지에 얽힌, 거타지 설화와 아주 비슷한 이야기가 등장한다. 이야기 주인공은 작제건이다. 줄거리는 서해를 항해하던 사람들이 갑자기 난관을 만나고, 점을 친 결과 주인공이 섬에 버려지고, 섬에서 괴물과 맞서 싸운다는 내용이다. 거타지 이야기와 거의 같다. 괴물을 물리친 주인공이 용왕을 만나 진귀한 물건을 얻는다는 점 정도에서 약간 차이가 날 뿐이다. 그러니 대략 살펴보아도 신라의 거타지 설화가 고려 태조의 선조에 대한 전설로 활용되고, 같은 줄거리가 조선 후기의 『천예록』에서 어느 역관이 겪었던 이야기로 또 한 번 쓰였다는 점을 쉽게 짐작할 수 있다.

『천예록』의 역관 이야기뿐만이 아니다. 조선 시대에 나온 책을 읽다 보면 외딴섬에 남겨져 괴물을 퇴치하는 줄거리를 뼈대로 한 모험 이야기를 몇 편 더 발견할 수 있다. 그런데 이렇게 비슷한 이야기의 세부 내용을 하나하나 비교하며 분류해 보면, 신기하게도 조선 후기 이야기에서는 이전과는 다른 줄거리가 눈에 띈다. 그중 하나만 꼽자면 커다란 뱀과 비슷한 괴물이 등장하고, 그 괴물 덕분에 아름답고 값비싼 구슬을 얻는다는 내용이다.

『천예록』에 실린 역관 이야기에서도 이런 요소를 발견하는 것은 어렵지 않다. 몸뚱이가 굉장히 거대한, 뱀 닮은 괴물(이무기)이 나타나고 주인공이 함정을 만들어 그 괴물을 처치하는 내용이 모험의 핵심이다. 그리고 거대한 이무기 사체에서 역관은 진귀한 구슬을 얻는다. 조금 더 시대를 앞서는 기록에서도 비슷한 소재가 나타난다.

　예를 들어 조선 중기를 풍미한 작가 허균(1569~1618)은 여러 이야깃거리를 모아 기록한 『성옹지소록(惺翁識小錄)』(1611)에서 이화종이라는 인물에 대한 소문을 소개했다. 여기 등장하는 이화종의 직업 역시 『천예록』의 이무기 이야기와 마찬가지로 역관이다. 다만 이화종은 바다를 떠도는 모험을 하다가 거대한 이무기를 물리친 것이 아니라, 중국 남경(南京)을 들러 북경(北京)으로 오는 길에 지친 말을 쉬게 하려다가 우연히 물가에서 커다란 짐승의 뼈를 발견하게 된다. 이 짐승의 뼛속에 복숭아씨만큼 커다란 구슬 여섯 개가 들어 있었고, 그 구슬은 대단히 값진 것으로 드러난다.

　이렇게 놓고 보면 실존 인물인 이화종이 우연히 짐승 뼈에서 귀한 물건을 발견해서 횡재한 이야기가 소문으로 돌며 점차 부풀려지다가, 예로부터 전해 오던 거타지나 작제건의 모험 설화와 결합하면서 『천예록』의 역관 이야기가 탄생한 것처럼 보이기도 한다. 그저 물가에서 커다란 짐승 뼈를 발견한 이야기가 점차 과장되다 보니 외딴섬에서 거대한 뱀 괴물을 붙잡았다는 내용으로 변했고, 누군가의 상상력이 더해지면서 중국 가던 길에 괴물과 싸웠다는 극적인 사연으로까지 나아가다 보니 '항해하다 난관을 만났는데 점을 친 결과 주인공이 그 섬에 버려졌다'는 내용이 덧붙은 것은 아닐까?

만약 이런 추측이 옳다면, 이들 이야기 속에서 진실과 가장 가까워 보이는 내용은 알 수 없는 커다란 짐승의 잔해를 발견한다는 대목이다. 과장되고 부풀려졌을 만한 내용을 걷어 냈을 때 공통적으로 남는 줄거리이기 때문이다. 『성옹지소록』에서는 물가에서 이미 죽은 지 오래된 짐승의 뼈가 드러나고, 『천예록』에서는 괴물 이무기를 붙잡아 죽인 뒤 그 잔해 속에서 구슬이 나타난다.

특히 『성옹지소록』에서는 이 괴물을 '이(螭)'라고 일컫는데, 이는 중국 고전에서 뿔 없는 형태의 용과 비슷하게 생긴 괴물을 가리키는 말이다. 그렇다면 조선 시대에 용과 비슷하지만 용은 아닌 어떤 짐승의 잔해가 있었는데, 그것이 귀한 보물이 될 수도 있다는 소문이 제법 떠돌았던 게 아닌가 싶다. 그런 소문 속에서라면 머나먼 바다의 이상한 섬에서 괴물과 싸우는 이야기도 쉽게 생명력을 얻어 퍼져 나갈 수 있었을 터이다.

그 괴물의 정체에 대해서 한 가지 짐작해 볼 만한 것이 있다. 다름 아닌, 먼 옛날 거대한 공룡의 화석이다.

옛날 사람들이 커다란 공룡의 화석을 보고 용의 뼈라고 생각했다는 이야기는 지금도 비교적 흔하게 퍼져 있다. 용의 뼈는 귀한 것이니 중요한 약재로 여겼다는 이야기도 여기저기서 들려온다. 우리나라 옛이야기 가운데 명확하게 그와 같은 기록이 남아 있는 사례를 찾기란 쉽지 않지만, 『천예록』에 나오는 거대한 이무기 이야기를 보면 공룡이나 중생대의 거대한 파충류와 닮았다는 생각이 자연스레 떠오른다.

실제로도 한반도에서 공룡의 흔적은 종종 발견된다. 가장 널리 알려진 사례로는 남해안 지역에 남겨진 공룡 발자국 화석을 꼽을 수 있다. 경남 고성, 경남 진주, 전남 여수, 전남 해남 등지에서는 중생대 백악기 무렵 활동했던 공룡의 발자국 흔적이 여럿 조사된 바 있다. 중생대 백악기는 약 1억 4,500만 년 전에서 약 6,600만 년 전까지의 기간이다. 언뜻 보면 물웅덩이 같은 흔적들이 정확히 공룡 발자국으로 확인된 것은 1970년대에 이르러서지만, 1억 년 전에 돌아다닌 공룡들이 남긴 발자국을 지금도 쉽게 관찰할 수 있는 만큼 그 흔적은 조선 시대는 물론 그 이전에도 사람들 눈에 띄었을 것이다. 특히 한반도 남부의 공룡 발자국은 그 양도 많고 모습도 다채로운 편이다. 발자국이 무더기로 밀집해 있는 데다 굉장히 선명하게 찍혀 있어서 경남 고성 같은 곳에서는 공룡을 관광자원으로 개발하여 홍보하고 있기도 하다.

거대한 괴물 뼈로 오해될 만한 공룡의 흔적이 나온 사례도 있다. 1998년 12월 경남 하동에서 부경대 백인성 교수 팀이 발견한 뼈 화석은 목과 꼬리가 기다란, 거대한 몸집의 공룡이 남

긴 흔적이다. 이 공룡은 부경대에서 발굴하고 새천년이 시작
되는 해에 발표했다는 의미를 담아 '천년부경룡[*Pukyongosaurus
millenniumi*]'이라 부른다. 당시 발견된 천년부경룡의 뼈 화석은
여덟 점인데, 이를 토대로 길이를 추정해 보면 전체 길이는 15m
에 달한다고 한다. 그저 나 혼자 해 보는 상상에 불과하지만, 만
약 조선 시대에 이 정도로 굵고 긴 공룡의 목뼈나 꼬리뼈가 어

딘가에서 잔뜩 발견되었다면 거대한 용의 몸통뼈라고 착각하는 사람들이 있을지도 모를 일 아닐까?

최근 사례로는 2020년 3월 진주교대 김경수 교수 팀이 보고한 중생대 악어 발자국이 있다. 이 연구 결과에 따르면, 경남 사천에서 1억 1,000만 년 전에 활동했던 것으로 추정되는 원시 악어의 발자국 화석이 발견되었다. 지금의 악어와는 다르게 두 발로 걸어 다녔을 거라고 하는데, 몸길이는 최대 3m 정도로 추정된다. 한반도에 악어가 있었다는 것도 신기한 일인데, 그것도 이족 보행을 했을 거라는 사실은 더욱 신기해 보인다. 만약 이런 이상한 짐승의 뼈가 옛날에 발견되었다면, 악어를 한 번도 본 적 없었을 조선 시대 사람들은 거대한 용이나 다리 달린 기이한 뱀 괴물의 뼈라고 상상할 수도 있지 않았을까?

마침 이런 괴물의 뼈를 발견하는 조선 시대의 이야기가 유독 외딴섬이나 물가를 배경으로 한다는 점에도 눈길이 간다. 중생대는 전 세계적으로 대륙의 이동이 활발한 시기였던 만큼, 당시 한반도에서도 지각변동이 크게 일어났다. 그 가운데 규모가 가장 큰 것을 대보조산운동이라고 하는데, 이로 인해 지각이 압력을 받아 크게 휘며 소백산맥, 차령산맥 같은 산맥이 생겼다. 아무리 공룡이 번성한 시대였다고 한들 이런 격변 후의 화석을 숲이 우거져 있고 사람 발길이 닿기 어려운 산지에서 찾기란 쉽지 않다.

그나마 해안가 지역은 상황이 좋다. 하다 못해 물가에 드러난 바위 사이에서 화석이 자연스럽게 사람 눈에 띌 확률도 더 높을 것이다. 현재 남해안 일대에는 1억 년 전 중생대 때 호숫가였던 지역이 있는데, 유명한 공룡 발자국 화석들도 바로 이런 해안가에서 관찰되고 있다. 조선 시대 모험가들 역시 화석을 발견하기 쉬운 바닷가나 섬에서 공룡의 흔적을 발견한 것이라고 하면, 재미있게도 이야기와 현실이 그런대로 맞아떨어지는 느낌이다.

옛사람들이 공룡 발자국을 봤다면

기왕 상상해 보는 김에 조금 더 이야기를 꾸며서, 경남 고성에서 출토된 삼한 시대 유물인 '새 무늬 청동기'[鳥文靑銅器, 조문청동기]에 대한 이야기도 해 볼까 한다. 이 고대 유물은 용도를 알 수 없는 정체불명의 작은 청동 조각이다. 막연히 중요한 의식에 사용된 의례 도구 정도로 추정되고 있을 뿐, 정확한 의미와 연원은 수수께끼로 남아 있다. 뭐 하는 데 쓰던 물건인지도 알 수 없는 이 유물이 주목받는 이유는 다양하고도 이채로운 새 무늬가 가득 새겨져 있기 때문이다.

이 새 무늬 청동기가 발견된 곳이 마침 경남 고성이라는 점

과 엮어서, 나는 괜히 공룡 발자국과 연결해 이야기를 지어내
보고 싶다. 그러니까 먼 옛날 바닷가에서 공룡 발자국 흔적을
본 고대인들이, 비록 공룡을 떠올리지는 못했다 해도 거대한 새
괴물의 발자국 같은 것을 상상했던 건 아닐까? 한반도의 옛 유
물 가운데는 솟대에 새겨진 조각이라든가 새를 표현한 토기 등
새를 숭배하는 듯한 느낌을 주는 물건이 자주 보인다. 어쩌면
그것은 공룡 발자국을 본 옛사람들이 바다 건너 이상한 세상에
있을지 모를 거대한 괴물을 떠올리며 이야기를 꾸며 낸 흔적 아
닐까?

『천예록』과 공룡

『삼국유사』의 거타지 이야기는 신라 말의 설화이고, 『천예록』의 역관 이야기는 조선 후기의 민담이다. 즉 비슷비슷한 이야기가 거의 1,000년에 가까운 세월 동안 한국인 사이를 돌며 인기를 끌었다는 말이다. 그만큼 한국 전설의 대표로 꼽기에 부족함이 없는 이야기라는 뜻도 될 것이다.

지금은 한국식 모험담이라고 하면 저승 세계를 여행하는 부류의 이야기가 워낙 유행이라 슬며시 잊힌 것도 같지만, 먼바다에서 이상한 섬의 괴물과 싸우는 줄거리는 한때 한국인의 전형적인 모험담이었다고 나는 생각한다. 혹시 현대의 우리가 과학의 힘으로 정체를 밝혀낸 중생대 파충류의 흔적을 도무지 이해할 수 없던 옛사람들의 궁금증이, 그런 이야기들의 인기 원인은 아니었을까? 괜히 또 상상에 빠져 본다.

이야기 둘 - 『순오지』와 네안데르탈인

사람이오, 신선이오?

털북숭이가 바람을 가르며 날아가 버리다

두류산 어떤 절에 한 승려가 살았다. 겨울이면 부엌 아궁이에 불을 피워 두는데, 매일 밤 누군가가 아궁이 속을 헤집어 불을 꺼뜨려 놓았다. 승려는 자물쇠를 고치고 불을 피운 뒤 몰래 숨어서 엿보기로 했다. 밤이 깊어지자 무언가가 날아왔는데, 크기는 사람만 한 것이 지붕 귀퉁이에서 날아 내려와 부엌 아궁이 앞에 앉아 불을 헤집어 쬐는 것이었다. 승려가 뛰어 들어갔으나 순식간에 비행해서 날아가 버려 잡지 못했다. 얼마 뒤, 승려는 들어오기는 쉬우나 나가기는 어렵도록 지붕에 그물을 쳐 놓고는 몸을 숨긴 채 다시 망을 보았다. 과연 그것은 다시 부엌으로 날아 들어왔다. 승려가 뛰어 들어가자 그것은 날아올랐으나 그물에 가로막혀 나가지 못하고 사로잡혔다. 승려가 가만히 살펴보니 얼굴과 눈, 팔다리는 모두 사람과 같았으나 온몸이 긴 털로 덮여 있었다. 승려가 물었다.

"사람이오, 신선이오? 어찌하여 이곳에 왔소?"

그자는 혀를 움직여 뭐라 말하려 했으나 새 우는 소리만 날 뿐 사람의 말이 아니었다. 며칠이 지난 뒤 승려는 그자를 놓아주었다. 그러자 그는 바람을 가르며 날아가 버렸다.

— 홍만종, 『순오지』

한반도에 원숭이가 살았다?

17~18세기의 작가 홍만종(1643~1725)은 세간에 떠도는 이야기와 문학에 대한 자신의 의견 등을 담아 『순오지(旬五志)』(1678)를 펴냈다. 보름(旬五, 15일) 만에 뚝딱 완성하였다 하여 이러한 이름이 붙은 이 책에는 이상한 이야기가 여럿 실려 있다. 그중 하나가 사람과 아주 비슷하지만 온몸이 털로 뒤덮여 있고 하늘을 나는 듯 움직일 수 있는 괴이한 생물에 관한 이야기다. 그 내용을 보면 두류산에 사는 승려가 밤에 아궁이에서 불이 자꾸 꺼지는 것을 이상하게 여겨 밤새 지켜보다가 이 생물을 발견했다고 되어 있다. 이것은 나는 것처럼 움직여 나타났다는데, 날씨가 추웠는지 불을 쬐려고 했다.

이 생물의 정체는 무엇이었을까? 만약 이야기의 배경이 한반도가 아니었다면, 가장 쉽게 생각해 볼 수 있는 것은 원숭이

종류다. 원숭이는 사람과 겉모습이 많이 닮았지만 온몸에 털이 길게 자라난다. 나무를 타면서 빠르게 움직일 수 있는 종류가 많으니 얼핏 보기에 공중을 나는 듯 움직였다는 느낌을 줄 수도 있다. 지능이 높은 원숭이라면 날씨가 추울 때 사람이 아궁이에 피워 놓은 불을 쬐려고 몰래 나타난다 해도 이상하지 않다. 그러므로 만약 원숭이가 여기저기에 퍼져 사는 일본 같은 지역이 이 이야기의 배경이었다면, 그냥 원숭이를 잘못 본 셈 치고 여기에서 추리를 끝낼 수 있다.

그러나 조선 시대 한반도에는 야생 원숭이가 살지 않았다. 그러므로 이 이야기를 따져 보려면 좀 더 넓게 살펴보는 수밖에 없다. 다만 원숭이를 잘못 본 것이라는 주장에 대해서도 여전히 낮은 가능성 정도는 남겨 둘 수 있다. 한반도에 야생 원숭이가 살지 않았다고는 해도, 외국에서 수입해 들여온 원숭이가 없었던 것은 아니기 때문이다.

『추재기이(秋齋紀異)』에 그 단서가 등장한다. 추재 조수삼 (1762~1849)은 18세기 말에서 19세기 초 뒷골목의 기이한 인물에 관한 이야기를 모아 이 책을 썼는데, 여기에 시장 바닥에서 원숭이를 놀려 구경시켜 주면서 먹고산 거지 이야기가 실려 있다. 오늘날까지 전해 오는 탈춤 등의 무형문화재에도 원숭이를 흉내 내는 대목이 나온다. 이런 사례를 보면, 적어도 원숭이 구경이 조선 후기에 꽤 널리 퍼져 있었음을 짐작할 수 있다. 그렇다면 그런 원숭이들 중 일부가 사람 손을 벗어나 산으로 탈출해서 살아갈 수도 있지 않았을까?

　게다가 『조선왕조실록』 1394년(태조 3년) 음력 7월 13일(이하 음력) 자 기록에는 범명이라는 승려가 일본에서 데려온 원숭이를 궁중의 말과 짐승을 돌보는 부서인 사복시(司僕寺)에서 기르게 했다는 내용이 있다. 또 1434년(세종 16년) 4월 11일 자 기록을 보면 세종이 전라도 감사에게 제주의 원숭이 기르기 사업에 대해 지시를 했다는 이야기도 보인다. 1410년(태종 10년) 5월 17일 자 기록에는 일본에서 잇달아 원숭이를 바쳤기에 이를 각 진영에 나누어 주었다는 내용도 있는데, 그렇다면 『순오지』의 승려가 살던 산과 가까운 곳에서 원숭이를 길렀을지도 모른다. 심지어 1436년(세종 18년) 윤6월 16일 자 기록에는 제주에서 보낸 원숭이를 인천 용유도로 옮겨 풀어 주었다는 이야기도 나온다. 그렇다면 놓아준 원숭이가 산속으로 흘러들었을 가능성도 약간은 있지 않을까?

동굴에서 발견된 원숭이 뼈

가능성이 낮긴 하지만 상상력을 발휘해 본다면 그보다 더 옛날부터 한반도에 원숭이가 살았을지 모른다는 생각도 한번 해 볼

만하다. 예를 들어 충북 단양의 구낭굴(충북기념물 제103호)에서는 먼 옛날의 동물 화석이 발견되었다고 한다. 이 유적에서는 멀게는 10만 년, 20만 년 전부터 가깝게는 1만 3,000년 전의 흔적이 나왔는데, 구석기 시대 생활 흔적과 함께 여러 짐승의 뼈도 확인되었다.

그중에는 곰이나 사슴과 같이 한반도에 흔히 살던 동물의 뼈뿐 아니라, 코뿔소와 비슷하게 생긴 '코뿔이'처럼 한반도에는 살지 않을 것 같은 동물 뼈도 있었다. 즉 날씨와 환경이 다른 수만 년 전의 먼 옛날에는 지금 한반도에서 볼 수 없는 동물도 서식했다는 뜻이다. 특히 구낭굴에서는 짧은꼬리원숭이라는 원숭이의 뼈도 나왔다.

　몇만 년 전 한반도에 서식하던 원숭이 가운데 우연히 멸종을 피해 살아남은 몇 마리가 사람 눈에 띄지 않는 깊은 산속에 있었다고 가정해 보자. 그렇다면 그중 마지막 후손이 조선 시대까지 살아남았고, 산속에서 지내던 승려의 눈에 띄었다는 이야기를 만들어 볼 수 있다.

　마침 함경도 지방의 사정과 풍물 등을 정리한 19세기 책『북관기사(北關紀事)』에는 백두산 깊은 곳에 '목객(木客)'이라는 것이 산다는 언급이 있다. 목객은 "그 모양이 완연히 7, 8세 어린아이 같고, 나무를 타고 달리는데 나는 듯이 잽싸고 토착민이 그를 보기도 한다."라고 묘사되어 있다. 7, 8세 어린아이 같다는 말은 원숭이의 작은 덩치를 나타낸 것이고, 나무를 타고 빠르게 움직인다는 표현은 원숭이의 움직임을 나타낸 것이라고 보면 목객은 원숭이와 매우 비슷한 느낌이다. 공교롭게도『순오지』이야기의 배경인 두류산은 함경도에 있는 지명이기도 하다.

ㅡ　　　설인, 빅풋, 목객… 그리고 네안데르탈인

물론 추운 지역에서 잘 발견되지 않는 원숭이들이 몇만 년 동안 한반도 깊은 곳에서 살아남았다는 발상은 어디까지나 과학이 아닌 상상의 영역이기는 하다. 그러나 『순오지』의 이상한 동물 이야기나 『북관기사』의 목객 이야기는 세계 곳곳에서 전해지는 설인(雪人) 설화나 미국·캐나다의 빅풋(Bigfoot) 전설과 닮은 점이 뚜렷하다. 히말라야산맥, 시베리아, 록키산맥 등지에서 꾸준히 목격담이 나오는 괴물 이야기 말이다. 『북관기사』에 등장하는 '목객'이라는 이름도 사실은 사람 비슷한, 이상한 산속 동물 이야기가 나오는 중국 고전에서 명칭을 그대로 따와서 붙인 것이다. 즉 산속에 사는, 사람과 닮은 신비로운 동물을 둘러싼 전설은 세계적으로 널리 퍼져 있었으며, 조선에서도 사례가 발견될 만큼 드물지 않은 이야기라는 의미다.

SF 장르가 발달한 요즘 들어서는 이런 전설 속 동물의 정체에 대해 색다른 이야기가 유행하기도 한다. 지금 세상에 퍼져 사는 현생인류와는 조금 다른, 멸종된 줄 알았던 종족이 산속 깊은 곳에 살아남았다가 이따금 발견되는 것 아니냐는 발상이다.

특히 자주 이야깃거리로 언급되는 종족은 네안데르탈인이다. 네안데르탈인은 독일 서부의 마을 네안데르탈('네안더계곡'이라는 뜻)의 석회암 동굴에서 머리뼈가 발견된 종족으로 약 40만 년 전부터 유럽과 서아시아 등지에 나타났다. 현재 우리의 조상이라고 할 수 있는 사람 종족이 등장한 것은 최대 30만 년 전 정도라고 추정하고 있으므로, 네안데르탈인은 현생인류의 조상보다 최소 10만 년 이상 앞서 세상에 퍼져 나갔다고 볼 수 있다.

　네안데르탈인은 불을 사용하고 돌로 도구를 만들어 썼던 것으로 추정된다. 2013년 스티븐 로(Stephen Wroe), 루제로 다나스타시오(Ruggero D'Anastasio) 연구 팀은 네안데르탈인의 턱뼈를 연구해서 네안데르탈인이 현재의 사람 못지않게 정교하게 말할 수 있었을 거라는 추정 결과를 발표하기도 했다. 네안데르탈인은 지금 우리와 다른 종족이지만, 한편으로는 비슷한 점 또한 무척 많았다. 만약 멸종된 네안데르탈인 중에 우연히 깊은 산속에서 살아남아 버티는 데 성공한 무리가 있었다고 한다면, 사람과 비슷하지만 사람이 아닌 산속 괴물에 관한 이야깃거리가 되었을 거라고 갖다 붙여 볼 만하다. 〈13번째 전사(The 13th Warrior)〉(1999)를 비롯한 몇몇 영화에서도 이런 상상을 이야기의 소재로 활용했다.

﹣　　네안데르탈인은 왜 호모사피엔스에게 밀렸을까

사람들에게 관심을 많이 받는 소재이다 보니, 요즘은 도대체 어떤 식으로 네안데르탈인이 멸종한 것인지에 대한 연구가 활발히 이루어지고 있다. 한동안은 우리 조상인 호모사피엔스가 네안데르탈인보다 혹독한 환경에 잘 적응했기 때문에 경쟁에서 뒤처진 네안데르탈인은 서서히 멸망했다는 이야기가 인기 있는 편이었다. 한편으로는 우리의 조상 종족과 네안데르탈인이 서로 자연스럽게 어울려 섞이면서 지금의 사람이 탄생했다는 식의 이야기가 나오기도 했다. 실제로 현대인의 DNA에는 네안데르탈인으로부터 넘어온 것으로 보이는 부분이 존재한다는 연구 결과가 꾸준히 나오고 있다.

그러나 그 자연스러운 혼합이라는 것이 두 종족이 외교적인 관례를 지켜 가며 평화 공존의 길을 모색했다는 의미는 아니다. 동물들은 서로 사냥하며 먹고 먹히는 것이 자연 속의 자연스러운 모습이다. 그렇다면 우리의 직계 조상 역시 다른 종족인 네안데르탈인과 다투며 험악하게 지내지 않았을까? 두 종족은 시도때도 없이 서로 싸우며 죽이려 들거나 상대를 노예처럼 부리려고 했을지 모른다. 그러다 보니 종족 간의 혹독한 전쟁이 벌어졌고, 결국 네안데르탈인이 그 싸움에 져서 멸망했다는 식의 이야기도 어렵지 않게 찾아볼 수 있다.

과거에는 먼저 출현한 네안데르탈인이 우리의 조상 종족보다 지능이 떨어졌고, 유능하지 못해 패배했다는 설이 당연하다는 듯 인기를 끌었다. 그러나 네안데르탈인에 대한 연구가 조금씩 범위를 넓혀 가면서 그 당연함은 의심받는 추세다.

예를 들어 네안데르탈인의 평균 두개골 크기를 꾸준히 조사한 결과를 보면, 이들의 두뇌는 오히려 더 컸다고 한다. 머리가 크다고 해서 무조건 지능이 높은 것은 아니지만, 반대로 네안데르탈인의 지능이 떨어진다는 예전 생각을 뒷받침한다고 볼 수도 없다. 그렇다 보니 SF 작가들이 요즘 꾸며 낸 이야기 중에는 네안데르탈인이 오히려 더 지능이 뛰어났기 때문에 싸움에 패배했다는 정반대의 상상도 보인다.

언뜻 생각했을 때, 지능이 높으면 더 유능할 텐데 왜 싸움에서 지냐고 이상하게 여길 수 있다. 이 문제에 대해 SF 작가들이 만든 이야기는 이렇게 흘러가곤 한다. 네안데르탈인이 우수한 두뇌를 지녀 공감 능력이 더 발달했고, 도덕적 감수성이 더 풍부했으며, 그래서 더 동정심이 많고 더 관대했을지도 모른다는 거다. 그러나 그보다 지능이 부족한 지금 우리 사람 종족은 더 잔인하고 더 인정사정없으므로, 싸우다 보면 네안데르탈인이 위험했을 것이다.

네안데르탈인은 몇 번의 싸움에서 이겼다 하더라도, 동정심을 발휘해 최대한 사람의 목숨을 해치지 않으려 애쓰며 죄 없는 어린이들은 살려 주려고 했을지 모른다. 하지만 반대로 우리 사람들이 이들과의 싸움에서 이겼을 때는 잔인하게 네안데르탈인들을 몰살해 버렸다면? 그러면 네안데르탈인은 남아날 수가 없다.

이렇게 놓고 보면, 이번 장 첫머리의 『순오지』 이야기에서 이상한 동물을 만난 승려가 하필 "사람이오, 신선이오?" 하고 물었다는 대목이 새삼 눈에 띈다. 아닌 게 아니라 우리나라에 전해 오는 전설 중에는 깊은 산속에 사는 털이 많이 난 사람을 신선으로 묘사한 이야기가 자주 보이는 편이다.

비슷한 계통의 중국 고전에서 영향을 받은 것으로 보이긴 하지만, 그렇다 하더라도 남아 있는 조선 시대의 기록이 풍부하다. 예를 들어 유몽인의 『어우야담(於于野談)』(1622년경)에는 조순이라는 승려가 금강산에서 몸 전체가 긴 털로 뒤덮인 사람을 만났는데, 그자가 불로불사(不老不死)하더라는 이야기가 실려 있다. 18세기에 황윤석이 엮은 『증보 해동이적(增補海東異蹟)』에도 고구려 때 사람이지만 불로불사할 수 있게 되어 조선 후기까지 살아온 자가 있는데, 그의 온몸이 깃털로 뒤덮여 있다는 이야기가 보인다. 그는 당나라가 고구려를 침공했을 때 따라왔던 당나라 병사였는데, 고구려가 전쟁에서 승리해 패잔병 신세가 되자 정신없이 도망쳐 산속으로 숨었다가 1,000년이 넘도록 살아 있게 됐다는 것이다.

무병장수를 중시한 우리 조상들이 신선을 이야기할 때 빠트릴 수 없는 내용이 바로 늙지 않고 영원히 사는 능력이었다. 여

기에 더해 신선은 털로 뒤덮인 경우가 있다는 이야기가 과거에 제법 퍼져 있었던 것 같다. 『순오지』에서 털로 뒤덮인 동물을 보고 "신선이오?" 하고 물어본 대목은 바로 그런 배경에서 나온 대사로 보인다. 그렇다면 이런 이야기는 어떨까?

수만 년 먼저 세상에 등장한 네안데르탈인은 우수한 두뇌 로 진작에 신선과 같은 경지의 깨달음을 얻는 데 성공했 다. 우리는 상상도 할 수 없는 오묘한 신선의 술법을 이용해 굳이 다른 동물을 해치지 않아도 즐겁고 평온하게 무병장수하는 방법을 터득한 것이다. 네안데르탈인은 이후 오랜 세월 평온 속에서 삶을 즐기며 살아갔다.

그러던 중 도저히 높은 경지의 깨달음에 이르지 못하는, 부족한 두뇌를 지닌 지금의 사람들이 출현했다. 이들은 그저 욕망대로 살기 위해 조직적인 사냥 방법을 개발해서 다른 짐승들을 더 효율적으로 잡아먹고자 애쓰며 한평생을 살았다. 세월이 흐르면서 사람들은 강력한 무기를 개발해 더 넓은 지역을 정복하는 데 몰두했다. 급기야 사람과 네안데르탈인은 서로 싸우게 되는데, 오히려 두뇌가 뛰어난 네안데르탈인이 멸망하고 말았다.

여기에서 끝난 게 아니다. 멸종된 줄 알았던 네안데르탈인의 후예가 한반도 어딘가에 살아남아 있다고 가정해 보는 것이다. 물론 실제로 신빙성 있는 이야기라고 할 수는 없다. 네안데르탈인이 살던 지역은 주로 유럽과 아시아 서쪽 지역이다. 한반도에서 네안데르탈인이 살았다는 뚜렷한 증거는 부족하며, 설령 살았다 하더라도 그 일부가 조선 시대까지 멸종하지 않고 살아남을 수 있다는 근거 역시 없다. 또 네안데르탈인이 유독 긴 털을 지녔다는 말도 뾰족한 증거가 있는 것은 아니며, 네안데르탈인이 지능이 높았기 때문에 신선 같은 깨달음을 얻은 종족이었다는 생각은 그야말로 지어낸 이야기일 뿐이다.

그렇지만 지금의 사람보다 먼저 등장한 네안데르탈인, 또는 그와 비슷한 고대의 옛 종족이 사람과의 싸움에 패배해 계속 동쪽으로, 동쪽으로 도망치다가 결국 대륙의 끄트머리 한반도에까지 흘러들어 산속에 살고 있다고 그냥 한번 상상해 보자. 사람을 두려워한 이 종족은 사람 눈을 피해 가장 깊은 산속으로 숨어들었고, 여차하면 빠르게 도망치기 위해 나무 위로 올라가는 방법 따위를 평생 온 힘을 다해 익혔을 것이다. 그리고 그렇게 멸망해 가던 무리의 마지막 후손 하나가, 추운 겨울을 견디다 못해 사람이 피워 놓은 아궁이의 불을 쬐다 잠깐 그 모습을 들킨 이야기가 『순오지』에 남았다면?

이렇게 이야기를 덧붙여 놓고 보면 처음 읽을 때와는 사뭇 그 느낌이 달라진다.

이야기 셋 - 『잠곡유고』와 생물의 적응

요망한 여우가 사람 곁에 산다

늙은 여우

우리 집의 남쪽 산 그 산 북쪽 골짜기에

어둠침침 큰 나무가 삼단처럼 우거졌고

덩굴나무 서로 엉켜 한낮에도 어두운데

이곳에는 여우가 있어 바위 아래 엎드려 있다 하네

옛 노인들의 이야기가 전해 오기를 보랏빛 정기가

환영을 만들 줄 알아 사람을 홀린다 하네

때로는 사람 사는 집을 향해 손에 불을 들고 있고

때로는 해골 덮어쓰고 북두칠성에 절을 하며

해가 지면 산에서 나와 요사스러운 모습을 보이니

온갖 교태로 사람 눈을 헷갈리게 하는구나

(…)

— 김육, 『잠곡유고』

(원문)

我家家南山北谷。陰陰大木森如束。藤蘿盤結晝而晦。

中有狐來巖下伏。故老相傳紫紫精。能作變幻爲誑惑。

或向人家手持火。或拜北斗頭戴髑。乘昏出山逞妖態。

百媚生春眩人目。(…)

– 환영으로 사람을 홀리는 여우를 조심할 것

여우가 사람을 홀리는 기이한 술법을 부릴 수 있고, 가끔 사악한 마귀 같은 것으로 변신하기도 한다는 이야기를 한 번쯤 들어 봤을 것이다. 요망한 여우에 관한 이야기는 굉장히 오래되었기도 하거니와, 세부 사항이 조금씩 변형되어 아주 광범위한 지역에서 설화, 전설, 민담 등으로 발견되는 친숙한 소재이기도 하다. 『삼국사기』(1145)의 「온달전」에는 평강공주가 온달을 처음 찾아왔을 때, 도저히 그 상황을 현실이라고 믿지 못한 온달이 여우가 자신을 홀리려고 하는 것은 아니냐고 생각하는 웃긴 장면이 나온다. 이것을 보면 삼국 시대 고구려에서도 여우의 변신 이야기가 사람들 사이에 퍼져 있었을 가능성은 충분하다. 더군다나 온달은 특별히 외국 문화나 주술에 밝은 사람도 아니며 전문적으로 문헌을 연구하는 학자도 아닌 그야말로 평범한 사람

이었다고 봐야 하기 때문에, 여우가 사람을 홀리는 이야기는 각
계각층의 고구려인에게 널리 알려져 있었을 거라고 짐작해 볼
수 있다.

우리나라뿐만 아니라 이웃 중국이나 일본에도 여우가 변신
하여 사람을 홀린다는 이야기가 여러 전설 속에 대단히 풍부하
게 남아 있다. 중국 고전에는 '여우'라는 단어를 마치 악의 상징
처럼 관례적으로 쓴 글귀가 자주 보일 정도다. 일본에서는 시대
가 변화하며 출판문화가 빠르게 발전하고 소설이 활발히 보급
되면서 여우를 둘러싼 여러 신기한 이야기들이 책을 통해 상당
히 널리 유통되는 경향도 있었던 것 같다. 중국과 일본, 두 이웃
나라와 교류하면서 여우에 관한 우리나라 전설도 점차 다양해
졌을 것이다. 특히 조선 시대에는 중국 고전을 익히는 것을 중요
한 소양으로 여기는 문화가 있었다. 그렇기에 중국 고전 속의 다
채로운 여우 이야기들이 우리 문화 속에 더욱 널리 파고들 수 있
었을 것이다.

조선 시대의 여우 이야기가 어떠했는지 그 분위기를 단적
으로 잘 보여 주는 글로 『잠곡유고(潛谷遺稿)』에 실려 있는 김육
(1580~1658)이 쓴 시 한 편을 소개해 볼까 한다. 이 시에는 '노호
(老狐)', 곧 '늙은 여우'라는 제목이 붙어 있는데, 그 내용은 당시
김육이 살던 곳 근처 어느 산골짜기 바위 밑에 사람 홀리는 여
우가 산다는 소문이 돈다는 것이다. 지금도 전국 각지에는 여우

골짜기라든가, 여우 바위 같은 이름이 붙은 곳들이 종종 보인다. 아마 비슷한 지명이 김육이 살던 시대에도 있었는데, 지명에 얽힌 전설 같은 이야기를 시로 표현한 듯하다.

시의 내용을 보면, 그곳에 산다는 여우가 사람을 홀리는 요망한 짐승으로 그려진다. 이 여우는 매우 아름다운 사람의 환영을 보여 줄 수 있는데, 지나가던 이들이 그 모습에 혹해서 환영 속 사람에게 빠져들게 되고 혈기 왕성한 젊은이들이 여우에 홀려 망하는 경우가 많았다는 이야기다. 김육은 여우가 만든 환영에 홀리고 나면 황금이나 옥 같은 재물을 갖다 바치느라 재산을 날리고, 또 밤마다 환영을 따라다니며 노느라 혼이 빠지고 몸도 상하여 삶을 망치게 된다고 썼다.

김육은 여우가 보여 주는 환영을 "예쁘게 화장하고 푸른 구슬 장신구로 장식했으며 맑은 눈, 하얀 이, 옥 같은 얼굴로 생긋 웃으며 이따금 보조개 짓는가 하면, 토라지기도 하고 근심 가득한 표정을 짓기도 하면서 달콤한 말로 홀린다"라고 묘사했다. 얼핏 보면 아름다운 여성으로 여길 만한 묘사다. 그런데 여우가 사람을 홀린다는 이야기에서 여우의 성별이 딱히 정해져 있는 것은 아니다. 잘 알려진 예를 들자면, 『고려사』에는 고려 말의 정치인 신돈이 사실은 늙은 여우의 정기에서 생겨난 괴물이라는 소문이 실려 있다. 소문에 따르면 신돈의 정체는 여우이기 때문에 그는 사냥꾼을 두려워했고, 특히 사냥개가 나타나면 무서워했다고 한다. 그 밖에도 『조선왕조실록』 등의 기록에 임금에게 간신배를 조심하라는 식의 이야기를 전하며 간사한 남성을 여우에 비유한 표현도 자주 보인다.

여우 전설의 여우가 상징하는 것

김육의 시 「늙은 여우」에는 중국 고전에서 직접 영향을 받은 흔적도 엿보인다. 이 시에는 여우가 사는 곳에 보랏빛 정기가 감돌고 있다는 표현이 등장하는데, 이런 식으로 여우를 일컬을 때 보랏빛을 뜻하는 자(紫)를 쓰는 것은 『명산기(名山記)』 등의 중국 문헌에 실린 내용 중에 여우로 변신한 요사스러운 사람의 이름이 '자(紫)'였다는 이야기에 영향을 받은 것이다. 또 시의 내용 중에는 '여우가 해골을 덮어쓰고 북두칠성에 절을 한다'는 부분이 보이는데, 이것 역시 기이한 대상에 관해 쓴 수필인 『유양잡조(酉陽雜俎)』 같은 중국 고전에 실린 여우 이야기가 조선으로 건너온 것이다. 이 같은 중국계 기록에 따르면, 여우가 머리에 해골을 덮어쓴 채로 북두칠성을 향해 절할 때 해골이 벗겨져 땅에 떨어지지 않으면 그 여우는 사람으로 변신할 수 있었다고 한다.

중국의 여우 이야기 몇 가지는 조선 시대 선비들 사이에서 꽤나 알려져 있었던 듯하다. 「늙은 여우」를 쓴 김육은 17세기에 주로 활동한 인물인데, 100년 정도가 지난 18세기의 저술인 『성호사설(星湖僿說)』에도 변신하는 여우를 '자(紫)'라고 불렀다는 내용이나 여우가 북두칠성을 향해 절을 하면서 변신하려고 한다는 중국 기록이 소개되어 있다. 아마도 여우가 사람을 홀리는 이야기가 긴 세월 동안 퍼져 나가다가, 조선 시대에 이르러 다채로운 중국 기록의 영향이 더해지면서 이야기가 더욱 다양해진 것이 아닌가 싶다.

한편, 김육은 「늙은 여우」 뒷부분에서 중국 고전에 나오는 꼬리 아홉 달린 여우[九尾之狐], 곧 구미호를 언급하기도 한다. "듣자하니 구미호가 청구에 있다는데"라며 세간에 떠도는 여우 이야기를 읊는데, 사실 이 이야기의 출처는 고대 중국 문헌 『산해경(山海經)』이다(제1권 남산경 편에 "청구의 산에는 짐승이 있으니 그 모양이 여우와 같은데 꼬리가 아홉 개이며, 어린아이가 우는 것과 같은 소리를 낸다."라는 대목이 있다). '그런 말도 있다'는 화법의 시구로 짐작해 보자면, 구미호 이야기는 진작에 중국 고전으로부터 건너와서 선비들에게 알려져 있긴 했지만, 김육이 활동하던 17세기까지도 구미호가 나타나 사람을 홀린다는 전설로 완전히 조선에 정착해 있지는 않았던 것 같다. 이후 서서히 구미호 이야기가 퍼져 나가면서 19세기, 20세기 즈음이 되면 구미호가 직접 등장하는 우리나라 전설도 출현하는 것을 볼 수 있다. 나는 구미호 이야기가 한국 괴물 이야기의 대표 격이 될 정도로 널리 퍼진 것은 20세기 출판문화 발달과 대중문화의 성장이 결정적인 계기가 되었을 거라고 추측한다. 이렇듯 전설이 만들어지고 전해지는 과정에서는 여러 문화가 서로 영향을 주고받는 가운데 시대의 변화에 따라 이야깃거리와 줄거리가 점차 풍성해지기도 하고 다른 양상으로 변화해 가기도 하면서 성장하는 현상을 흔히 찾아볼 수 있다.

「늙은 여우」는 아름다운 환영으로 젊은이를 홀리는 여우가 있으니 조심해야 한다는 간단한 이야기다. 시의 말미에는 여우에 대한 김육의 태도가 강하게 드러나는 부분이 있으니, 바로 '백 개의 화살을 구해 여우 무리를 모두 몰아내고 싶다'는 대목이다. 여우를 대단히 싫어한다는 감정이 느껴질 정도인데, 시에 등장하는 여우가 단순히 전설 속의 괴물이 아니라, 사람을 유혹해서 안 좋은 길로 이끄는 나쁜 무리 자체를 상징한다고 볼 수 있을 것도 같다.

물론 시를 글자 그대로 받아들이면 밤에 산골짜기 바위에서 출현하는 여우에게 홀리는 것을 조심하라는 이야기일 뿐이다. 하지만 유심히 들여다보면 밤거리에서 행인을 유혹하는 쾌락이나 범죄를 조심하라는 의미일 수도 있고, 아니면 사람의 욕망을 이용해 속임수를 쓰는 사기꾼이나 협잡꾼을 여우에 빗댄 시일지도 모른다. 그렇게 보면 이 시는 그냥 여우 전설을 전하는 게 아니라, 인생을 살 때 조심해야 할 것을 알려 주는 경계의 글이다.

나는 김육이 이 시를 쓴 시점이 벼슬자리에서 떠나 경기도 가평에서 농사를 지으며 힘들게 살던 시절로 추정된다는 의견을 읽은 적이 있다. 김육의 처지와 심경을 고려해 보면, 시에 등장하는 여우는 정치나 사회를 정의롭게 유지하는 것을 방해하며 교묘한 말로 세상을 속이고 어지럽히는 세력, 혹은 간신배 등의 상징으로 볼 수 있지 않을까? 만약 그렇다면 이 시는 사회 문제를 비판하고 세상을 개혁하고자 하는 의지를 강하게 드러낸 글일지도 모른다.

– 남태령 여우고개에 얽힌 변신 가면 이야기

여우가 사람을 홀리는 이야기는 무척 다양한 형태로 폭넓게 발전해 왔다. 김육의 시보다 줄거리에 곡절이 많고 소재가 특이하여 눈길을 끄는 이야기도 있는데, 그중 하나를 고르자면 조선 중기 설화 문학을 대표하는 『어우야담』에 실린 '여우고개 이야기'다. 이 이야기는 거의 단편소설에 가까운 짜임새 있는 구성을 갖추고 있거니와, 교훈을 전하기에도 좋아서 오늘날 어린이를 위한 전래동화로 소개되기도 한다.

'소가 된 게으름뱅이'로도 알려진 이야기의 내용은 이러하다. 주인공은 여우고개라는 곳을 지나다 우연히 이상한 사람을 만난다. 이 사람은 소 머리 모양의 가면을 만들고 있었는데, 주인공은 그것이 도대체 어디에 쓰이는 것인지 궁금하게 여긴다. 가면이 완성되자 이상한 사람은 주인공에게 한번 써 보라고 권한다. 재미 삼아 주인공이 가면을 쓰자, 그는 주인공에게 소가죽을 덮어씌운다. 그러자 무슨 마법에 걸린 것처럼 주인공의 몸은 소의 모습으로 변하고 만다.

이상한 사람은 소로 변한 주인공을 다른 이에게 팔아 버린다. 그러면서 그는 "이 소는 무를 먹으면 절대 안 된다."라고 당부한다. 졸지에 소가 된 주인공은 힘들게 일하며 고통스러운 짐승의 삶을 살게 된다. 그러던 중 도저히 견딜 수 없어서 될 대로 되라는 심정으로 무를 먹고, 그제야 주인공은 본모습을 되찾게 된다. 아이들의 전래동화판에서는 주인공이 너무 게으름이 심한 인물이었고, 그에 대한 벌로 소가 되어 죽도록 일하는 운명을 만났다는 식의 설명이 강조되기도 한다.

　좀 이상한 것은 이 이야기가 여우고개에서 벌어진 일이고 여우고개와 관련이 깊다고는 하면서, 막상 여우가 직접 등장하지는 않는다는 점이다. 앞뒤 상황을 보면 처음 소 머리 가면을 만들고 있던 이상한 사람이 사실은 변신한 여우였고, 이 모든 일은 요사스러운 여우가 술법을 부렸기 때문에 벌어진 것이라고 짐작할 수 있도록 은근히 암시는 되어 있다. 그러나 그 이상한 사람의 정체에 대한 설명도 뚜렷하지 않고, 어디에서 어떻게 나타나 왜 그런 일을 했는가에 대해서도 명확한 서술이 없다. 은근하게 분위기만 깔려 있을 뿐, "이것이 천년 묵은 여우의 술법이다."라는 구체적인 설명이 없기에 오히려 이야기는 더 신비로워지고 환상적인 느낌이 강해졌다. 그 덕분에 꼭 그런 희한한 일이 한 번쯤은 일어났을 수도 있겠다는 묘한 기분이 들기도 한다.

　'여우고개 이야기'의 인기는 지금도 여전하다. 과천 남태령 근처의 공원에는 소로 변한 주인공의 사연을 새긴 조형물도 만들어졌다. 서울에서 과천으로 넘어가는 고개인 남태령의 옛 이름이 바로 여우고개였기 때문이다. 아마도 『어우야담』의 기록처럼 옛날에는 밤에 그 고개를 넘다가 여우에게 홀렸다는 사람들이 많았다는 소문 때문에 생긴 이름이 아닌가 싶다. 속설에 따르면 정조 임금이 그곳을 지날 때 주변 신하에게 고개 이름을 묻자, 감히 임금님 앞에서 '여우고개' 같은 요사스러운 지명을 이야기할 수 없어서 그냥 남쪽으로 가는 큰 고개라는 의미로 즉석에서 '남태령(南泰嶺)'이라는 이름을 지어내어 답했다. 그 바람에 이후로는 고개 이름이 아예 남태령으로 바뀌어 굳어졌다고 한다.

나는 우리 옛 기록 속에 등장하는 다양한 여우 이야기를 가다듬어 활용하면 지금도 충분히 재미있게 즐길 만하다고 생각한다. 나 역시 『어우야담』의 여우고개 이야기에서 소재를 가져와 단편소설을 쓴 적도 있다. 현대의 어떤 사람이 우연히 동물로 변신할 수 있는 가면을 발견하면서 이야기가 시작되는데, 주인공이 가면과 더불어 자신이 걸치고 있는 소가죽 자켓을 이용해서 사람에서 소로 변신하고, 파를 먹어 다시 소에서 사람으로 되돌아는 초능력을 얻게 된다는 내용이다. 이후 주인공은 신비로운 가면을 다른 동물 형태로 개량하고 각종 동물 가죽을 구해서 필요할 때마다 원하는 동물로 마음대로 변신할 수 있게 된다. 악당들과 결투할 때는 호랑이가 되어 싸우기도 하고, 바닷속에서 헤엄쳐야 할 때는 고래로 모습을 바꾼다. 마치 슈퍼히어로처럼, 주인공은 여우고개에서 발견한 변신 가면의 힘을 이용하며 모험을 겪는다.

—

사람 주변 알짱거리던 여우의 묘연한 행방

다시 처음으로 거슬러 올라가 보면, 애초에 왜 여우라는 짐승이 이렇게 요사스러움의 상징으로 취급받았는지 그 이유를 따져 볼 필요가 있겠다는 생각이 든다. 여우 이야기가 우리나라에서만 유행한 것이 아니라 이웃 나라에도 널리 퍼져 있었다는 점을 고려해 보면, 그저 한 지역에서 종교적인 이유, 혹은 풍습이나 소문 때문에 여우가 나쁜 짐승으로 취급받은 건 아닌 것 같다. 여우라는 짐승에 대한 속설이 그럴듯하다고 믿게 만들고, 여우가 사람을 홀린다는 소문이 퍼질 만한 보다 구체적인 실마리가 있을 거라고 나는 상상해 본다. 혹시 여우의 습성이나 겉모습에서 여우 전설로 연결될 수 있을 법한 현실적인 근거를 찾아볼 수는 없을까?

우선 여우는 산에서 쉽게 접할 수 있는 갯과 동물이다. 갯과 동물에는 늑대와 개를 비롯해 여우, 승냥이 등이 있는데, 그중 일부 종은 깊은 산속이 아니라 사람의 생활 영역 가까이에서 자주 목격된다. 특히 마을 주변의 야산에 주로 서식하는 여우는 민가에 내려가 음식을 훔쳐 먹고, 굴을 파 놓고 드나드는 등 사람 눈에 영리하고 교활한 행동으로 보일 법한 습성을 지닌 야생동물이다. 구석기 시대에는 여우가 동굴 주변에서 사람의 주식이었던 순록의 찌꺼기를 먹었다는 연구 결과도 있을 만큼, 여우가 인간 주변을 맴돌며 살아간 역사는 유래가 깊다. 갯과 동물 중에는 여우보다 한발 더 나아가 아예 사람의 생활 영역 안으로 들어와 가축으로 길들여진 종도 있는데, 바로 늑대의 친척인 개다. 사실 생물학에서 늑대와 개는 서로 다른 종으로 명확이 구분하기 어려울 정도로 가까운 동물이다. 늑대를 사람과 함께 살며 집에서 기를 수 있을 정도로 길들인 동물이 개라 해도 큰 과장은 아니다. 늑대와 개만큼 가까운 것은 아니지만, 여우와 개의 거리도 무척 가까워 여우는 개의 먼 친척뻘이라 할 수 있다. 여우 역시 개처럼 사람 곁을 기웃거리며 사람의 음식, 옷, 도구 따위에 호기심을 갖고 다가올 수 있는 짐승인 것이다.

오늘날 영국 런던에서는 여우가 도시 환경에 적응하면서 시내에 사는 여우 숫자가 불어나 골칫거리로 취급되기도 한다. 2013년 국내 한 통신사의 보도를 보면, 런던에 사는 여우의 수는 1만 마리에 달하며 설문조사에서는 런던 시민의 70%가 지난 일주일 사이에 여우를 본 적이 있다고 답했다고 한다. 여우는 도시에 사는 작은 짐승을 잡아먹거나, 쓰레기통을 뒤져 남은 음식 쓰레기를 먹고 살기도 하고, 귀여운 모습 덕에 사람들에게 먹이를 얻어먹으며 사는 경우도 있다. 2010년대에는 여우가 런던 지하철을 탄 모습이 포착되었는가 하면, 건물에 들어온 모습이 발견되기도 했다. 이 정도까지 태연하게 도시를 기웃거리며 사람의 생활 영역을 넘나드는 짐승이라면, 옛사람들 시선에서는 여우가 사람 흉내를 낸다거나 사람을 홀린다는 소문이 생길 만도 하지 않을까.

여우를 길들여서 아예 개처럼 사람의 말을 알아듣는 가축으로 만들어 보자는 연구가 시행된 일도 있었다. 1950년대 말, 소련에서는 사람이 온순한 야생 여우들을 골라 그들끼리만 살게 하며 대대로 점점 더 온순한 자손을 얻는 방법을 써서 여우의 품종을 점차 개량하는 실험이 진행되었다. 이 실험은 사실 처음에는 회색 털이 있는 양질의 여우 모피를 쉽게 얻기 위한 목적 때문에 주목받았다. 그런데 유전학자 류드밀라 트루트(Lyudmila Trut, 1933~)를 중심으로 학자들이 수 세대에 걸쳐 은여우 교배 실험을 진행한 결과, 여우가 예상보다 훨씬 빠르게 사람에게 적응하여 사람을 따르고 사람과 교감하는 듯한 행동을 보이게 되었다고 한다. 이 실험에서 공격성이 덜한 얌전한 여우만 골라서 자손을 낳게 했더니 불과 4세대 만에 여우가 마치 개처럼 꼬리를 흔드는 모습을 보였다는 이야기는 잘 알려져 있다.

여우가 사람에게 쉽게 적응하는 특징이 있다는 것 말고, '여우 울음소리'도 여우 전설이 탄생한 배경으로 중요하게 짚어 볼 필요가 있다고 생각한다. 갯과 동물 가운데 몇몇 종은 사람의 신경을 곤두서게 하는 소리를 내는 경우가 있다. 예를 들어 개나 늑대가 내는 긴 울음소리는 잠깐씩 마치 사람이 울부짖는 듯한 음색처럼 들릴 때가 있다. 이 때문에 늑대의 긴 울음소리는 공포 영화의 효과음으로도 자주 사용된다. 개 짖는 울음소리는 상황과 품종에 따라 워낙 다양하기는 하지만 그래도 1,000~2,000Hz의 소리가 주로 나타난다고 하는데, 이런 소리는 사람의 말소리에서 흔히 들리는 음높이와 크게 다르지 않다. 즉 이 소리는 사람의 주의를 끌기 쉽다. 그렇다면 갯과 동물인 여우가 낸 기묘한 울음소리가 사람을 놀라게 하여 이상한 소문의 단초가 되었다고 생각해 볼 수 있진 않을까.

나는 최근까지도 이 가능성을 명확히 보여 줄 수 있는 방법을 찾지 못했다. 그런데 인터넷 동영상 공유 사이트를 통해 세계 각지의 여우 사육사, 동물원 등에서 공개한 여우의 갖가지 울음소리를 접할 수 있었다. 특히 '여우 웃음소리', 'fox laugh' 등으로 검색해 보면, 여우가 마치 사람의 웃음소리와 비슷한 소리를 내는 장면이 여럿 나온다. 아마 여우를 친근하게 여기는 마음으로 듣는다면 귀엽고 재미난 소리쯤으로 받아들일 수 있을 것이다. 그러나 으슥하고 위험한 밤길을 가는 도중에 어디에서 나는 소리인지 잘 모른 채 듣는다고 상상해 보면 아주 기괴하다는 느낌을 떨칠 수 없다. 사람이 비웃으며 내는 소리 같기도 하고, 결코 평범한 웃음으로 들리지는 않는다. 이런 소리가 사람이 나타날 이유도 없고, 사람이 웃고 있을 이유도 없는 밤중의 깊은 산속에서 문득 들린다면 별별 괴상한 소문이 탄생할 법도 하다.

시대는 바뀌어, 21세기인 지금 한국에서 여우가 사람으로 변신해 산속에서 누군가를 홀렸다는 이야기를 진지하게 생각하는 이는 아무도 없는 것 같다. 그도 그럴 것이 급격하게 환경이 변화하면서 한국의 토종 야생 여우가 남한 지역에서는 20세기 중반에 사실상 멸종해 버렸기 때문이다. 아무리 여우가 요사스럽다고 한들, 빠르게 변화하는 생태 환경을 버텨 낼 수는 없었다는 뜻이다. 현재는 역으로 환경부를 비롯한 관련 공공기관에서 어떻게든 사람의 힘으로 다시 우리 산야에서 야생 여우가 살아가게 하려는 사업을 추진하고 있다. 요사스러운 여우를 몰아내려 하기보다는, 도리어 멸종 위기에 놓인 불쌍한 신세가 된 야생 여우를 어떻게 하면 다시 한반도 숲에서 번식시킬 수 있을지 과학자들이 연구를 진행하고 있는 시대가 되었다.

　　그러니 과거에는 그렇게 무서웠던 여우 전설도, 오늘날에는 먼 옛날의 이야기처럼 들릴 뿐이다. 요즘에는 이미 사망한 사람의 유령이 휴대전화 메시지를 보낸다든가, 지하철역 플랫폼에 혼령이 출현한다는 식의 이야기가 지금의 환경에 어울리는 무서운 이야기로 유행한다. 세월이 흐르고 과학기술이 더 발전한 뒤에는 이런 최근의 이야기도 전래동화의 한 부분으로 변해 갈지도 모를 일이다.

이야기 넷 - 「설공찬전」과 뇌과학

혼백에 씐 사람과 천억 개의 뇌세포

공찬의 혼령이 공침의 몸에 들어오다

(…) 이윽고 설충수의 집에서 지껄이는 소리가 들렸다. 물어 보니, "공침이 뒷간에 갔다가 병을 얻어 땅에 엎드려 있다 한참 만에야 정신을 차렸지만, 기운이 미쳐 버리고 다른 사람같이 되었더라."라고 하였다.

설충수는 그때 마침 시골에 가 있었는데 종이 즉시 이 사실을 아뢰자 충수가 울면서 올라와 보니, 공침의 병이 더욱 깊어 그지없이 서러워하였다.

"어쩌다가 이렇게 되었느뇨?" 하고 공침이더러 물으니, 잠잠하고 누워서 대답하지 않았다. 제 아버지가 슬퍼 더 울고 의심하기를, 요사스런 귀신에게 빌미 될까 하여 도로 김석산이를 청하였는데, 석산이는 귀신 쫓는 사람이었다. 김석산이 와서 복숭아나무 채로 가리키고 방법 하여 부적 하니, 그 귀신이 이르기를, "나는 계집이므로 이기지 못해 나가지만 내 오라비 공찬이를 데려오겠다." 하고는 갔다. 이윽고 공찬이가 오니 그 계집은 없어졌다.

공찬이 와서 제 사촌 아우 공침이를 붙들어 그 입을 빌려 이르기를 "아주버님이 백단으로 양재(禳災)하시지만, 오직 아주버님의 아들을 상하게 할 뿐입니다. 나는 늘 하늘가로 다니기 때문에 내 몸이야 상할 줄이 있겠습니까?" 하였다. (…)

— 채수, 「설공찬전」

조선판 엑소시스트

「설공찬전(薛公瓚傳)」(1511)은 한국문학사에서 특별히 뜻깊은 소설로 평가받는다. 여기에는 그럴 만한 사연이 있다.

본격적인 한국 최초의 소설집으로 널리 인정되는 김시습 (1435~1493)의 『금오신화(金鰲新話)』는 보통 15세기경에 창작된 것으로 본다. 그런데 한국에서 창작 소설이 대중적으로 크게 유행한 시기는 조선 후기, 한글 소설이 널리 유통되면서부터다. 이렇게 놓고 보면 『금오신화』와 조선 후기의 한글 소설 유행 사이에는 제법 긴 시간적 공백이 있다. 흔히 『홍길동전』을 최초의 한글 소설로 알고 있는 사람이 많고 그 원작자로 허균 (1569~1618)이 언급되곤 하는데, 허균만 하더라도 16세기 후반과 17세기 초반에 주로 활동한 인물이다. 최근에는 『홍길동전』의 저자가 허균이 아닐 가능성이 높다는 연구 결과도 설득력을 얻고 있다.

　이렇듯 최초로 『금오신화』가 등장한 시점과 한글 소설의 유행 사이에는 짧게는 수십 년, 길게는 100년 정도의 시간적 거리가 있다. 그 사이에는 왜 소설이 나타나지 않았을까? 『금오신화』는 어느 정도 알려져 제법 인기를 얻는 데 성공한 소설이었다. 그런데도 왜 『금오신화』 이후 약 100년 동안 조선에는 소설이 나타나지 않은 것일까? 이웃 나라 중국에서는 이미 당(唐)나라 시대 필기 문학의 전통에 바탕을 두고, 원(元)나라와 명(明)나라 시기를 지나면서 다양한 형태의 소설이 꾸준히 창작되었고, 일본에서는 세계 최초의 본격 장편소설로 평가받는 『겐지 이야기(源氏物語)』가 11세기에 등장한 이래 소설 창작의 전통을 이어가고 있었다. 그런데 왜 조선은 소설 창작이 뚝 끊어지는 듯한, 말하자면 소설의 암흑기 같은 시대를 맞게 된 것일까?

　「설공찬전」은 바로 그런 의문에 답을 구하고자 할 때 단서가 되는 소설이다. 우선 「설공찬전」은 16세기 초에 나왔다. 그러니까 『금오신화』와 조선 후기 소설 유행 사이의 시기에 창작된 소설인 셈이다. 따라서 「설공찬전」은 조선 시대에 그렇게 긴 소설 암흑기가 있었던 것은 아니라는 주장의 방증일지도 모른다. 조선 후기에 본격적으로 소설이 유행하기 전까지 드문드문 여러 소설이 꾸준히 나오며 명맥이 이어졌는데, 다만 그 시기 소설에 대한 기록이 부족하고 보존된 것이 많지 않아 현대의 우리 눈에 띄지 않고 있을 뿐이라는 이야기다.

여기에 더해 「설공찬전」의 내용을 살펴보면 또 다른 방향의 생각을 한 가지 더 떠올려 볼 수 있다. 「설공찬전」이라는 소설이 있었다는 사실과 그 대략적인 소재에 대해서는 이미 오래전부터 알려져 있었다. 『패관잡기(稗官雜記)』 같은 조선 시대 문헌에 그런 소설이 있다는 사실이 언급되고, 심지어 『조선왕조실록』에도 「설공찬전」에 대한 몇 가지 사건이 기록되어 있다. 그렇지만 정작 「설공찬전」 실물이 발견되지 않았다. 그렇다 보니 중요한 소설이라고는 해도 정작 그 내용을 정확히 아는 사람은 없었다. 20세기 내내 「설공찬전」에 대한 연구는 그 내용을 상상하고 짐작하는 수준에 머물러 있었다.

상황이 극적으로 바뀐 것은 20세기가 거의 끝나 가던 1997년의 일이다. 「설공찬전」과는 별 상관이 없어 보이는 조선 시대의 일기, 『묵재일기(默齋日記)』(1535~1567)를 연구하던 연구진이 『묵재일기』에 엮여 있는 종이 한 켠에 누군가 무슨 이유에서인지 소설을 몇 편 베껴 둔 것을 발견하게 되었다. 그 내용을 자세히 살펴보니, 그중에 한글로 기록해 놓은 「설공찬전」이 포함되어 있었다. 남아 있는 내용 전체를 다 합해 봐야 4,000자 정도밖에 되지 않는 분량이었지만, 이 정도만 하더라도 「설공찬전」의 내용을 어느 정도 파악할 수 있었다.

약 500년 만에 다시 세상에 모습을 드러낸 「설공찬전」은 세상을 떠난 설공찬과 그 누나의 혼백이 사촌 설공침의 몸속에 들어가서 그의 입으로 둘의 이야기를 전하는 한편, 설공침을 괴롭힌다는 이야기다. 이른 나이에 세상을 떠난 설공찬 남매는 혼백에 관한 여러 가지 신비한 사연을 전하기도 하고, 저승 세계를 설명하기도 한다. 그러면서 당시 사회나 정치에 비판적인 시각을 드러내는 내용이 이어진다. 귀신 쫓는 사람인 김석산이 설공침으로부터 설공찬 남매의 혼백을 쫓아내려고 하는데, 어느 정도 성공하는 듯하다가 실패한다는 내용도 나온다. 이런 내용은 얼추 〈엑소시스트(The Exorcist)〉(1973) 같은 현대 공포 영화와 비슷해서 TV 프로그램을 통해 소개되며 화제를 모으기도 했다.

혼백이 들어왔다 나간다?

과학이 발달한 현대의 시선에서 보면 「설공찬전」은 정신과 신체에 대한 당시 사람들의 관념을 살펴볼 수 있는 자료이기도 하다. 우리는 사람의 정신 작용이 뇌를 중심으로 이루어진다는 사실을 잘 알고 있다. 하지만 「설공찬전」이 창작된 시기만 하더라도 고대 중국의 의학을 받아들인 조선 사람들은 사람의 정신에 관한 일은 심장을 중심으로 이루어진다고 생각했다. 마음을 뜻하는 한자인 심(心) 자가 심장이라는 장기의 이름에 쓰인 것도 그 때문이다.

그러나 실제 사람의 심장을 들여다보면, 그 구조는 몸에 피를 돌게 하는 역할에 맞춰져 있다. 그곳에 이성과 감정이 들어갈 자리는 없어 보인다. 이런 점에서 조선 시대 사람들은 정신과 마음의 작용을 구체적이고 명확하게 벌어지는 현상이 아니라, 알 수 없는 신비한 힘에 의해 그저 마법처럼 흐릿하게 심장과 핏속에 서려 있는 기운 같은 것으로 생각할 수밖에 없었던 듯하다. 그러니 죽은 사람의 혼백이 살아 있는 사람 몸속에 어떤 식으로든 들어와서 산 사람의 육체를 조종해 말을 하는 「설공찬전」의 장면도 그럴듯하다고 여겼을 것이다.

현대 뇌과학의 연구 성과에 따르면, 사람이 말을 한다는 것은 뇌 가운데서도 브로카 영역(Broca's area)과 베르니케 영역(Wernicke's area)이라는 두 부위를 중심으로 이루어지는 현상이다. 브로카 영역은 이마엽(전두엽)의 일부 영역으로 관자놀이 부근에, 베르니케 영역은 브로카 영역보다 약간 뒤쪽인 귀 부근에 있다. 다수의 사람들은 뇌의 왼쪽에 있는 브로카 영역과 베르니케 영역이 활동한 결과로 말을 할 수 있게 된다. 즉 어떤 사람이 말을 한다는 것을 뇌과학으로 설명해 보자면 다음과 같다. 대뇌 브로카 영역과 베르니케 영역의 수많은 신경세포가 서로 전기 신호를 주고받으며 반응해, 그 결과에 따라 혀, 입, 성대를 움직이는 신경에 신호를 전달하는 현상이다. 브로카 영역과 베르니

케 영역의 작용 덕분에
사람은 자기가 표현하
고자 하는 단어와 문장
을 발음할 수 있다.

그렇다면 「설공찬전」
에서처럼 죽은 설공찬
의 정신에 따라 설공침
이 말을 할 수 있으려면
설공침의 몸이 어떻게
바뀌어야 하는 걸까? 사
람의 뇌세포는 약 1,000
억 개에 달한다. 일단은
설공침의 머릿속에 있는 수많은 뇌세포 중에 브로카 영역과 베
르니케 영역의 뇌세포들이 죽은 설공찬의 뇌세포 상태와 똑같
이 바뀌어야만, 설공침은 설공찬처럼 말할 수 있다. 이것 말고
도 뇌에 저장된 기억이나 경험 등이 설공찬과 똑같아져야 한다
는 문제도 있다. 설공찬의 혼백이 들어와서 설공침의 몸으로 말
하는 현상은 단순히 신비로운 기운이 심장에 서리는 정도로 될
수 있는 일이 아닌 것이다. 혼백이 들어오는 그 잠깐의 시간 동
안 뇌 속에 있는 수십억, 수백억 개의 뇌세포 상태가 순간적으
로 바뀌어야 한다.

따라서 문제는 간단치 않다. 설공침의 뇌세포 개수나 뇌가 자라난 형태가 설공찬의 정신을 그대로 옮겨 놓을 수 있을 만큼 잘 맞아떨어진다는 보장도 없다. 예를 들어 설공찬은 브로카 영역에 뇌세포가 많은 사람인데 설공침은 그렇지 않다면, 설공침은 설공찬이 말하는 것처럼 말을 하려야 할 수가 없다. 갑자기 브로카 영역의 뇌가 더 많이 자라나서 머리 한쪽이 커진다거나 하면 모를까. 또 브로카 영역과 베르니케 영역이 잘 연결되지 않으면 말할 때 소리를 잘 내지 못한다고 한다. 설공찬과 설공침의 뇌 구조에서 두 영역의 연결 상태가 서로 다르다면, 역시 설공침의 뇌로는 설공찬의 정신이 하려는 말을 그대로 할 수가 없다.

그게 아니더라도, 그저 아주 단순하게 생각해서 만약 설공침의 뇌세포 개수가 설공찬보다 더 적고, 뇌세포들끼리 연결된 숫자도 더 적다고 해 보자. 아무리 설공찬의 정신을 설공침의 뇌 속에 넣으려고 해도 뇌세포가 부족하면 그대로 옮길 수가 없다. 마치 4GB짜리 USB 메모리에 5GB짜리 하드디스크 정보를 복사할 수 없는 것과 같은 이치다. 뇌가 언어 활동과 정신을 주관한다는 사실이 밝혀진 현재의 관점으로 봤을 때, 한 사람의 몸을 정말로 다른 사람의 정신이 차지한다는 상상이 그럴듯한 현실로 일어나려면 한 사람의 뇌가 아예 달라져야 한다. 뇌를 구성하는 신경세포의 배치나 연결 상태 등이 다른 사람과 같게 바뀌어야 한다는 뜻이다. 하지만 사람마다 뇌는 각자 조금씩 차이를 갖고 있는 다른 모양의 기관이기 때문에 그런 일이 정말로 일어날 수는 없다.

혼백이 몸속에 들어왔다 나간다는 설정에서 고려해야 할 문제는 이것말고 또 있으니, 바로 감정이나 기분이다. 감정이나 기분은 호르몬과 연관이 깊다. 이를테면 우리가 사랑의 감정을 느낄 때는 흔히 옥시토신(oxytocin)이라는 호르몬이 몸속에서 분비된다. 옥시토신은 약 140개의 원자가 결합한 화학물질이다. 한편 세로토닌(serotonin)이 적은 사람은 침울한 기분이 지속되는 등 우울장애를 겪게 된다는 연구 결과도 있다. 세로토닌은 약 30개의 원자가 결합한 화학물질이다.

그렇다면 만약 사랑을 느끼고 있는 혼백이 어떤 사람의 몸속에 들어올 경우, 사랑이라는 감정이 그대로 표현되기 위해서는 그 사람의 몸속에 없던 옥시토신이 갑자기 생겨나야 한다. 우울장애를 겪는 혼백이 어떤 사람의 몸속에 들어온다면, 그 사람의 몸속에서는 세로토닌이 갑자기 사라져야 한다. 게다가 사람의 감정, 기분, 기억에 관여하는 화학물질은 옥시토신, 세로토닌 말고도 얼마든지 많다. 한 사람의 정신이 다른 사람의 정신으로 바뀌려면, 이렇게 많은 화학물질이 생기거나 없어져야 한다.

혼백이 다른 사람의 몸속으로 들어간다는 현상이 실현되기 위한 조건을 하나하나 따지다 보면, 이런 현상은 한순간에 그냥 이루어지는 간단한 일일 수 없다는 사실이 보인다. 사람의 정신이 심장에 서려 있는 신비로운 것이라고 상상하던 옛 시대에는 「설공찬전」의 귀신 들림 사건도 그저 알 수 없는 신비 속에서 막연히 가능한 일로 보였을 수 있다. 그러나 뇌에 대해 자세히 알게 된 현재에는 사람의 정신 작용이 그보다 얼마나 더 복잡하고 섬세한지 잘 밝혀져 있다.

괴이한 불온서적으로 낙인찍히다

그렇다고 해서 「설공찬전」이 뇌에 대한 지식이 부족했던 16세기 작가의 뒤떨어진 모습을 보여 주는 것만은 아니다. 나는 오히려 「설공찬전」의 진가는 일단 눈길을 끌기 쉬운 장면, 곧 혼백이 몸속에 들어가는 내용 다음에 나온다고 생각한다. 중반부 이후부터 설공찬의 혼백은 설공침의 몸에 들어간 채로 다른 친척들에게 자신이 경험한 저승 세계의 모습을 설명한다.

그는 이승에서 존귀한 사람이었더라도 악한 사람은 저승에서 비천하게 살게 되고, 심지어 이승에서 임금의 자리에 있었다고 해도 반역을 저지른 인물이면 지옥에 들어간다고 이야기한다. 한편으로 저승에서는 여성도 글을 알면 관직을 맡는다고 알려 주기도 한다. 즉 「설공찬전」의 작가 채수는 신분을 따지지 않

고 남녀가 평등한 저승의 모습을 들려주면서 조선의 신분제 문제, 남녀 차별 문제를 신랄하게 지적한 것이다.

『조선왕조실록』 1511년 음력 9월 5일 자에는 다음과 같은 기록이 있다.

「설공찬전」을 불살랐다. 숨기고 내어놓지 않는 자는, 요서 은장률(妖書隱藏律)로 치죄할 것을 명했다.

조정에서는 요서 은장률을 들먹이며 「설공찬전」을 불태워 버리라는 명령을 내렸다. 요망한 내용이 담긴 불온서적을 몰래 숨긴 죄를 엄벌로 다스려야 한다는 것이다. 그 전후의 기록을 보면 「설공찬전」을 쓴 채수를 처형해야 한다는 의견이 조정에 개진되었고, 실제로 채수를 관직에서 내쫓는 처벌이 내려지기도 했다.

「설공찬전」의 내용이 다시 밝혀진 1997년이 되어, 486년 만에 우리는 조선 조정에서 왜 그렇게 「설공찬전」에 거부감을 보였는지 짐작할 수 있게 되었다. 선대 임금이었던 연산군을 몰아내고 옥좌를 차지한 중종과 그 일파로서는, 임금이라고 하더라도 반역을 저지르면 저승에 간다는 대목이 특히나 마음에 거슬렸을 것이다. 상상일 뿐이지만, 당시 「설공찬전」이라는 소설 한 편 때문에 이런 정도의 큰 사건이 발생한 것을 보고, 조선 시대 소설 창작이 움츠러들었거나 이미 창작되어 유통되던 소설이 슬금슬금 숨겨지게 된 것일 수도 있지 않겠나 하는 생각도 든다.

「설공찬전」은 사람의 정신 활동과 신체 구조에 대한 지식은 부족했을지언정, 그 시대 상황을 뛰어넘어 평등한 미래로 가기 위한 새로운 발상을 떠올리고 또한 그것을 세상에 알리고자 애쓴 책이다. 알 수 없는 일이 너무나 많고 무지와 무심함으로 가득한 시대의 한계 속에서도, 하나하나 조금씩 새로운 세상으로 나아가고자 하는 노력이 이어지고 쌓이면서 세상이 변해 왔다는 점을 드러내는 증거라고 할 수 있지 않을까.

2부 ◎ 기묘한 현상

과학이 잠든 시절의 신비로운 세계

이야기 다섯 - 『동국이상국집』과 공생

하늘이 내린 신비로운 이슬이
전하는 가르침

다음 날 승통이 화답하여 부쳐 왔으므로
다시 차운하여 받들어 올리다

살과 뼈가 마르고 말라 몸꼴은 말이 아니고
정신 혼백 날아가 버리니 산 사람 같지 않네
다행히 내게는 스승이 있어 나를 일으켜 주시니
배부르게 맛본 감로는 그 맛 한번 진하구나

한미한 집 찾아오신 대선사님 그 정성을
부처님도 알아주리 사람으로 여긴 나를
그러하나 선사님은 술 한잔도 안 마시니
내 스스로 마셔 보자 술맛이야 어이 가리

— 이규보,『동국이상국집』

(원문)

形骸枯槁已非身。精魄飄零不似人。賴有吾師能起我。
飽嘗甘露正醇醇。
枉顧閑門大耄身。始知法主視猶人。雖然不飮盃中釃。
自有醍醐味大醇。

영생불멸을 얻는 약이 있다?

고려 시대의 작가 이규보(1168~1241)는 많은 시를 남겼다. 그중에 "살과 뼈가 마르고 말라 몸꼴은 말이 아니고"(形骸枯槁已非身)라는 시구로 시작하는 시는 늙고 힘없는 자신이 좋은 스승의 도움으로 위로를 받았다는 내용이다. 이 시가 수록된『동국이상국집(東國李相國集)』(1241)의 설명을 보면 이 시는 승통(僧統)이라는 호칭으로 높여 부르던 승려와 시를 주고받는 과정에서 쓴 것이라고 되어 있다. 그렇다면 이 시에 등장하는 스승이란 곧 승통을 가리키는 표현일 것이다. 요즘도 고매한 승려를 일컬어 무슨무슨 대사(大師)라든가, 무슨무슨 선사(禪師)라는 식으로 사(師)를 붙여 표현하니, 이 부분은 이해하기 쉽다.

　그런데 첫 번째 수(首)의 결론이라 할 수 있는 마지막 부분, 즉 "포상감로정순순(飽嘗甘露正醇醇)"에는 좀 더 상세히 살펴볼 만한 내용이 있다. 이 시구를 글자 그대로 번역해 보면, 감로라는 것을 먹어 보았는데 그 맛이 좋았다는 내용이다. 맛이 좋다고 표현할 때 '순(醇)'이라는 글자를 썼다. 이는 '물을 타지 않은 진하고 순수한, 만든 그대로의 술'을 일컫는 말이다. 고려 시대의 유명한 단편소설인 임춘의 「국순전」에서는 술을 의인화한 주인공에게 '국순(麴醇)'이라는 이름을 붙였다. 그러니 이규보의 시에서 맛이 진하다고 한 말은 술맛이 좋다는 의미로 보아야 한다.

이규보는 승통의 권유 내지는 도움으로 술 한잔을 아주 맛있게 마시며 즐거운 시간을 보낸 장면을 첫 수의 시에 담았다. 그러면서 그 술맛을 '감로를 맛보았다'고 비유해서 표현했다. 이번에 주목해서 살펴보고자 하는 것은 바로 이 '감로'라는 말이다.

감로는 직역하면 '달콤한 이슬'이라는 뜻이다. 이슬은 상쾌하고 깨끗한 느낌의 단어다. 순수하고 고고한 성품을 가진 사람을 일컬어 "이슬만 먹고 살 것 같다"고 이야기하기도 한다. 상쾌하고 깨끗한 이슬을 떠올리면 달콤하며 맛 좋은 느낌도 덩달아 연상된다. 이슬은 아주 맛 좋은 마실 거리를 비유하기에 적절한 단어다. 이슬을 술의 상표로 활용한 사례도 있다. 이 정도면 시가 말하고자 하는 내용을 대략 파악할 수 있다. '술맛이 아주 좋아서 달콤한 이슬을 마시는 것 같은 신비로운 느낌이 났다'는 의미로 보고 넘어갈 수도 있다.

그런데 감로라는 말에는 그보다 더 많은 뜻이 숨어 있다. 그

의미를 파악하려면 이규보가 술을 마시던 고려 시대 한반도와
는 시간도, 공간도 한참 떨어진 고대 인도의 문화를 살펴보아야
한다.

　이규보의 시대로부터 1,500년 이상을 거슬러 올라간 고대 인
도에는 다양한 신들의 다툼과 사랑에 관한 여러 신화가 알려져
있었다. 이 신화에 따르면, 먼 옛날 비슈누(Vishnu)라는 신은 여
러 다른 신들을 불러 모아 영원한 생명을 누릴 수 있는 최고의
영약인 암리타(Amrita)를 구해 보자고 제안했다. 이때 신뿐만 아
니라 아수라(Asura)도 같이 모였다. 신의 적수인 아수라는 괴물
이나 마귀에 가까운 종족이었다.

　신과 아수라는 우선 원시의 바다에 세상의 모든 약초를 다
던져 넣고 만다라(Mandara)라고 하는 거대한 산을 막대기처럼
활용하여 그 모든 것을 어마어마한 규모로 젓기 시작했다. 이
일에 모든 신과 아수라가 달려들었다.

　온 우주를 휘젓는다고 할 만한 거대한 작업이 이루어지며 굉
장한 재난과 놀라운 현상이 계속해서 일어났다고 한다. 이 엄청
난 작업이 결말에 이를 무렵, 거대한 바다에서 기이하고도 마법
같은 보물이 하나둘 나타났다. 그리고 작업이 마지막 순간에 도
달하자 마침내 신과 아수라가 그토록 바란, 영생을 가져다주는
약 암리타가 만들어졌다.

　신과 아수라는 서로 암리타를 차지하기 위해 격전을 벌였다.

온 우주를 뒤흔드는 싸움이었다. 싸움 끝에 암리타를 먼저 차지하는 데 성공한 쪽은 아수라였다. 그런데 이때 비슈누가 대단히 아름다운 모습으로 변하여 아수라들을 유혹하며, 자신이 암리타를 나누어 주는 역할을 하겠다고 나섰다. 아수라들은 그 말에 혹해서 암리타를 비슈누에게 잠시 넘겼다. 그러자 비슈누는 그대로 신들에게 가서 암리타를 나누어 줬다. 신들은 암리타를 마시고 그때부터 영원불멸하게 되었으며, 반면에 그러지 못한 아수라들은 신에게 원한을 품게 되었다. 이후 신과 아수라 사이에는 다툼이 이어졌다.

이러한 고대 신화는 인도 문화의 바탕이 되었다. 그리고 네팔, 인도 등지에서 시작해 전파된 불교문화에도 영향을 미쳤다. 신화 내용은 불교 경전에 등장하는 이야기의 소재로 활용되기도 했고, 불교를 창시하고 퍼뜨린 사람들이 비유나 상징으로 쓰기도 했다.

불교가 동아시아로 전해지면서 비슈누, 아수라, 암리타 같은 소재들은 한문으로 번역되었다. 한반도에 그 내용이 전해진 뒤에는 고대 인도 신화 속 소재를 언급하는 한문 표현이 한국인 사이에서도 퍼져 나가게 되었다. 비슈누는 비뉴천(毘紐天)으로, 아수라는 아수라(阿修羅)로 불렸다. 그리고 신들이 영생불멸을 얻기 위해 마신 약, 암리타는 감로(甘露)라고 옮겨졌다.

고대 중국에서는 감로라는 신비로운 물질을 하늘에서 내려 준다고 믿었으며, 그것이 세상에 좋은 일이 생기는 징조라고 여겼다. 예를 들어 중국 한(漢)나라의 제7대 황제 무제가 승로반(承露盤), 즉 이슬 받는 그릇을 만들어서 하늘에서 조금씩 떨어지는 감로를 모아 마시고 신선이 되려 했다는 이야기는 유명하다. 이렇게 보면 불교 문헌을 한문으로 옮길 때, 영생불멸의 약 암리타를 '달콤한 이슬'을 가리키는 감로로 번역한 것은 그 뜻을 보면 적절하게 어울려 보인다.

달콤한 이슬에 대한 기이한 목격담

감로에 관한 이야기가 우리나라에 더욱 널리 퍼진 계기는 불교 경전인 『우란분경(盂蘭盆經)』과 『목련경(目蓮經)』이 널리 유행한 것과 관련이 깊은 듯하다. 두 책은 석가모니의 제자였던 목련(目蓮)이, 사망한 뒤 지옥에 떨어진 자신의 어머니를 구해 내기 위해 애쓴다는 내용을 담고 있다.

두 불경의 핵심 내용은 선한 일을 해야 지옥에 가지 않으며, 불교 승려와 신자들을 존중해야 한다는 것이다. 하지만 고려와 조선에서는 그보다는 어머니를 구하기 위해 지옥까지 가서 애쓴다는 줄거리가 더 인기 있었던 것 같다. 『목련경』은 효도를 권장하는 이야기로 인기를 얻었고, 조선 시대 들어서는 조정에서 펴낸 『석보상절(釋譜詳節)』(1447)의 일부로 편집되어 실리기까지 했다. 이 이야기의 인기는 현대에도 이어져 1972년에 〈대지옥〉이라는 한국 영화로 제작된 적도 있다.

『목련경』에서 지옥에 떨어진 목련의 어머니는 나중에 아귀(餓鬼)로 변한다. 아귀는 끝없이 배고픔의 고통을 느끼며 괴로워하는 괴물인데, 설령 음식을 먹는다 하더라도 목구멍으로 넘어가기 전에 음식이 불로 바뀐다고 한다. 그래서 아귀는 배고픔 속에서 먹으려는 희망을 갖고 애쓰지만, 결코 먹을 수는 없어 더욱 고통을 느낀다. 결국 목련은 불교의 힘으로 그런 고통에 빠진 어머니를 구해 낸다.

바로 이런 내용을 그린 그림을 우리나라에서는 흔히 '감로도(甘露圖)' 또는 '감로왕도(甘露王圖)'라고 부른다. 그림의 이야기에 따르면, 지옥에서 끝없는 고통에 헤매는 사람들을 구해 주기 위해 하늘에서 신비로운 이슬을 내려 준다. 이 이슬을 암리타, 곧 감로라고 불렀다.

감로도는 불교를 억압했던 조선 시대에도 제법 유행했고, 신비로운 감로에 관한 이야기도 같이 퍼져 나갔다. 그래서인지 조선 시대에는 실제로 현실 세계에서 감로가 내린 현상을 발견했다는 목격자도 종종 등장했다. 예를 들자면 1414년, 1415년, 1434년 등 여러 차례 걸쳐 어떤 곳에 감로가 내린 것을 발견했다는 기록이 『조선왕조실록』에 남아 있다. 그 당시 사람들은 하

늘에서 감로가 내리는 현상은 나라에 좋은 일이 생길 징조이자,
임금의 덕에 감동한 하늘의 뜻이라 여겼다. 그러니 이런 일을
알리면 임금이 좋아할 것이라 생각하여 서둘러 보고한 것이다.

대체 사람들은 어떤 물질을 두고 감로를 실제로 봤다고 한

것일까? 감로라고 할 만한 물질이 실제로 있을 수 있을까? 감로
는 인도 신화에 따르면 사람을 신처럼 만들어 줄 수 있는 약이
고, 불교 문헌에 따르면 불교의 자비가 담겨 지옥에 빠진 사람
도 구해 줄 수 있는 신비한 약이다. 이런 신비한 이야기가 널리

알려지다 보니, 가짜 감로를 만드는 속임수를 쓰는 사람도 적지 않았다. 『고려사절요(高麗史節要)』(1452)를 보면, 1313년 효가(曉可)라는 사람이 꿀물을 적당히 뿌려 놓고 그것이 하늘에서 내린 달콤한 이슬, 곧 전설 속의 감로라고 속였다고 한다. 그러면서 사이비 종교 교주 노릇을 했다는데, 그 이후에도 감로가 나타났다는 속임수를 사이비 종교에 이용한 사례가 가끔 보인다.

감로를 목격했다는 상당히 구체적인 기록으로는 유몽인(1559~1623)의 「감로정기(甘露亭記)」(1614)를 꼽을 수 있겠다. 이 글에는 유몽인이 지금의 전라남도 고흥에 내려와 머물던 1612년 음력 4월경 감로 같은 것을 목격했다는 이야기가 실려 있다. 제목이 '감로정기'인 까닭은 그때의 경험이 너무도 신비롭고 놀라워서 자신이 지은 정자에 '감로정'이라는 이름을 붙였기 때문이다.

이 내용에 따르면 유몽인이 당시 소나무와 대나무 잎사귀에서 이슬을 발견했는데, 아침 햇살을 받아 빛이 반짝였고 사람이 손을 대면 끈적거려 달라붙었으며 그 빛깔은 쌀로 빚은 진한 청주와 같았다고 한다. 아마도 완전히 투명하기보다는 약간 노란빛이었던 것 같다. 무엇보다 그것을 먹어 보니, 맛이 꿀이나 엿처럼 달고 시원했다고 한다. 이슬 같은 것인데 단맛이 났으니, 말 그대로 달콤한 이슬, 곧 감로라 할 만했다. 도대체 이것이 무엇인지 확신할 수 없어서 집안의 한 여자아이에게 물었더니 '밀우(蜜雨)', 즉 꿀로 된 빗방울이라는 대답을 들었다. 이후 유몽인은 근처 바닷가에 있는 나무 잎사귀에서도 같은 물질을 발견하여 놀랐다고 전한다.

유몽인은 기이하고 이상한 소문에 대한 글을 많이 남기긴 했지만, 자신이 직접 경험한 일에 대해 허황되게 지어낼 사람은 아니다. 그렇다면 도대체 그가 감로라고 생각한 것은 무엇이었을까? 영생불멸할 수 있다는 놀라운 영약이 대체 무슨 이유로 전남 고흥에서 발견된 것일까? 이는 전남 고흥이나 한반도 남부에 좋은 일이 일어날 징조였을까? 신비한 이슬을 먹은 유몽인은 놀라운 깨달음을 얻어 신선이 되거나 불로불사할 능력을 얻었을까?

이것이 실제로 전설 속 감로였을 가능성은 없다. 왜냐하면 유몽인은 불로불사하기는커녕 그로부터 약 10년 뒤 인조반정 (1623)의 여파에 휘말려 역모에 몰려 임금의 명령으로 처형당했기 때문이다.

하찮은 미물의 달달한 공생

유몽인이 목격한 현상의 실체는 그가 남긴 상세한 묘사를 통해 어느 정도 짐작해 볼 수 있다. 유목인은 이 현상을 유독 나뭇잎에서 발견했다고 적었다. 그리고 이슬을 손으로 만지면 상당

히 끈적거렸다고 하며, 음력 4월경 고흥 주변의 넓지 않은 지역
에서 이런 현상이 발견했다고 서술한다. 그렇다면 '좁은 범위의
지역에서 나뭇잎과 관련하여 봄철에 발생할 수 있는 어떤 현상'
으로 추측해 볼 수 있다.

이런 현상이라면 진딧물, 혹은 그와 비슷하게 식물을 먹고
사는 곤충이 식물에서 영양분을 빨아 먹고 달콤한 액체를 뿜어
내는 습성과 관련지어 볼 수 있다고 생각한다. 진딧물 같은 곤
충은 식물의 몸을 이루는 탄수화물 성분을 소화해 당분으로 변
화시킬 수 있다. 그리고 이렇게 만들어 낸 당분을 자신에게 필
요한 영양분으로 사용할 뿐만 아니라, 주변에 뿜어내기도 한다.

이런 행동에는 한 가지 중요한 장점이 있다. 당분을 주변에
뿜어내면 이를 좋아하는 개미 같은 곤충이 모이게 마련이다. 개
미는 주변에 달려드는 다른 곤충을 내쫓아 준다. 따라서 개미가
당분을 먹으러 와서 진딧물의 천적을 쫓아 준다면, 진딧물은 그

만큼 생존에 유리해진다. 진딧물이 개미를 이용해서 자신을 잡아먹으려는 무당벌레를 내쫓는다는 이야기는 아주 잘 알려져 있다. 진딧물은 식물의 수액을 빨아 먹고 나서 남은 당분을 개미에게 내뿜어 주고, 개미는 진딧물의 적인 무당벌레를 내쫓아 주며 공생한다.

이때 진딧물이 갑자기 당분을 너무 많이 뿜으면, 당분이 식물의 몸체 이곳저곳에 달라붙어 물방울 모양으로 맺힐 수 있다. 그 모습이 마치 빗방울이나 이슬방울처럼 보이기도 한다. 현대에도 세계 각지에서 관찰되는 이런 물질을 영어로는 허니듀(honeydew)라고 부른다.

말하자면 1612년 봄, 전남 고흥의 숲과 해안 지역 일부에 날씨와 환경이 잘 맞아 들어 갑자기 당분을 뿜어내는 진딧물류의 벌레들이 번성했을 가능성이 있다. 나는 바로 그런 현상 때문에 근방 나무마다 벌레가 뿜은 끈끈하고 달콤한 액체가 나타났고, 유몽인이 이를 감로라 여겼을 것이라고 짐작한다.

이렇게 정체를 결론 내리고 보면 좀 우스워 보이기도 한다. 하늘이 내린 신비의 약물이라 생각했던 감로는, 하찮은 벌레가 뿜어낸 단물일 뿐이었다. 비슷한 현상이 전국 각지에서 가끔 발생한 것을 두고, '하늘이 임금의 덕에 감동한 징조'라며 서로 보고하기 위해 다투었다고 생각한다면 어처구니없다는 생각도 든다.

하지만 반대로 별것 아닌 미물인 벌레들이 만들어 낸 현상을 대수롭게 여기지 않고 하늘의 뜻으로 보고 진지하게 글까지 남겼던 옛사람들의 관점은, 또 그 나름대로 오묘한 느낌이 들기도 한다. 생태계에 적응하기 위해 진화해 온 곤충들의 공생 관계가 남긴 흔적이 바로 감로다. 진화 과정 속에서 작은 곤충들이 보여 준 공생의 지혜야말로 긴 세월 살아남은 생명의 잊지 말아야 할 의미라는 점을 감로가 강조해 드러냈다는 생각도 든다. 그렇다면 그 나름대로 하늘에서 사람들에게 신선 같은 깨우침을 주기 위해 보여 준 현상이라고 생각해 볼 수도 있는 것 아닐까?

이야기 여섯 – 『삼국사기』와 적조현상

멸망 앞둔 백제에서 벌어진
해괴한 일

도성의 우물물이 핏빛으로 변하다

의자왕 19년(659) 봄 2월에 여러 마리의 여우가 궁궐 안으로 들어왔는데, 흰 여우 한 마리가 상좌평의 책상 위에 앉았다. 여름 4월에 태자궁의 암탉과 참새가 교미했다. 장수를 보내 신라의 독산성과 동잠성의 두 성을 쳤다. 5월에는 도성 서남쪽의 사비하 강변에 커다란 물고기가 나와서 죽었는데 길이가 세 장이었다. 가을 8월에 여자의 시체가 있어서 생초진에 떠올랐는데, 길이가 열여덟 척이었다. 9월에 궁중의 홰나무가 울었는데, 사람이 곡하는 소리 같았다. 밤에는 궁전 남쪽의 길에서 귀신이 울었다.

의자왕 20년(660) 봄 2월에 도성의 우물물이 핏빛이 되었다. 서해 바닷가에 작은 물고기 떼가 나와 죽었다. 백성들이 그것을 다 먹을 수가 없을 정도였다. 사비하의 물이 핏빛과 같이 붉었다. 여름 4월에 두꺼비와 개구리 수만 마리가 나무 위에 모였다. 사비 도성 안에 있는 저잣거리의 사람들이 까닭 없이 놀라 달아났는데, 누가 잡으러 오기라도 하는 양 허겁지겁 도망치다 넘어져 죽은 자가 백여 명이나 되었고, 재물을 잃은 자는 헤아릴 수 없었다.

— 김부식, 「백제본기」 659~660년(의자왕 19~20년), 『삼국사기』

– 물고기 사체부터 괴이한 울음소리까지, 잇따른 망조

고구려, 백제, 신라 삼국 가운데 가장 먼저 멸망한 나라는 백제
다. 그 때문인지 삼국의 역사 기록을 보면 백제의 멸망이 몹시
안타깝게 다가온다. 마침 『삼국사기』의 서술도 그런 분위기를
살리고 있다. 서기 660년 즈음, 그러니까 백제가 멸망할 무렵
백제에선 평소에 볼 수 없던 이상한 일이 일어났다는 소식이 자
꾸 들려온다. 기이한 사건은 한 번에 그치지 않고 몇 달 동안 잇
달아 일어난다. 700년가량 이어진 나라의 운명이 끊어지는 큰
변화의 시기였던 만큼 백제의 땅과 물, 심지어 백제라는 나라를
휘감고 있던 공기조차도 그냥 넘어갈 수는 없었다는 느낌이다.

　『삼국사기』「백제본기」의 서기 659년 기록에는 백제 도성의
사비하라고 하는 강에서 거대한 물고기 사체가 발견되었다는
언급이 있다. 물고기의 길이는 세 장(丈, 한 장은 한 자의 열 배로 약

3m에 해당)에 달한다고 했으니, 대략 9m쯤 되는 크기다. 옛사람들은 무언가 큰 물체는 위대하다고 여기며 대단한 대상으로 숭배하곤 했다. 그러니 이 정도로 커다란 물고기라면 물고기 중에서도 범상치 않다고 생각했을 것이다. 어쩌면 백제 사람들은 그것을 물고기의 왕이나, 사비하 인근 바다를 관장하는 신령과 비슷하다고 여겼을지도 모른다.

물속을 다스리는 신령이 출현했다는 것까지라면, 괜찮은 일일 수도 있다. 잘 알려진 고구려의 시조 주몽 이야기에는 주몽이 무리를 이끌고 강물을 건너 부여에서 탈출하려 할 때, 강물의 신에게 기도하자 물고기와 자라 등 물속 생물들이 모여서 그 위로 밟고 지나갈 수 있도록 다리를 만들어 주었다는 대목이 나온다. 비록 고구려 이야기이긴 하지만 백제 역시 나라를 처음 세운 온조가 주몽의 아들이라는 전설을 갖고 있는 나라였으므로, 신령같이 커다란 물고기가 나타났다는 것까지만이었다면, 백제 사람들은 나라의 운명이나 임금과 관련한 무언가 좋은 징조로 여길 수 있었을 것이다. 만약 그렇게 큰 물고기가 입에 물고 있던 보물을 주었다거나 "백제 임금님 만세!"라고 말해 줬다는 이야기가 퍼졌다면, 당시 사람들은 물고기의 왕이 백제를 도와주고 지켜 주고 있으니 행운이라고 생각했을 수 있다.

그런데 『삼국사기』 기록에 따르면, 물고기의 죽은 몸뚱이가 발견되었다. 간결한 한문 표현이라, 일단 물고기가 출현한 다음

육지로 모습을 드러내면서 죽은 것인지 아니면 아예 죽은 물고기가 물 위로 떠오른 것인지는 정확하지 않다. 하지만 물고기들의 왕이라고 생각할 수도 있을 만한, 대단히 큰 생물이 죽은 채많은 사람에게 목격된 것은 사실이고, 그 장면은 여럿에게 부정적인 느낌을 주었을 것이다. 어쩌면 누군가는 먼 옛날부터 백제의 강과 바다를 지켜 주던 수호신 같은 물고기가 목숨을 다하여죽고 말아서, 이제 백제를 지켜 줄 수호신이 없어졌다는 뜻으로까지 생각했을 수도 있다.

그럴 만도 한 것이, 이후 백제 지역에서는 물속에서 백제를지키는 괴물에 대한 전설이 꽤 널리 퍼졌다. 『삼국유사』에는 신라와 당나라 군사가 백제를 침공했을 때, 침략군의 장군이 사비하에서 어룡(魚龍)을 낚았다는 짤막한 이야기가 실려 있다. 어룡이란 용 같은 물고기, 또는 물고기 같은 용이라는 뜻일 테니 물고기들의 왕 노릇을 하거나 강물의 신령 노릇을 할 만한 신기한생물의 호칭으로 적합하다.

조선 시대의 기록인 『동국여지승람(東國輿地勝覽)』(1481) 등에는 내용이 더욱 풍성하게 발전되어 있다. 이야기의 흐름은 이러하다. 원래는 용이 강물에서 마법적인 힘으로 방어하고 있어서침략군이 백제 깊숙이 들어갈 수 없었는데, 흰 말을 미끼로 삼아 강에서 용을 낚는 데 성공하여 백제 땅에 용이 사라지는 바람에 침략군이 들어와 백제가 멸망하기에 이르렀다는 것이다.

『동국여지승람』에 따르면 바로 이런 연유로 사비하를 백마강이라 하고, 용을 낚았던 바위를 조룡대라고 부르게 되었다고 한다. 그 바위에는 용이 할퀸 자국이 남았다는 이야기도 전한다. 오늘날에는 이 강을 금강의 일부로 보지만, 아직도 흔히 이 지역의 강을 백마강이라고 부를 정도로 이 이야기는 널리 알려졌다.

거대한 물고기가 죽은 채 나타났다는 659년의 사건이 당시 많은 사람 사이에서 나라가 망할 징조로 언급되었을 가능성은 충분하다고 본다. 마침 660년 기록에는 아주 작은 물고기들이 떼 지어 죽었다는 이야기도 이어진다. 바다를 다스리는 왕이 죽고 나서 그 부하들까지 뒤이어 모조리 죽어 버렸다는 이야기까지도 지어내 볼 만큼 불길한 사건들이다. 그렇다 해도 큰 물고기에 대한 기록 하나만으로 바로 그 나라에 망조가 든 증거라고 단정 짓기는 어렵다고 본다. 그 때문인지 이 시기를 다룬 『삼국사기』에는 그보다도 더욱 이상한 현상에 대한 이야기가 함께 전한다.

물고기 이야기 바로 다음에 등장하는 기록은 길이 18척의 여자 시신이 생초진에 떠올랐다는 내용이다. 1척이 약 30.3cm에 해당하니, 18척이라고 하면 5~6m쯤이다. 역시 평범한 사람의 시신이라고 생각할 수는 없는 거인의 모습이다.

이와 비슷한 기록은 『삼국유사』에도 보인다. 시점이 정확히 일치하지는 않지만, 크게 멀지 않은 시기에 거대한 여자의 시체가 떠올랐다는 이야기다. 이 기록에는 시신의 길이가 73척, 즉 20m가 넘는다고 되어 있다. 『삼국유사』가 역사 기록을 담았다기보다는 떠도는 전설이나 신화를 수록하는 데 초점을 맞춘 책이라는 점을 감안하면, 키 5m의 거인 시체가 발견되었다는 소식이 보고된 뒤 사람들 사이에 소문이 돌다가 20m짜리 거인이라고 와전되었다고 짐작해 볼 만하다.

이 정도로 큰 거인 이야기라면, 보통 사람이 아니라 어떤 신령한 힘을 가진 사람 혹은 사람이 아닌 다른 신비로운 종족이 죽어서 발견되었다는 식으로 소문이 퍼져 나갔을 것이다. 그렇다면 이 소식 역시 커다란 물고기 이야기와 마찬가지로, 물속 깊은 곳에 머물던 백제의 운명을 지켜 주던 수호신이 사라지고 말았다는 절망적인 느낌을 주었을 수 있다.

뒤이어 등장하는 660년 초 『삼국사기』의 기록은 더욱 직접적으로 백제의 수호신이 사라지고 말았다는 이야기를 전하는 듯하다. 백제 도성의 우물물이 핏빛으로 변했고, 이어서 사비하의 강물도 핏빛으로 붉어졌다고 되어 있다. 누군가 흘린 피가 너무나 많아서 우물과 강물을 온통 물들일 정도라는 걸까? 이야기의 분위기를 보면 어딘가에서 백제를 지켜 주던 수호신들이 죽어 간다는 뜻처럼 느껴지기도 하고, 나아가 백제의 땅, 국토 그 자체가 피 흘리며 죽어 간다는 종말론 같은 분위기도 풍기는 묘사다. 나라가 얼마나 망할 지경인지, 백제 땅이 견디지 못해 피를 흘리는 것 같은 풍경이다. 이처럼 강렬한 망조도 없을 것이다.

두 사건 사이를 채우고 있는 659년 음력 9월의 기록 또한 망조가 든 분위기를 돋운다. 이때는 나무에서 사람 우는 소리가 들렸다는 이야기와 밤길에 귀신이 울었다는 이야기가 실려 있다. 운다는 건 슬퍼하고 있다는 뜻이고, 나아가 장례 치를 일이 생겨 곡을 한다는 의미다. 이런 기이한 이야기 외에 다른 기록은 없다. 그해 몇 달간 『삼국사기』의 기록은 이상한 일, 불길한 일, 절망적인 느낌을 주는 사건 소식으로 도배되어 있다.

지금이야 귀신 이야기라고 하면 막연히 혼령에 관한 억울한 사연을 떠올리거나 그저 재미로 듣는 섬뜩한 이야기 정도로 여긴다. 그러나 옛사람들은 정말로 진지하게 귀신을 믿었다. 고대인에게 귀신은 이승의 이치를 초월하여 무언가를 알려 주거나, 저승이라는 또 다른 세계에서 보는 시선으로 이승의 숨겨진 점을 드러내 주는 신비한 대상이었다. 귀신이 나타나 울었다는 이야기가 역사 기록에 등장할 정도로 많은 사람 사이에서 오르내렸다면, 그만큼 슬픔이라는 감정이 격하게 퍼져 나간 시대였다는 의미일 것이다. 곧 귀신의 울음이란 노골적으로 멸망이 다가왔음을 일컫는 사건이다.

신라와 당나라 군대가 백제를 침공하기 직전인 660년 음력 6월 기록에는, 아예 대놓고 이 모든 것이 백제 멸망의 징조라고 밝히는 이야기가 또렷하게 실려 있다.

> 귀신 하나가 궁궐 안으로 들어와 "백제가 망한다. 백제가 망한다." 하고 크게 외치고는 곧 땅으로 들어갔다. 왕이 괴이히 여겨 사람을 시켜 땅을 파 보게 했더니 세 자가량의 깊이에 한 마리의 거북이 있었다.

이야기 속에 거북이 나오는데, 살아 있는 진짜 거북이 이렇게 깊은 땅속에서 갑자기 발견되었을 가능성은 희박하기에, 나는 이때 발견된 거북은 흙이나 돌을 이용해 만든 거북 모양의 조각품이라든가, 금속으로 만든 거북 형상이었을 가능성이 크다고 생각한다.

조선 시대에도 신분이 높은 사람의 도장에 금은 등으로 만든 거북 모양의 장식을 붙이는 경우가 많았고, 요즘도 거북 모양의 귀금속을 보석상에서 흔히 볼 수 있다. 재질이야 알 수 없지만, 땅속에서 발견한 것은 아마 그 비슷한 물건 아니었을까 싶다. 그게 아니라면, 점을 치기 위해 마련해 둔 죽은 거북 등딱지의 일부분일 가능성도 있다. 어느 쪽이든 단순한 장식품이라기보다는 기념, 권위, 주술과 같은 묵직한 의미가 있는 물건이었을 것이다.

그런데 그 거북의 등에 이런 글귀가 쓰여 있었다고 한다. "백제는 보름달과 같고 신라는 초승달과 같다." 당시 사람들의 운명론 관점에서 보면 하늘이 백제인에게 반드시 알려 주고자 한 계시라고 여겼을 만하다. 모든 것이 때가 있고, 세상에는 운명이란 것이 있으며, 세상의 모든 일들이 사실은 서로 복잡한 인연으로 연결되어 있다는 믿음이 강했던 당시의 시선으로 보았을 때, 궁 안에서 거북이 발견된 사건이 단순한 우연일 리는 없다고 여겼을 것이다.

깊은 땅속에 묻혀 있어서 발견되기 매우 어려웠을 거북이 공교롭게도 백제의 궁궐 안에서 현재 임금의 통치 시기에 나타났다는 것은, 세상만사의 오묘한 이치에 따라 그 글귀가 반드시 공개되어야 하는 운명이 다가왔기 때문이다. 이렇게 생각하면 거북의 등에 쓰인 글귀는 의미 없는 낙서가 아니라, 백제 임금이 유의 깊게 보아야 하는 하늘의 뜻이 된다.

백제 임금은 "백제는 보름달, 신라는 초승달"이라는 글귀를 주술에 능한 사람을 불러 해석하도록 한다. 무당은 "백제는 보름달이니 앞으로 이제 차차 빛이 약해지는 일을 겪게 될 것이고, 신라는 초승달이니 앞으로 점점 더 빛이 강해지게 될 것이다"라는 뜻으로 풀이한다. 그러자 임금은 불길한 이야기를 했다는 이유로 무당을 처형한다. 그 뒤에 어느 간신배 하나가 나타나 "보름달은 빛이 강하니 백제가 강성하다는 뜻이고, 초승달은 빛이 약하니 신라가 약하다는 뜻이다"라고 거꾸로 된 해석을 내놓는데, 임금이 무척 기뻐했다고 한다.

이런 결말은 바른말을 하고 정직한 의견을 내놓는 자를 억압하고, 간신들의 아부하는 말만 좋아하는 통치자를 비판하는 전형적인 줄거리다. 다시 말해, 백제 멸망 직전의 시기를 장식하는 거북 이야기는 앞서 언급한 모든 해괴한 일들이 백제 멸망의 징조임을 명확히 하는 동시에, 의자왕의 무지와 악행을 비판하는 내용이기도 한 것이다. 악한 임금이 다스린 백제가 망할 만했다는 주장에 힘을 싣는 화룡점정의 논리다. 이런 이야기는 백제 멸망을 안타까워한 백제인 사이에서 설득력을 얻었을 것이고, 백제 정복이 정당하다고 주장하는 신라인 사이에서 역시 인기가 있었을 것이다. 그렇기에 널리 퍼져 지금까지 전해진 것 아닐까?

백제 멸망의 징조를 드러내는 기록은 몇 가지 더 이어진다. 바로 자연재해와 관련된 이야기다. 심각한 자연재해가 있었다는 기록은 꼭 백제 멸망이 아니더라도 과거 역사에서 비교적 자주 볼 수 있는 이야기이긴 하다. 그런데 백제 멸망 무렵에는 그런 기록이 폭발적으로 증가한다.

예를 들어 660년 음력 5월(이하 음력) 기록에 따르면, 비바람이 사납게 불어닥치고, 천왕사(天王寺)와 도양사(道讓寺) 두 절의 탑과 백석사(白石寺) 강당에까지도 벼락이 쳤다고 한다. 검은 구름이 용과 같은 모습으로 동쪽과 서쪽 공중에서 서로 싸우는 듯했다는 기록도 함께 나와 있다. 이어지는 6월에는 왕흥사(王興寺)의 승려들이 어떤 배가 홍수로 불어난 물을 따라 절 문간으로 들어오는 것을 목격했다고 한다.

옛사람들은 자연재해가 일어나는 이유도 신령이나 용왕이 어떤 주술적인 힘을 발휘하기 때문이라고 생각할 때가 많았다. 따라서 660년 5월, 6월에 나타난 이런 현상 역시 백제의 운이 쇠하거나 정치가 잘못되고 있어 신령과 용왕도 화를 내고 있다는 식으로 해석되었을 여지가 크다.

그런가 하면, 자연의 일부인 온갖 동물들이 사람보다 먼저 백제 멸망을 알아채고 움직여 징조를 드러냈다는 식의 이야기도 보인다. 660년 4월에는 두꺼비와 개구리 수만 마리가 나무 꼭대기에 모였다는 기록이 있다. 6월에는 야생 사슴처럼 생긴 개 한 마리가 사비하 서쪽 기슭에 나타나서 왕궁을 향해 짖더니 사라졌고, 또 도성의 수많은 개가 거리에 모여 짖거나 울어대다가 곧 흩어졌다고 한다.

조금 시점이 앞서는 659년 2월 기록에는 여우 떼가 궁궐 안으로 들어왔는데, 흰 여우가 상좌평, 그러니까 정승 정도에 해당하는 백제의 아주 높은 관리 책상에 앉았다는 묘한 장면도 보인다. 여우가 요사스러운 짐승으로 묘사될 때가 많았던 것을 보면, 이것은 사악한 짐승이 나라 다스리는 일을 흉내 낼 정도로 백제가 어지러워졌다는 뜻으로 볼 수 있다. 보기에 따라서는 흰 여우가 고위 관리를 우습게 여길 정도로 백제를 비웃고 있다는 느낌도 들 것이다.

도대체 이 모든 기록은 다 무슨 의미일까? 그저 멸망을 앞둔 한 나라의 흉흉한 분위기를 전하는 상투적 기록일까? 나는 설령 그렇다 하더라도, 『삼국사기』 기록들이 근거 없는 공상에서 비롯된 것은 아니라고 생각한다. 그렇게 뭉뚱그리기에는 이야기의 묘사가 구체적이며, 특정 시기와 장소를 언급하면서 사건을 설명한다. 비록 부정확한 내용이 일부 섞여 있거나 정도를 과장한 내용이 있을 수는 있겠지만, 적어도 근거가 있는 이야기들이 모여 기록에 남게 된 것이라고 보고 싶다.

물론 이 모든 사건이 명확한 사실을 기록한 결과라고만 보
는 것도 옳지 않다. 분명 이들 내용에는 백제 멸망이라는 사건
에 대한 징조와 예고의 의미가 강하게 드러난다. 더군다나 훗날
고구려 멸망을 서술하는 대목에서도 비슷한 형태의 망조가 기
록에 남아 있다. 『삼국사기』에 나오는 고구려의 망조 현상은 백
제에 비하면 기록이 훨씬 단순하고 분량이 적긴 하지만, 불길한
사건과 자연재해가 연거푸 일어나다 결국 나라가 망하더라는
전체의 흐름은 닮아 있다.

가장 평범한 시각에서 이 모든 기록의 의미를 풀이한다면, 당대 역사를 인식하는 대중이나 역사가의 관점에 기반해 기록을 취사선택한 결과라고 볼 수 있을 것이다. 역사적 사실이 서사가 되는 과정을 고려해 간략하게 설명하자면 그렇다는 말이다. 660년을 전후로 백제에는 여러 가지 다양한 사건이 일어났을 테고, 그중에는 좋은 일도 나쁜 일도 있었을 것이다. 그런데 백제가 멸망했다는 충격적인 결과가 기정사실이 된 입장에서 당시를 회고하다 보면, 여러 사건 가운데 멸망과 어울리는 망조 현상을 더 선명하게 떠올리게 되지 않을까? 고대의 주술적인 시각을 따르는 기록자의 시선에서는 이런 망조 현상과 백제 멸망 사이에 인과관계가 성립한다고 느꼈을지도 모른다. 그렇다면 더욱 망조 위주로 기록을 남기고 이야기를 퍼뜨리게 되었을 것이다.

　　게다가 『삼국사기』는 고려의 김부식이 편찬한 책이다. 후대 역사가의 입장에서는 이미 정해진 역사의 흐름을 염두에 둘 수밖에 없다. 역사 기록을 분석하면서 백제가 멸망할 만한 이유를 따지게 되며, 신라가 백제를 정복할 수 있었던 정황은 무엇이었는지 분석하게 된다는 뜻이다. 그런 시점에서 본다면, 역시 660년의 사건들 가운데 백제의 망조를 드러내는 기록이 더 가치 있는 이야기로 여겨지게 되고, 결국 이것이 남아 오늘날까지 전해진 것 아닐까.

공포의 적조현상이 백제 말기에 발생했다면

그런데 조금 과감하지만, 다른 생각을 해 볼 수는 없을까? 과거 역사에 대한 후대 사람들의 관점 때문에 이 모든 망조가 부각되었다는 평범한 설명 말고, 실제로 이 모든 사건을 연결할 수 있는 어떤 구체적인 이유를 생각해 본다면 어떨까? 나아가 백제의 멸망뿐만 아니라 고구려의 멸망까지 함께 설명할 수 있는 공통의 이유를 찾아볼 수는 없을까? 그러려면 수호신 같은 막연한 이야기 말고, 더 많은 자료로 검토해 볼 수 있는 다른 해석이 필요하다.

기후변화는 어떨까? 일전에 기후변화 문제에 관한 책을 쓰다가 이런 상상을 해 보았다. 생각이 거기까지 미치게 된 첫 번째 이유는 시각적인 심상이 가장 풍부한 망조였던 두 대목, 그러니까 핏빛으로 물든 강물, 그리고 거인과 거대한 물고기 시체가 바다에 나타났다는 장면 때문이다.

오늘날의 학자들은 물이 핏빛으로 변했다는 과거의 기록은 옛사람들이 적조현상을 목격하고 실체를 알지 못해 남긴 이야기로 추정하곤 한다. 우리나라에서 적조현상은 주로 바다에 사는 미생물이 어마어마한 숫자로 급격히 증식하여 물 색깔이 적색, 황색, 적갈색 등으로 보이는 현상을 말한다.

물 색깔이 달라지는 것은 적조현상의 원인이 되는 미생물이 주로 붉은빛을 띠기 때문이다. 미생물 하나의 크기는 0.1mm도 되지 않을 정도로 작지만, 그런 미생물이 바다에서 새끼를 쳐, 두 마리가 네 마리가 되고, 네 마리가 여덟 마리가 되고, 여덟 마리가 열여섯 마리가 되는 어마어마한 속도로 빠르게 불어나면 인근 해역을 가득 채울 정도로 많아져 바다 빛깔을 바꿀 정도가 된다. 한국의 대표적인 적조 원인 생물로 손꼽히는 코클로디니움(Cochlodinium) 계통의 미생물은 많을 때는 단 1cc의 바닷물 속에 1,000마리 이상까지 증식하는 경우도 있다. 그 수가 많아지면 피해가 워낙 크기 때문에, 최근에는 색깔에 초점을 맞춘 적조현상이라는 말보다는 '해로운 조류 대번식(Harmful Algae Blooms)'의 영문 머릿글자를 따서 햅(HABs)이라는 말을 쓰는 경우도 많다.

국립수산과학원의 적조 정보 시스템에서는 적조가 발생할 수 있는 중요 원인으로 세 가지를 꼽는다. 첫째는 따뜻해진 수온, 둘째는 풍부해진 일조량, 그리고 셋째는 장마다. 따뜻한 물에서는 적조 생물이 대량 번식하기에 좋고, 햇빛의 양이 늘어나면 적조 플랑크톤의 광합성이 활발해지며, 장마가 길어지면 육지의 여러 영양분이 빗물을 따라 강물로 휩쓸려 와 바다로 대량 유입되면서 적조 발생으로 이어진다. 그렇기 때문에 우리나라에서는 주로 8~10월 중에 대규모 유해성 적조가 나타나 문제가 된다고 국립수산과학원은 설명한다.

그런데 만약 백제 말기에 날씨가 평소와 다르게 기온이 오르고 비가 많이 오는 날이 길게 이어졌다면 어떨까? 이는 적조 발생 조건이 맞아 드는 상황이다. 특히 기상 상황이 크게 바뀌었다면, 적조현상이 일어나지 않던 지역에서 유독 극심한 적조가 목격되었을 수도 있다. 평소에 종종 적조를 목격하던 해안 지역 사람들이야, 이런 현상이 일어나도 '바다에서 저런 일이 또 일어났구나' 하고 대단찮게 넘길 것이다. 하지만 이런 일을 처음 겪은 이들은 대단히 이상하며 충격적인 일이라고 보았을 것이다.

오늘날에는 적조현상이 주로 남해안을 중심으로 나타난다. 그런데 만약 백제 말기에 백제 도성 근처의 서해안 지역 바다까지 충분히 온도가 따뜻해졌고, 때마침 근처에 비가 많이 내리면서 영양분이 될 물질이 육지에서 바다로 엄청나게 쓸려 왔다고 상상해 보자. 적조현상을 한 번도 보지 못했던 백제 도성 사람들은 "온통 피로 물이 물들었다"며 술렁거렸을 수 있다.

적조가 창궐하면 다른 바다 생물들이 피해를 입는 경우도 많다. 간혹 직접 독성 물질을 내뿜는 미생물이 번성하는 경우도 있고, 끈끈한 점성을 지닌 코클로디니움 부류는 물고기의 아가미에 달라붙어 호흡 곤란을 일으키기도 한다. 그 때문에 양식장에서는 대량 폐사가 일어나기도 하는데, 1995년에는 적조현상으로 남해안에서 2억 마리에 가까운 수산물이 폐사하는 막대한 피해를 입은 사건도 있었다.

이러한 적조의 피해 양상은 백제 말기의 망조 현상으로 기록된 이야기와 꼭 맞아 든다. 특히 물이 핏빛으로 물들었다는 대목에 뒤이어 작은 물고기들이 대량으로 죽은 채 발견되었다는 기록이 그렇다. 보면 볼수록 급작스럽고도 강력한 적조현상을 묘사한 대목으로 읽힌다. 심각한 적조가 발생했다는 점을 전제로 한다면, 『삼국사기』의 나머지 사건 중에도 설명할 수 있는 것들이 있다. 예컨대 거대한 물고기 사체가 떠올랐다거나, 거인의 시체가 나타났다는 기록도 적조현상의 여파로 해석해 볼 수 있다는 것이다.

적조현상으로 물고기들의 떼죽음이 발생하면, 당연히 바다 생태계에 미치는 영향도 만만치 않다. 처음에는 작은 물고기들이 죽은 것일 뿐이라 해도 피해는 눈덩이처럼 불어 간다. 우선 작은 물고기를 먹고 사는 큰 물고기도 살아남기 힘들 테고, 수많은 물고기가 죽어 썩는 과정에서 오염물질을 배출하거나 물속 산소를 소모해 수중 생태계가 파괴될지도 모른다. 그렇게 되면 본래는 먼바다의 깊숙한 곳에서만 살던 거대한 물고기가 먹을 것을 찾아 육지 가까운 바다까지 찾아올 수도 있고, 그러다 갑작스러운 죽음을 맞은 채 바닷가에 떠밀려 올 가능성도 크다.

거대한 고래나 상어가 죽은 채로 바닷가까지 떠밀려 온다고 상상해 보자. 그런 동물을 한 번도 보지 못한 옛사람들은 대단히 기이한 생물로 여길 것이다. 거인의 시체가 떠올랐다는 기록도 비슷한 방식으로 이해할 수 있다고 생각한다. 기록에는 거인이 시체 상태로 발견되었다고 언급되는데, 추측건대 온전한 사람의 모습으로 발견된 건 아니라고 본다. 아마도 이리저리 부패하고 손상된 커다란 바다 생물을 본 누군가가 엄청 큰 사람의 형상이라고 착각한 것 아닐까? 특히 고래 사체의 경우 보통 물고기와는 달리, 지느러미 부분이 매끈하지 않고 굵은 뼈가 있다. 그리고 그 뼈 모양이 사람 손뼈나 발뼈와 닮은 느낌을 주기도 한다. 그렇다면 형체를 알아볼 수 없을 정도로 부패한 고래 사체를 사람 시체로 착각할 수도 있지 않을까?

기후변화로 본 백제의 멸망

이렇게 적조현상의 원인을 갑작스러운 날씨 변화와 연결 지을 수 있다면, 백제의 나머지 망조 기록들도 기후변화와 연결된 과학으로 설명해 볼 수 있다. 우선 벼락이 쳤다거나, 검은 구름이 용 같은 모습으로 싸우는 듯했다거나, 홍수로 불어난 물을 따라 배가 절 안으로 들어오는 것이 목격되었다는 기록은 갑작스럽고 격렬한 폭우를 암시하는 것처럼 보인다.

고대 백제의 기후와 현대 한반도의 기후를 그대로 견주어 비교하는 것이 정밀한 분석이라고 할 수는 없겠지만, 한반도 기후에서 여름이 길어지면 그에 따라 비가 내리는 날도 많아지리라는 점은 쉽게 예상할 수 있다. 마침 대한민국 기상청은 국가기후변화적응정보포털을 통해 21세기의 기후변화 문제를 전망하며 한반도에서는 지구온난화의 영향으로 여름이 길어지고 강수량이 증가하는 현상이 나타날 것이라고 예상했다. 그렇다면 격렬한 폭우는 기후변화를 뒷받침하는 증거로 볼 수 있고, 동시에 강물이 핏빛으로 변한 현상과도 어느 정도 맞아 든다. 비가 많이 온 뒤에 적조현상이 심해지는 경향이 있기 때문이다.

날씨 변화로 인한 충격을 중대하게 고려한다면, 나머지 망조들도 같은 흐름으로 해석하는 것이 불가능하지만은 않다. 이를테면 백제 멸망 무렵 수많은 두꺼비가 나무 위로 기어올랐다는 기록은 기상 현상 문제와 쉽게 연관 지을 수 있다. 오늘날에도 개구리목의 생물들은 기후변화에 따른 생태계 영향을 평가하기 위해 특히 유의 깊게 관찰하는 종으로 자주 언급된다. 기온이 조금만 올라가도 산란 시기가 빨라지는 등 자연의 변화를 인간에게 몸으로 직접 알려 주기 때문이다. 따라서 개구리를 기후변화 지표종이라고 부르기도 한다. 특히 개구리는 날씨가 따뜻해지면 겨울잠에서 깨어나 활동을 개시하는데, 계절에 따라 기온이 바뀌는 것이 평소와 달라지면 이상한 행동을 하다가 죽음을 맞기도 한다. 만약 겨울철 날씨가 유독 따뜻해지는 시기가 갑자기 나타나면 개구리는 겨울이 채 다 끝나기도 전에 겨울잠에서 깨어나 활동하려다 얼어 죽어 버리거나, 먹이, 적당한 서식 장소, 물이 부족해서 몰살당하기도 한다.

660년 백제에서 두꺼비와 개구리 수만 마리가 나무 위로 올라갔다는 것은, 기후에 민감한 양서류가 이상한 날씨에 보인 반응이 포착된 장면일지도 모른다. 두꺼비는 알을 낳을 때 태어난 곳으로 되돌아가기 위해 온갖 위험을 무릅쓰는 습성이 있다. 어쩌면 날씨가 이상할 때 겨울잠에서 깨어난 두꺼비들이 방향을 찾는 데 실패했거나, 폭우 때문에 길을 못 찾은 두꺼비들이 엉뚱하게 나무 위로 몰린 것인지도 모른다.

그보다는 덜 구체적이지만, 여우 무리가 나타났다거나 사슴을 닮은 이상한 동물이 출현했다는 대목도 기상이변으로 인한 생태계의 교란으로 설명 가능하다. 날씨가 이상해지면 산속 작은 생물들이 번성하지 못하고, 나무가 열매를 잘 맺지 못해 먹잇감도 평소보다 줄어들 수 있다. 그렇게 되면 깊은 산속에 살아야 마땅한 짐승들이 먹이를 찾아 민가로 내려오는 일의 빈도가 늘 것이다. 그 와중에 영리한 여우들은 물자가 풍부한 궁궐로 들어올 수도 있고, 평소 사람 눈에 띄지 않아 무슨 동물인지 정확히 알지 못하는 특이한 짐승이 목격될 가능성도 커지지 않을까? '야생 사슴을 닮은 개'라고 묘사된 짐승은 그런 동물인지도 모른다.

마지막으로 나는 가장 이상한 현상인 귀신이 나타나 울음소리를 냈다거나, 귀신이 백제가 망한다고 했다는 이야기 역시 기상 상황의 변화와 연결해서 설명하는 것이 어렵지 않다고 생각한다. 한반도에는 다양한 철새가 계절에 따라 오가며 머문다. 그런데 만약 기상 상황이 크게 바뀌어 날씨가 평년과 다르게 더워졌다면, 평소에는 한반도에 찾아오지 않을 법한 철새가 갑자기 나타났을 수 있다. 요즘만 해도 긴 세월 목격되지 않던 철새가 날씨와 환경 변화에 따라 한반도에서 갑작스레 사람들 눈에 뜨이곤 한다. 우리나라 중부지방에서 주로 겨울 철새로 발견되던 독수리 떼가 최근 들어 갑자기 제주도나 울산 등지에서 목격되는 사례가 늘고 있기도 하다.

그렇다면 날씨가 바뀌는 바람에, 원래는 백제 땅에 보이지 않던 희귀한 철새가 갑자기 출현했다고 해 보자. 새가 내는 다채로운 울음소리 중에는 묘하게 사람 목소리를 닮은 것이 꽤 있다. 아예 사람처럼 말을 하는 앵무새 같은 새들도 있기는 하지만, 그런 새가 갑자기 백제에 나타났을 리는 없다 해도 사람 목소리와 비슷한 느낌을 주는 새가 아주 드물지는 않다. 예를 들어 멧비둘기가 내는 울음소리는 사람이 우는 소리와 가끔 비슷하게 들릴 때가 있고, 호랑지빠귀는 휘파람과 아주 비슷한 소리를 내는 까닭에 요즘은 아예 귀신새라는 별명으로도 알려져 있다. 좀 더 흔하게, 올빼미나 부엉이 부류의 새들이 어쩐지 불길한 느낌 비슷한 소리를 낸다는 사실 역시 친숙하다.

혹시 이상한 날씨가 이어지며 불현듯 백제에 나타난 새가 이 제껏 한 번도 듣지 못한 이상한 울음소리를 냈는데, 흉흉한 분 위기 속에서 들린 낯선 소리가 어쩐지 사람 울음소리처럼 들린 건 아닐까? 하지만 누가 울고 있나 싶어 쳐다봐도 사람 형체는 보이지 않으니, 울음소리를 내는 귀신이 있다는 소문이 돌 수 있다.

"백제는 망한다."라고 외쳤다는 귀신 이야기 역시, 망한다는 뜻의 한자 '亡'과 비슷한 소리를 내는 새 울음소리가 착각을 불 러온 것일 수 있다고 생각한다. 한 번도 들어 본 적 없는 소리로 밤중에 어떤 새가 "망", "망" 비슷한 소리를 낸다면, 밤새 귀신이 떠돌면서 "망한다!", "망한다!"라고 외쳤다는 소문이 돌 수도 있 지 않을까?

이 모든 이야기는 아직까진 그저 상상일 뿐이다. 그러나 기 후변화 문제가 중요한 화제로 떠오른 오늘날에는 조금 고민해 볼 가치가 있는 이야기라고 생각한다. 유럽 학자들은 10~13세 기 사이에 '중세 온난기'라는 따뜻한 기후가 유럽에 찾아온 시 기가 있었다고 긴 세월 동안 추정해 왔다. 또한 중국의 주커전 [쓰可楨] 같은 학자는 '수당 온난기'라고 해서, 중세 온난기보다 조금 앞선 7~11세기 사이에 중국의 기후가 유독 따뜻했다는 학 설을 제시하기도 했다. 다시 말해, 고대 사회가 끝나 가면서 전 세계의 사회구조가 크게 변화하던 그 시기에 기후의 큰 변화가 같이 나타났을지도 모른다는 뜻이다.

그렇다면 7세기 백제가 멸망할 무렵에 일어났던 이상한 망조들이 사실은 기후변화의 결과라는 상상도 어느 정도는 고려해 볼 가치가 있는 것 아닐까? 비단 망조가 아니더라도, 기후변화는 사람들의 일상생활에 불편을 가져오고, 생명에 위협을 가하며, 어업을 비롯해 항해 및 교통을 어렵게 하고, 농사에 악영향을 미쳐 경제를 망가뜨린다. 이는 국력을 깎아 먹고, 그 나라 국민의 생활을 어렵게 하는 파괴적인 연쇄 효과로 이어질 수 있다. 마침 멀지 않은 시기 고구려에서도 비슷한 일에 대한 기록이 있다는 점을 고려해 본다면, 한반도의 여러 나라가 차례로 기후변화 때문에 위기를 겪었다는 추측도 해 볼 수 있다.

혹시 삼국 시대 말, 한반도의 모든 나라가 기후변화로 위기에 휩싸인 시기에 신라만이 위기를 버텨 내고 벗어나는 길을 찾는 데 성공하여 삼국통일을 이룬 것은 아닐까? 아직까지는 막연히 긴 밤 지새우며 고민해 보는, 그야말로 이야기에 불과한 상상이다. 하지만 나날이 기후변화가 심각해지는 요즘, 어떻게 하면 좋을까를 고민하는 현대의 한국인들에게는 그만큼 와닿을 수 있는 상상이라는 생각도 든다.

이야기 일곱 - 『학산한언』과 광학 장치

카메라 오브스쿠라에 비친
신비로운 지하 세계

영춘의 남굴

겸재 정선이 들려준 이야기다.

영춘에 있는 남굴은 그윽하고 깊기가 헤아릴 수 없을 정도라고들 이야기한다. 그 근방의 선비 두어 사람이 길동무가 되어 그 굴의 끝까지 가 볼 요량으로 함께 들어갔다.

처음에는 햇불을 많이 들고 갔다. 굴 안은 좁다가 넓어지고 높다가 낮아지는데 들어갈수록 더욱 깊어졌다. 수십 리를 가니 햇불이 거의 다 꺼졌다. 뚫린 천장으로 하늘을 보니 별 하나가 희미하게 빛나 겨우 길을 구별할 수 있었다. 그들은 이상하다고 생각하면서도 걸음을 멈추지 않았다.

문득 길이 크게 열리며 해와 달이 빛나는 별세계가 펼쳐졌다. 빽빽이 들어선 논밭과 동네가 보이고 소와 말, 닭과 개들이 오가고 있었다. 풀과 나무의 향기가 짙은 것이 마치 2, 3월 무렵의 봄날 같았다. 시냇물은 콸콸 흐르고, 물레방아 찧는 소리가 들려왔다. 눈에 보이고 귀에 들리는 것들이 하나같이 인간 세상과 다름이 없었다. (…)

— 신돈복, 『학산한언』

조선의 이야기책에 그리스신화와 비슷한 사연이?

나는 18세기 이전 한국의 옛 기록에 남아 있는 괴물 이야기들을 틈날 때마다 모으고 있다. 이렇게 수집한 괴물 이야기는 다른 작가나 만화가, 영화 제작자에게도 좋은 소재가 될 것이다. 그래서 10여 년 전부터 그렇게 모아 놓은 자료를 인터넷을 통해 모두 공개하고 있다. 반응이 그런대로 괜찮아서 공개한 내용을 근거로 책도 몇 권 냈고, 제법 진지한 논문을 써서 학술지에 발표하기도 했다.

이 일에 재미를 붙이고 꾸준히 해 나가다 보니, 자연히 다른 나라의 전설이나 신화에도 관심을 갖게 되었다. 어떤 괴물 이야기가 어떻게 해서 우리나라에 나타났는지, 비슷한 다른 나라의 괴물 이야기와 우리나라 전설이 어떻게 다른지, 그런 차이는 왜 생겨났을지 등등을 따져 보곤 한다. 여러 나라의 비슷한 전설들을 하나로 묶어 보거나, 이야기의 차이점을 이리저리 비교하며 궁리해 보기도 한다.

작업을 하다 보면 종종 이런 생각이 든다. "한국은 어떤 점에서 굉장히 특이한 나라다."라는 속설들이 생각보다 그렇게 잘 맞아 들지는 않는다는 것이다. 요즘 인터넷에서 떠도는 말만 해도 그렇다. "조선은 기록의 나라다", "한국인은 먹는 것에 진심인 민족이다", "한국인은 예로부터 가무(歌舞)를 좋아했다" 등등 한국이 세계 어느 나라보다도 독특하고 놀랍다는 평가가 흔하게 보이는데, 막상 다른 나라의 옛 기록을 따져 가며 비교해 보면 우리 민족이 특별하다고 믿고 싶은 마음에서 한국의 고유성을 다소 과대평가한 게 아닌가 싶다.

"조선은 기록의 나라다"라고 하지만, 같은 시기 민간 기록의 양을 보면 중국이나 일본 기록이야말로 대단히 풍부하다. "한국인은 먹는 것에 진심인 민족이다"라는 이야기가 떠돌지만, 인도나 터키 요리의 다채로움과 현란함은 우리 음식 이상으로 굉장해 보인다. "한국인은 예로부터 가무를 좋아했다"라고 하지만, 17세기 유럽 음악이 그 당시 우리나라 음악에 뒤처진다고 생각하는 사람은 없을 것이다.

기록을 살피다 보면, 오히려 눈에 뜨이는 것은 다른 여러 나라의 문화와 한국 문화의 공통점이다. 고대 그리스신화의 외눈 거인 이야기와 비슷한 사연이 조선 말기 이야기책에서 관찰되기도 하고, 중동의 『천일야화』에 등장하는 바다 표류기와 유사한 내용이 신라 사람들의 이야기로 중국 기록에 남아 있는 사례도 보인다. 어떻게 이렇게까지 비슷한 이야기가 시대와 장소를 건너뛰어 반복해서 나타날 수 있을까? 어느 한쪽이 다른 쪽에 문화를 퍼뜨린 것일까? 중간에 두 문화를 연결해 준 누군가가 있었던 것일까? 아니면 비슷한 사회 분위기와 기술 발전 과정에서 자연스럽게 유사한 이야기가 출현한 것일까? 이런 점들을 헤아려 보는 작업이 '한국인이 정말 특이하고 대단한 민족'이라는 점을 발견해 내는 것 이상으로 재미있는 일일 때가 많다.

― 거꾸로 다니는 지하 세계 사람들

지금 살펴볼 신비한 지하 세계 이야기도 여러 문화권에서 반복해서 등장하는 비슷한 이야기의 대표적인 사례에 속한다. 이 일화는 조선 후기의 이야기책인 『학산한언(鶴山閑言)』에 실려 있다. 이야기의 배경은 지금의 충청북도 단양인데, 현재는 '온달동굴'로 널리 알려진 '영춘남굴'에 들어가면 신기한 것이 있다는 내용이 줄거리의 핵심이다.

조선 시대 기록을 보면 이 석회동굴은 남쪽에 있다고 해서

흔히 남굴(南窟)이라 불렸고, 당시 이 지역의 지명이 영춘이었으므로 이 동굴을 영춘남굴이라 일컬었던 것 같다. 그랬던 것이 현대에 들어와서 행정구역으로 단양이 널리 알려지면서 영춘이란 이름은 점차 잊혀 가고, 대신에 근처에 위치한 온달산성이 유명해지면서 동굴 이름도 온달동굴로 굳어진 것 아닌가 싶다.

『학산한언』에 실린 이야기에 따르면 영춘남굴, 그러니까 온달동굴은 대단히 깊어서 그 끝을 모를 정도로 땅속 깊은 곳까지 길이 이어져 있다. 그렇게 깊숙이 들어가다 보면 어느 순간 지하 세계의 모습이 펼쳐진다고 한다. 보통 때에는 결코 접할 수 없는, 이 세상 아래의 또 다른 세상에 도달할 수 있다는 것이다. 한 가지 재미있는 대목은 지하 세계의 사람들이 우리를 제대로 보지 못하며, 마치 우리를 귀신처럼 생각한다는 부분이다. 우리 눈으로 보면 지하 세계는 이 세상과 정반대로 뒤집혀 있는데도, 지하 세계 사람들은 그것을 너무나 자연스럽게 여기는 듯한 모습도 재미있다. 조선 시대 사람들은 이런 이야기를 성리학에서 말하는 태극의 원리에 따라 음양의 차이로 이해하고자 했던 것 같다. 말하자면 지상은 양(陽)의 세계라서 사람들이 정상적으로 다니는데, 지하는 그와 대조되는 음(陰)의 세계라서 반대로 다닌다는 것이다.

영춘남굴 이야기는 우리가 사는 평범한 세계가 아닌 또 다른 세상을 모험하는 환상소설 부류의 이야기다. 실제로 동굴 내부를 탐사한 바에 따르면, 온달동굴은 다섯 갈래로 나뉘어 700m 이상 이어진다. 바로 앞쪽은 남한강이다 보니, 강물의 수위가 높아지면 그대로 물에 잠기는 구조라서 동굴 내부를 둘러보는 일이 유독 어렵다. 여기에 석회동굴 특유의 다양하고 신기한 내부의 돌 모양이 더해지면, 동굴 속에 신기한 세계가 있다는 설화가 생겨날 만도 해 보인다.

그런데 이런 유형의 이야기는 조선에만 있었던 것이 아니다. 비슷한 사연이 다른 나라에서도 발견된다. 중세 유럽의 전설 중에는 동굴 속으로 깊이 들어가다 보면 이상한 세상에 도달한다는 식의 이야기가 있다. 게다가 그 세상은 현실 세계와 반대인 특이한 곳이라는 내용도 유사하다.

지하 세계를 둘러싼 전설은 워낙 널리 퍼져 있어서 또 다른 이야기의 착상에 영향을 주었으며, 근대에 들어와 SF물 형태로 소설화되기도 했다. 그 가운데 초기 SF의 거장 쥘 베른(Jules G. Verne, 1828~1905)의 『지구 속 여행(Voyage au centre de la Terre)』(1864)은 고전으로 손꼽히는 이야기로 이후 여러 차례 영화화될 만큼 인기가 뜨거웠고. 『타잔』의 작가로 유명한 에드거 라이스 버로스(Edgar Rice Burroughs, 1875~1950)의 『펠루시다(Pellucida)』 시리즈(1914~1963)도 유명하다.

이런 소설에는 오래전에 멸종된 공룡 시대의 진귀한 동물들을 지하 세계에서 만난다는 내용이 펼쳐지기도 하고, 지상 세계와는 반대되는 지하 세계에서 사악한 지배자와 쫓고 쫓기는 싸움을 벌인다는 내용도 보인다. 지상의 사람들이 지표면을 딛고 살듯, 지하 세계 사람들은 거꾸로 땅속의 천장을 거닌다는 식의 표현도 자주 등장한다. 지하 세계라는 소재가 얼마나 널리 퍼져 있는지, 요즘엔 알려지지 않은 지구 내부에 기이한 세상에 펼쳐져 있다고 주장하는 사람들의 증언이 인터넷에 가끔 보일 정도다.

지하 세계 이야기가 탄생한 배경이 무엇인지 상상해 보다가 문득 떠오른 생각은 종교적 관념에 영향을 받았을 가능성이다. 예로부터 사람이 목숨을 잃으면 저승에 가게 되는데 저승이 지하에 있다거나, 저승의 일부가 지하 세계라고 풀이하는 종교가 적지 않았다. 그리스신화의 신 하데스가 다스리는 저승 세계는 지하에 자리한다. 세계적으로 널리 퍼진 종교인 기독교와 불교에서도 지하 세계에 지옥이 있다고 보았고, 죄지은 사람들이 가는 곳을 지하라 여기기도 했다.

한편 조선 전기의 이야기책 『용재총화(慵齋叢話)』(1525)에는 이두의 집에 나타난 귀신 이야기가 실려 있다. 여기에서 귀신은 본인을 소개하며 '지하지인(地下之人)', 즉 '지하의 사람'이라고 말한다. 이두의 집에 출몰한 귀신 이야기는 당시 궁궐에서까지 논의될 정도로 대단한 화젯거리였는데, 이것을 보면 불교를 멀리하던 조선에서도 지하가 저승 세계와 통한다는 생각만큼은 꽤나 퍼져 있었던 것 같다. 어쩌면 저승, 지옥에 관한 종교적 관념에 큰 영향을 받았을 수도 있다. 혹시 매장 문화가 생겨나면서 자연스럽게 땅속은 저승과 가깝다는 생각이 나타난 건 아닐까?

하지만 그렇다고는 해도 지하의 또 다른 세계를 설명할 때, 굳이 '지상과는 반대'라는 묘사가 자주 나타나는 것은 좀 묘하다. 특히 사람들이 아래위가 바뀐 모습으로 다닌다는 이야기가 여러 나라 전설에 자주 등장하는데, 나는 이런 공통점이 지나치게 공교롭다는 생각이 들었다. 정말로 지하 세계가 있어서 그곳에 거꾸로 다니는 사람들이 살고, 이 세상 동굴 가운데 몇몇은 지하 세계로 가는 통로라고, 영춘남굴도 다른 세계로 가는 통로 중 하나라고, 누군가 입을 모아 말하는 듯했다. 마치 지하 세계라는 것이 실제로 있기라도 한 것처럼 말이다.

─   캄캄한 방, 카메라오브스쿠라에서 일어나는 일

지하 세계 이야기에 대한 의아함을 마음속에 품고 지내다 보니,
전혀 생각지도 못한 엉뚱한 경로를 통해서 비슷한 사연을 접하
기도 했다. 언젠가는 한 야구 선수가 경기 전날 머무른 허름한
숙소의 방에서 밤중에 문득 귀신 형체를 보았다는 이야기를 들
은 적이 있다. 그 선수의 말에 따르면 귀신은 천장에 거꾸로 매
달린 기괴한 모습으로 나타나 자신을 놀라게 했다고 한다. 문득
지하 세계의 거꾸로 사는 사람 이야기와 비슷하다는 생각이 들
었다. 그로부터 얼마 뒤에는 일본에서 유행하는 귀신 이야기를
조사하다가, 캄캄한 밤 어느 낡은 집 천장에서 거꾸로 된 머리
가 튀어나오는 귀신 형상을 목격한 이의 사연을 접했다. 이 또
한 지하 세계 이야기와 닮아 보였다.

　비슷한 설정의 이야기를 자꾸 접하다 보면, 지하는 저승의
세계이며 저승은 음양이 반대라서 목숨을 잃은 혼백들이 거꾸
로 다닌다는 생각이 정말로 그럴듯하게 여겨진다. 『학산한언』
이야기의 주인공들은 영춘남굴이라는 신비한 통로를 통해 지
하 깊숙한 곳의 저승에 접근해서 잠깐 그 풍경을 보고 온 것이

고, 야구 선수가 낡은 숙소에서 목격한 귀신은 반대로 저승에 머물던 혼백이 이승의 지상 세계로 잘못 튀어나온 것이었다고 하면, 대체로 그럴듯한 느낌이 든다. 하지만 한편으로 묘한 의구심은 여전히 사라지지 않는다. 지하 세계는 왜 이런 모습이어야 하는 걸까?

답을 얻은 것은 의문을 품은 때로부터 한참 뒤의 일이다. 전설과 신화를 연구한 자료들에서는 더 이상 단서를 얻을 수 없었다. 문제를 풀 열쇠는 전혀 예상치 못했던 곳에서 나타났다.

조선 시대의 미술과 기술 수준에 대해 해설하는 이런저런 논문을 찾아보고 있을 때였다. 염료와 안료를 만드는 기술이 어떤 식으로 발전했으며, 그래서 조선 시대 화가들은 어떤 물감을 구하기 쉬웠고 어떤 색깔을 내기는 어려웠다는 식의 연구 자료를 읽던 중, 조선 후기를 대표하는 학자 정약용이 쓴 「칠실관화설(漆室觀畫說)」이라는 글을 알게 되었다. '칠실관화설'이라는 제목을 그대로 풀이하면, '매우 캄캄한 방에서 그림을 본 이야기'라는 뜻이다. 이 글의 내용은 다음과 같다.

정약용은 빛이 들어오지 않도록 밀폐해 공간을 어둡게 만든 뒤, 애체(靉靆) 하나를 문에 끼워서 그곳으로만 빛이 통하도록 했다. 이렇게 흘러드는 빛을 하얀 종이에 닿게 하니 바깥 풍경이 생생하게 비쳐 보였다고 한다. 여기서 '애체'는 돋보기를 말한다. 그러므로 이것은 빛이 들어오지 않는 어두운 방의 문에

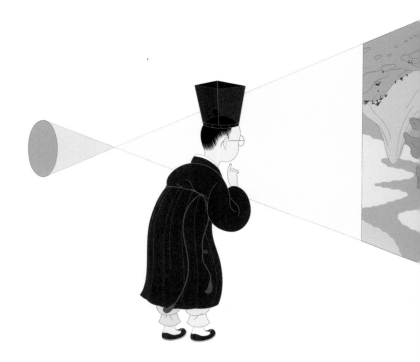

렌즈 하나만을 설치해 두고, 빛은 오직 그 렌즈를 통해서만 들어오도록 만들어 놓았다는 이야기다.

맑고 좋은 날씨를 골라 방에 들어가, 창이며 문이며 바깥의 빛을 받아들일 만한 것은 모두 틀어막아 방 안을 칠흑같이 만든다. 다만 구멍 하나만 남겨 애체 하나를 가져다가 구멍에 맞춰 놓고, 눈처럼 흰 종이판을 가져다가 애체에서 몇 자 거리를 두는데, 애체의 두께에 따라 그 거리는 달라진다.

이렇게 놓고 보면, 「칠실관화설」의 장치는 빛이 들어오지 않는 방을 거대한 카메라처럼 활용한 것이다. 요새 우리가 사용하는 카메라라는 장치 내부의 센서나 필름 부분에 렌즈를 통해서 들어온 상(像)이 맺히게 되는데, 정약용은 이런 카메라의 원리를 활용했다. 마치 커다란 카메라 속으로 사람이 들어가서, 센서나 필름에 맺히는 상을 쳐다본 것과 비슷하다고 이해하면 되겠다. 정약용은 그렇게 맺힌 상은 아래위가 뒤집혀 보이기 때문에 신기하고, 상을 종이에 비치게 한 뒤에 그림을 따라 그리면 매우 정교하게 그릴 수 있다고 설명하기도 한다. 즉 그림 그리는 기술을 언급한 부분이 있었기에, 내가 그날 이 이야기를 발견하게 된 것이다.

「칠실관화설」은 카메라의 기본 원리가 조선 시대 지식인들 사이에 퍼져 있었음을 나타내는 기록이다. 한편으로는 당시 유럽에서 성행한 기술이 조선까지 어느 정도 전파되었음을 드러내는 증거이기도 하다. 「칠실관화설」에 서술된 기법은 유럽 화가들이 훨씬 먼저 개발해서 풍경화나 초상화를 정밀하게 그리는 데 종종 사용했다. 이런 기술을 유럽에서는 '카메라오브스쿠라(camera obscura)'라고 불렀다.

카메라오브스쿠라는 라틴어 그대로 번역하면 '검은(obscura) 방(camera)'이라는 뜻으로, 정약용이 언급한 '칠실(漆室)'과 의미가 같다. 현대의 '카메라'도 바로 이 카메라오브스쿠라에서 유래

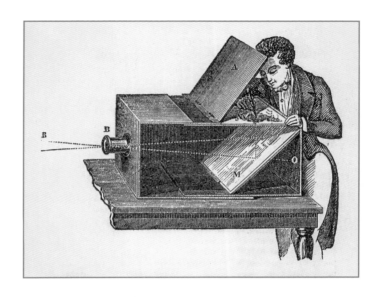

한 단어다. 사람이 들어가는 방을 의미했던 카메라가 요즘에는 주로 휴대전화에 장착되는 손톱만큼 조그마한 부품이 되었다는 점도 생각해 보면 재미있다. 라틴어에 익숙한 몇백 년 전 유럽 사람이 현대로 시간 여행을 와서 "휴대전화에 카메라가 붙어 있다."라는 말을 듣는다면, '저 작은 물체 어디에 방이 있단 말인가?'라고 생각하며 어리둥절해할 것이다.

여기까지 살펴보니 거꾸로 된 세상을 보았다는 갖가지 전설의 뿌리를 어느 정도 짐작해 볼 수 있겠다는 생각이 들었다. 캄캄한 동굴의 벽에 아주 미세한 틈이 있다고 해 보자. 이때 어두운 동굴은 매우 캄캄한 방, 곧 칠실 역할을 하게 된다. 한편 작은 틈 때문에 생긴 아주 작은 빛 구멍은 소위 '바늘구멍'(핀홀,

pinhole)이라고 하여, 그 자체로 렌즈를 대신하는 역할을 할 수 있다.

좀 더 극적인 우연을 생각해 본다면, 구멍에 수정 같은 투명한 광물이나 물방울이 맺혀서 렌즈처럼 작용했다고 상상할 수도 있다. 만약 이런 상황이 벌어졌다면, 카메라 속에서 상이 맺히듯 동굴의 작은 구멍을 통과한 빛이 동굴 한쪽 벽에 바깥 풍경을 비췄을 것이다. 그렇게 비친 상은 아래위가 뒤집힌 형태였을 것이고, 벽에 비친 사람 형상을 향해 아무리 부르고 손짓해도 답은 없었을 것이다.

동굴 벽 작은 구멍이 렌즈 역할을 했다면

『학산한언』에 따르면, 영춘남굴을 찾은 선비 일행이 길을 밝히기 위해 들고 간 횃불이 도중에 모두 꺼졌는데, 그때 마침 동굴 천장에서 희미한 별빛이 보였다고 한다. 일행은 동굴 속에서 별빛이 보이는 게 이상하다고 생각하며 지나가는데, 바로 이 별빛이 바깥에서 작은 구멍을 통해 들어온 빛줄기라고 한다면 이야기는 딱 들어맞는다. 전 세계 각지의 동굴에서 비슷한 전설이 전해 오는 까닭도 마찬가지로 추측해 볼 수 있다. 어쩌다가 우연히 조그마한 구멍이 뚫린 동굴 벽 근처를 지나다가, 맞은편

벽에 비친 바깥 풍경을 발견했다고 말이다.

낡은 숙소에서 거꾸로 매달린 귀신을 보았다는 야구 선수 일화도 같은 원리로 설명할 수 있다. 깊은 밤, 칠실이 된 캄캄한 방에서 건물 벽의 균열로 생긴 작은 틈, 혹은 방 한쪽으로 난 유리창이 칠실의 렌즈 역할을 하게 되었다면? 이때 창밖의 밤거리에서 밝은 빛을 내뿜었다면, 밤거리의 풍경이 뒤집힌 채로 방 안의 벽에 비쳤을 것이다. 만약 마침 누군가 밤거리를 지나가는 중이었다면, 그 사람의 비친 모습이 순간 거꾸로 걸어가는 귀신처럼 보였을 수 있다.

수백 년 전 사람들이 동굴 속에서 본 것이 정말로 무엇이었는지 확신할 수는 없다. 다만 아직까지 깊은 동굴 속에 다른 세상으로 가는 입구가 있다는 증거는 없다. 그렇다면 환상적인 발상에서 방향을 틀어, 카메라오브스쿠라의 원리에 따른 착각이었을 거라는 짐작을 해 볼 수 있지 않을까?

신비로운 지하 세계가 있을 거라는 인류의 오랜 전설이 깨졌다고 생각하니 아쉬운 느낌은 있다. 하지만 다르게 생각하면 아쉽게만 여길 일은 아니다. 인류가 카메라오브스쿠라의 원리를 이해하고 발전시켜 나가는 가운데 사진 기술이 개발되었고, 그 덕분에 우리는 세상 곳곳의 놀라운 모습을 사진으로 찍어 생생히 볼 수 있게 되었으니 말이다. 이뿐 아니라 카메라오브스쿠라의 원리를 통해 꿈처럼 흩어져 갈 추억과 기억을 사진이라는 형태로 남길 수도 있게 되었다. 그러고 보면 지하 세계를 발견한 것 못지않은 멋진 발견 아닌가.

이야기 여덟 ─ 『금오신화』와 하나의 세계

뜨겁고 무섭지만

그럭저럭 살 만한 저승 세계

남염부주지

(…) 어느 날 밤 박생은 자기가 거처하는 방에서 등불을 밝히고 『주역』을 읽다가 베개를 괴고 언뜻 잠이 들었는데, 홀연히 어느 나라에 이르고 보니 바로 바다 가운데 있는 섬이었다. 그 땅에는 풀과 나무도 없으며, 모래나 자갈도 없었다. (…) 또한 쇠로 된 절벽이 성처럼 바닷가를 따라 둘러쳐 있었는데, 굳게 잠긴 웅장한 철문 하나가 덩그렇게 서 있었다. 문지기는 물어뜯을 것 같은 사나운 모습으로 창과 몽둥이를 들고 바깥에서 오는 자들을 막고 있었다.

성안의 백성들은 쇠로 집을 짓고 살았는데, 낮이면 뜨거움에 살이 문드러지고 밤에는 차가움에 살갗이 얼어 터졌다. 오로지 아침저녁으로 겨우 꿈틀꿈틀 움직이며 웃고 말하는 것 같았다. 그러나 그다지 괴로워하는 것 같지는 않았다. (…) 박생이 머리를 들고 멀리 바라보니 쇠로 된 성이 세 겹으로 둘러 있고 으리으리하게 높은 궁궐이 금으로 된 산 아래 있었는데 화염이 하늘까지 닿도록 이글이글 타오르고 있었다. 길가를 둘러보니 사람들이 화염 속에서 넘실거리는 구리와 녹아내린 쇳물을 마치 진흙이라도 밟는 것처럼 걸어 다녔다. (…)

— 김시습, 『금오신화』

남염부주지,
우리가 사는 현실 세계에 대한 안내서

많은 사람이 조선 전기의 인물인 김시습(1435~1493)을 한국에서 본격적으로 소설을 쓴 최초의 작가로 인정한다. 물론 김시습의 『금오신화(金鰲新話)』 이전에도 소설로 볼 만한 이런저런 이야기들이 나온 적이 있고, 설화나 전설을 서술해 둔 기록 중에도 소설과 비슷한 성격을 띤 것이 발견되기도 한다. 하지만 작심하고 쓴 소설들이 하나의 책으로 엮여 나와 많은 독자에게 읽히면서 성공을 거둔 최초의 사례는 역시 『금오신화』가 아닌가 싶다.

『금오신화』는 여러 편의 단편소설이 묶여 있는 단편집이다. 현재 남아 있는 이야기는 「만복사저포기(萬福寺樗蒲記)」, 「이생규장전(李生窺牆傳)」, 「취유부벽정기(醉遊浮碧亭記)」, 「남염부주지(南炎浮洲志)」, 「용궁부연록(龍宮赴宴錄)」 다섯 편인데, 모두 현실에서 일어나기 어려운 환상적인 일을 소재로 삼는다. 그러니 우리나라 소설은 환상소설로 출발했다고 할 수 있다. 특히 「남염부주지」와 「용궁부연록」은 머나먼 곳에 있는 알 수 없는 다른 세상을 구경하는 이야기여서 SF물 분위기도 약간 풍긴다. 그런 만큼 두 이야기를 두고 몇 가지 과학 이야기를 엮어 볼 수 있다고 생각한다.

이 책에서는 「남염부주지」에 대한 이야기를 해 보려고 한다. 「남염부주지」는 『금오신화』 수록작 중에서도 관심을 많이 받은 편이다. 심지어 조선 중기의 작가 어숙권은 『패관잡기』에서 「남염부주지」를 가리켜 "소설 가운데 제일이다."라고 잘라 말했다. 다만 여기서 말하는 '소설'이란 현대에 우리가 이해하고 있는 소설과는 조금 다른 의미로, 산문으로 이리저리 잡다하게 풀어 놓은 이야기를 통틀어 일컫는 말이다.

어숙권은 「남염부주지」가 학자들이 고민하는 문제를 깊이 있게 서술한 것 못지않다고 평했고, 담고 있는 이야기가 교훈적이라는 칭찬을 아끼지 않았다. 또 이야기의 흐름이 중국의 『전등신화(剪燈新話)』(1378년경)와 비슷하면서도 뜻을 밝히고 글로 보여 주는 방식은 더욱 뛰어나다고 평하면서, 책을 읽다가 어루만지면서 감탄한 적이 세 번이나 있었다고 극찬했다.

도대체 「남염부주지」가 무슨 내용이길래 어숙권이 읽던 책을 어루만질 정도로 감동한 것일까? 「남염부주지」의 핵심 줄거리는 꿈에서 저승 세계 같은 곳을 구경한다는 이야기다. 이 대목만 보면 현대에도 가끔 들을 수 있는 신기한 이야기와 크게 다를 바 없다. 할머니가 무슨 병에 걸려서 큰 고비를 겪었는데, 그날 밤 꿈에 저승사자가 나타나 어딘가로 데리고 가려 했지만 할머니가 안 간다고 거부하며 집에 가겠다고 했더니 다음 날 아침 병상에서 깨어났다는 이야기는 아주 흔하다. 그러고 보면 중국 명나라의 작가 구우(1347~1433)가 쓴 『전등 신화』에도 꿈에서 저승을 구경하는 이야기인 「영호생명몽록(令狐生冥夢錄)」이 실려 있다. 어숙권이 「남염부주지」의 이야기 흐름이 『전등 신화』와 비슷하다고 지적할 만했던 것이다.

그런데 흔한 이야기일 것이라 예상하고 「남염부주지」를 펼쳐 읽어 보면, 막상 시작부터 내용이 괴상하게 꼬여 간다. 우선 제목부터 이상하다. '남염부주지(南炎浮洲志)'에서 '지(志)'는 특정한 주제, 특히 어떤 지역에 대해 일목요연하게 설명한 글을 일컫는 말이다. 가장 친숙한 예로는 중국 삼국 시대의 위(魏)나라, 오(吳)나라, 촉(蜀)나라 역사를 설명한 『삼국지(三國志)』(280)가 여기에 속한다. 조선 시대에 나온 『탐라지(眈羅志)』(1653)는 탐라, 즉 제주도의 상황을, 『문소지(聞韶志)』(1507)는 오늘날 경북 의성에 해당하는 문소 지역의 상황을 서술한 책이다. 따라서 '남염부주지'는 곧 '남염부주'라는 곳의 모습과 풍습을 설명한 글이라는 뜻이다. 여기서 맨 앞의 '남(南)'은 남쪽이라는 뜻이니, 결국 '남쪽의 염부주라는 지역에 대한 안내서' 정도로 해석해 볼 수 있겠다.

여기까지 한자를 하나하나 뜯어보고 나니, 염부주가 무슨 말인지 해석하는 것도 어렵지 않다. 염부주는 주로 불교에서 쓰는 말로 섬부주라고 하기도 한다. 여기에서 '염부'(섬부)는 인도에서 흔하게 보이는 잠부나무(Jambu)이며, '주'는 섬이나 커다란 대륙을 가리킨다. 즉 '잠부나무가 자라는 땅'이라는 뜻의 염부주는 인도 지역 전체를 일컫는 별칭이다. 고대 인도 신화에 따르면 세상은 수미산을 중심으로 남쪽의 염부주, 동쪽의 승신주, 서쪽의 우화주, 북쪽의 구로주로 이루어져 있는데, 염부주는 우리 사람들이 사는 세상이다. 인도계 문화 배경에서 탄생한 불교 문헌에서는 염부주라는 단어가 '우리가 사는 현실 세계 전체'를 의미하는 경우가 많다. 불교 문헌까지 갈 것도 없이 일상에서 예를 찾아볼 수도 있다. 오늘날 사찰에서 기도할 때 출신지를 밝히며 "사바세계 남섬부주 해동 대한민국 서울 아무개"라는 식으로 말하는 경우다. 작가 김시습이 불교에 몸담은 적이 있다는 점을 염두에 두면, 염부주를 이야깃거리로 삼은 것은 자연스러워 보인다.

이렇게 제목의 뜻을 파헤쳐 놓고 보니, 이야기의 꼬인 부분이 선명히 드러난다. 분명히 「남염부주지」는 주인공이 저승을 구경하는 이야기다. 그렇다면 이야기 제목도 '저승 안내서' 정도가 되는 것이 바람직하다. 하지만 제목을 풀이해 보면 엉뚱하게도 '우리가 사는 현실 세계 안내서'라는 뜻이 되어 버린다. 정반대의 뜻 아닌가?

애초에 염부주가 불교 용어이고 원래 인도를 가리키던 말인 만큼, 조선에서 보면 인도 또한 머나먼 미지의 나라이므로 그저 신비로운 먼 나라라는 뜻으로 쓴 말일 가능성도 있다. 그렇지만 소설 내용을 들여다보면 제목이 가지고 있는 그 엉뚱한 느낌이 더 잘 어울린다고 나는 생각한다.

━   저승이라고 해서 이승과 다르지 않다

소설 첫머리에는 주인공 박생이 등장한다. 박생은 공부를 열심히 하고 재주도 뛰어난 선비지만, 과거에 급제하지 못해 불우한 삶을 살고 있다. 그는 학문을 깊이 연구하다가 글 한 편을 짓게 되는데, 그 글의 제목이 '일리론(一理論)'이다. 일리론은 그 이름처럼 세상의 이치가 한 가지 형태밖에 없다는 주장이다. 좀 더 풀이하자면, 세상은 하나의 이치로 서술되어야 하며, 우리가 사는 세상 외에 다른 원리가 적용되는 저승이나 천상의 세상, 정신과 혼령의 세계 같은 곳이 따로 있는 게 아니라는 생각을 핵심으로 한다.

이런 내용은 중세 이전 세상 사람들의 사고방식에서 크게 유행했던 이원론(dualism) 사상을 부정하는 것처럼 보인다. 중세 시대에는 세계 어느 지역에서건 사람의 혼백과 육체는 완전히 분리되어 있다는 식의 발상이 유독 강조되었다. 이런 사고방식에 따르면 육체의 세상과 혼백의 세상은 별개다. 그래서 육체는 사라지더라도 혼백만 남아서 떠돌아다닐 수도 있고, 다른 이의 혼백이 육체로 들어온 사람은 전혀 다른 인격을 가진 것처럼 행동하게 되기도 한다. 조금 다른 방향의 사고방식으로는, 하늘의 구름 위에 전혀 다른 법칙이 적용되는 신선이나 신령의 세계가 있다는 생각도 흔했다.

육체-혼백의 이원론을 현대 과학의 시대에 세상의 이치를 논하면서 곧이곧대로 적용하기란 쉽지 않다. 사람의 정신은 육체와 완전히 별개인 혼백의 작용으로 나타나는 것이 아니라, 뇌라는 신체 기관의 작용과 긴밀히 연결된 현상이다. 그렇기 때문에 사람의 뇌가 다치거나 상하면 정신도 손상되거나 바뀐다. 또 하늘 위로 올라간다고 해서 중력이나 전자기력의 원리가 갑자기 변하지 않는다. 하늘 위로 올라가도 저 멀리 무슨 새로운 세계가 나타나는 것이 아니라 우주 공간이 광활하게 펼쳐져 있을 뿐이라는 사실을 이제는 누구나 잘 알고 있다.

「남염부주지」에서 박생이 주장한 '일리론'은 바로 이런 현대 과학의 시각과 비슷한 면이 있다. 물론 작가 김시습은 어쩔 수 없는 조선 시대 사람인 까닭에, 그가 일리론에서 내세운 '하나밖에 없는 이치'란 것이 세상의 모든 과학 원리를 하나로 설명하고자 하는 통일장이론이나 초끈이론 같은 고도의 현대 과학 이론과 같은 수준에서 논할 수는 없다. 대신에 박생은 일리론에서 자식이 부모에게 효도하고 부모가 자식을 사랑하는 것 같은 삶의 태도를 일컬어 하나밖에 없는, 세상 모든 이치의 핵심이라고 한다. 귀신이나 유령도 전혀 다른 원리로 따질 성질의 것이 아니기 때문에, 특별하게 여기는 일은 무의미하다고 분명하게 지적한다.

박생은 일리론을 완성하고 흡족해한다. 그러던 그가 어느 날 밤, 꿈을 꾸고 꿈속에서 염라대왕을 만나게 된다. 염라대왕이라니, 이쯤까지 이야기를 지켜보면 그다음 줄거리가 자동적으로 떠오를 것이다. 아마 자기 생각만 옳다고 여기던 박생이 염라대왕을 마주하고 깜짝 놀라 생각을 고치고 반성한다는 내용으로 진행될 듯 싶다. 다음부터는 귀신 섬기는 사람들을 비웃지 않고, 죽으면 지옥에 가지 않도록 착하게 살기로 결심한다는 식의 흔한 결말을 예상해 볼 수 있다.

그런데 이야기는 여기서 다시 한번 꺾인다. 박생은 저승을 구경하지만, 자신의 일리론을 버리진 않는다. 오히려 저승을 구경하면서 자신의 일리론이 옳다는 확신은 더 깊어지고, 심오한 깨달음까지 얻게 된다.

박생이 꿈속에서 도착한 저승은 전혀 다른 곳에 있는 이상한 세상이 아니다. 그저 머나먼 바다 한가운데에 있는 섬이라고 묘사된다. 물론 조선 시대의 관점으로는 망망한 바다 저편의 세상도 어지간히 먼 곳 같다는 느낌이 들 것이다. 하지만 그렇다고는 해도 하늘 위의 세상이라거나 깊은 땅속의 세상이라고 묘사하는 것과는 차이가 있다. 「남염부주지」의 저승은 '염부주', 곧 '현실 세계'라는 뜻의 세상이다.

구체적인 묘사에도 예측을 뒤집는 역설이나 모순이 가득하다. 예를 들어 염부주는 "구리가 아니면 쇳덩어리뿐"이며, "뜨거운 열기가 이글이글 타올라 하늘에 뻗쳤고 땅은 풀무 속에 들어간 쇳물처럼 부글부글 끓는" 굉장히 뜨거운 세상으로 묘사되어 있다. 이 대목은 그 당시 널리 퍼져 있던 전설에 자주 나오는 불지옥과 비슷한 느낌이 든다. 너무 뜨거워서 견디기 힘든 곳에 떨어진 죄인이, 고통 속에서 죄지은 것을 후회하며 살아간다는 이야기가 이어져야 마땅할 것 같다.

그런데 「남염부주지」의 염부주는 또 그런 곳은 아니다. 염부주가 뜨거운 곳인 것은 맞지만, 정작 그곳에 사는 사람들은 그 세상에 적응해서 적당히 버티며 살아간다. 길을 지나는 사람들이 불꽃 속에서 녹아내린 쇠를 그냥 진흙처럼 밟고 다닌다는 묘사도 나온다. 심지어 염부주에서 선과 악을 따지는 인물은 아예 노골적으로 "악인의 명부에 실려 있는 사람이라고 해도 노비가 될 뿐 따로 처벌받는 것은 아니다"라고 말하기까지 한다.

다시 말해서 이 소설 속 저승 세계는 현실 세계의 일부이며, 또한 지옥과 비슷한 세상이면서도 고통받고 처벌받는 곳은 아니다. 우리에게 친숙한 이승 세계와는 아주 다른 장소이긴 하지만 거기에서도 사람들은 현실과 비슷하게 살아갈 수 있다.

– 뜨겁디뜨거운 지구 외핵과 WASP-76b

나는 이런 묘사를 보면서 「남염부주지」의 저승 세계가 지구의 땅속 모습과 우연히도 통하는 점이 있다는 느낌을 받았다. 삼국 시대, 고려 시대 사람들 사이에는 땅속 깊은 곳에 죄인들에게 뜨거운 불로 형벌을 가하는 지옥이 있다는 생각이 널리 퍼져 있었다. 실제로 땅속으로 깊이 들어갈수록 온도가 높아지는 것은 사실이다. 기상청 자료를 보면 보통 지표에서 지하로 100m씩 내려갈 때마다 평균 섭씨 3도씩 온도가 상승한다(지구 내부로 깊이 내려가면 상승 폭은 달라진다). 지진을 관측해서 발견한 바에 따르면 지하 약 2,900km 지점까지 파고 들어가면 너무 뜨거워서 철과 같은 물질들이 녹아 물처럼 흘러 다니는 지역이 나온다. 이곳을 지구 외핵(outer core)이라고 부른다.

지구 외핵은 어느 신화 속 지옥 못지않게 뜨겁고, 실제로 그 위치도 땅속 깊은 곳이다. 우리가 실제 경험하는 세계와는 사뭇 다르지만, 그렇다고 죄인을 벌하거나 사람에게 고통을 주는 또 다른 차원의 세계는 아니다. 만약 이런 곳 근처에도 생명체가 살아갈 수 있다면, 그 생명체는 어떻게든 적응해서 삶을 이어갈 것이다.

지난 2020년 유럽남방천문대(ESO, European Southern Observatory)는 지구에서 약 600광년 떨어진 WASP-76b라는 행성을 발견했다고 발표했다. 이곳은 온도가 섭씨 2,400도까지 올라가기 때문에 철이 액체로 변해 녹아내리고, 심지어 그 쇳물이 이른바 '강철 비(iron rain)'가 되어 하늘에서 빗방울처럼 떨어지는 현상이 일어난다고 한다. 하지만 그렇다고 해서 WASP-76b 행성은 죄인들이 죽어서 가는 지옥도 아니고, 전혀 다른 원리가 통하는 세상도 아니다. 소설 속 염부주처럼 뜨겁고 무서운 장소

이긴 해도 어쨌거나 현실 세계의 일부이며, 그곳에 혹시라도 외계 생명체가 살고 있다면 어떻든 적응해서 그럭저럭 살아갈 것이다. 뜨겁고 무섭지만, 그냥저냥 살 만한 세상인 셈이다.

김시습의 삶처럼 얽히고설킨 이야기

염부주의 성안으로 들어간 박생은 염라대왕을 만나 문답을 이어 가면서 이승과 저승의 이치에 대해 이야기를 나눈다. 지금까지 흘러온 이야기를 보면, 이 소설은 이제 기성종교를 맹렬히 비난하는 내용으로 끝맺을 듯싶다. 하지만 오히려 결론에 이르면 불교 역시 나름의 관점으로 사람들을 바른 도리로 이끌기 위한 것이며, 불교와 유교는 각각의 방식으로 사람에게 유용하다는 점을 강조한다. 또 박생은 자신의 일리론이 충분히 타당한 학설이라는 것을 깨달으며 꿈에서 깨어나 이승으로 돌아오고 만족하지만, 정작 마지막 장면에서는 얼마 뒤 세상을 떠난 박생이 두 번째 염라대왕이 될 것임을 암시하며 이야기가 끝난다.

정리해 보자면, 「남염부주지」는 제목부터 결말까지 예측을 뒤집는 이야기가 계속 이어지는 소설이다. 현실적인 원리로 설명할 수 없는 것을 배척하자는 주제 의식이, 종교의 가치를 밝히는 결말과 동시에 얽혀 있다. 도무지 간단히 정리해서 이해하기는 쉽지 않지만, 읽다 보면 이상한 세상을 여행하는 박생의 경험이 술술 풀려 나가는 흥미로운 소설이기도 하다. 이런 꼬이고 꼬인 맛이 「남염부주지」의 재미가 아닐까?

작가 김시습은 어릴 때부터 천재라는 기대를 받았지만 평생을 가난하고 불우하게 살았고, 변변한 벼슬을 살지도 못했지만 한편으로는 수양대군의 옥좌를 차지한 일에 저항해 '생육신'의 한 사람으로 역사에 이름을 남긴 인물이기도 하다. 작가의 꼬인 삶을 돌이켜 보면서 다시 한번 읽으면, 또 다른 재미로 즐길 수 있다는 생각도 덧붙여 본다.

3부 ◎ 이상한 믿음

악귀와 혼령이 깃든 기이한 세상 물정

二

이야기 아홉 - 『해객론』과 중금속중독

발해인 이광현의 불로불사 비법

신선의 도를 찾아 헤매다

(…) 노인이 광현에게 물었다.

"도를 구한 지 몇 년이나 되었는가? 도인을 만난 적이 있는가?"

광현이 대답하였다.

"사해 안을 20여 년 돌아다니다가 수년 전에 배 안에서 한 도인을 만났는데, 정기를 보양하는 법과 사지(四肢)를 도인(導引)하는 법을 가르쳐 주기에 그대로 따라 수행하였더니 또한 증험이 있었습니다."

노인이 말하였다.

"그와 같이 하였다면 도를 이루었을 터인데, 무엇을 더 구하려고 하는가?"

광현이 대답하였다.

"제가 듣기로는 신선의 도는 그 외에도 금액(金液)과 환단(還丹)의 방술이 있다고 하는데, 헛되이 세월만 보내는 것이 아닌지 두려운 생각이 들어서 금액환단의 방술을 찾아보려고 마음먹었습니다." (…)

— 이광현, 『해객론』

중국 도교 경전에 남은 발해인의 흔적

발해는 신라 못지않게 문화가 발달한 나라였다. 하지만 발해에 관한 기록 중에 우리에게 남아 있는 것은 신라에 비해 매우 적다. 신라의 수도였던 경주가 이후 고려 시대나 조선 시대에도 유서 깊은 중요한 지역으로 여겨진 것과 달리, 발해의 수도는 대개 발해 역사를 딱히 중요시하지 않는 나라에 속했기 때문이 아닌가 싶다. 발해가 망한 뒤에 거란족의 요(遼)나라, 여진족의 금(金)나라가 옛 발해 땅을 점령했다. 두 나라 모두 발해의 역사를 기록하고 계승하고자 하는 사업에 진정으로 열성을 보이지는 않은 듯하다.

그래서 발해 관련 자료는 부족하다. 발해 역사의 전체적인 흐름에 대한 자료가 적을 뿐만 아니라, 발해 사람들이 어떤 문화에서 어떻게 살았는지를 짐작해 볼 만한 기록도 많지 않다.

당연히 발해 사람의 삶에 관한 이야기나 그들이 직접 남긴 기록, 서적 등의 자료도 별로 없다. 발해 사람이 지은 문학작품을 찾아보고 싶어도, 발해의 시집이나 소설집 따위를 발견하기란 어렵다. 발해의 문학작품으로 그나마 찾을 수 있는 것은, 발해 사람이 외국을 방문했을 때 썼던 시가 그 나라 기록에 남아 있는 사례다. 예를 들어 발해의 외교 사절단이 일본을 방문하여 지은 시가 일본 역사 기록에 남은 경우가 있다. 발해에 관한 기록인데도, 엉뚱하게 일본의 역사 자료를 참고해야 할 정도로 발해 관련 자료가 부족하다는 뜻이다.

그런 중에 20세기 후반 들어 한국 학자들은 발해인이 남긴 기록 몇 가지를 더 찾아냈다. 이 기록들은 비교적 분량도 많고 내용도 다채로운 편이다. 이봉호 등의 학자들이 그 기록을 연구하여 현대 한국어로 번역하면서 좀 더 많은 사람에게 알려질 수 있었다. 그 기록이란 바로 이광현이라는 발해의 무역상이 자신이 얻은 깨달음에 대해 쓴 이야기다.

발해인 이광현이 활동하던 시대와 20세기 후반 사이에는 1,000년 정도의 세월이 놓여 있다. 도대체 왜 1,000년 동안 이광현의 이야기는 한국 사람들에게 알려지지 못했을까? 그 이유는 이 기록의 출전을 보면 짐작할 수 있다.

이광현이 쓴 책은 중국의 『도장(道藏)』에서 발견되었다. 『도장』은 역사 기록도 아니고, 중국 주변 나라의 문학작품을 정리해 둔 책도 아니다. 『도장』은 옛 중국에서 크게 유행했던 도교의 주요 경전과 문헌을 정리해서 모아 놓은 책 묶음이다. 불교 경전과 문헌을 집대성한 『대장경』처럼, 중국 사람들은 도교라는 종교에 대한 책을 모아 『도장』을 편찬한 것이다. 아마 옛날 중국에서 도교를 믿던 종교인들이 발해의 이광현 이야기가 담긴 몇 편의 책을 보고 연구해 볼 가치가 있다고 여긴 듯하다. 그래서 종교적 자료로 이광현 이야기를 포함시켰고, 그 덕택에 사라지고 잊힌 발해 사람들의 이야기 중에 그나마 한 가지가 지금까지 전래한 것이다.

그렇다면 도대체 왜 도교 신봉자들이 발해인 이광현의 이야기를 중요한 자료라고 생각했을까? 그 까닭은 책 내용을 보면 쉽게 알 수 있다. 『도장』에 수록된 이광현에 관한 이야기는 여러 편이지만, 전체적인 요점은 모두 비슷하다. 따라서 여기에서는 대표적으로 『해객론(海客論)』이라는 책을 중심으로 설명해 보겠다. 참고로 『해객론』에는 이광원이라는 이름이 등장하는데, 이광현과 이름 한 글자가 다르긴 하지만 동일 인물로 여긴다.

영생을 누리는 신비한 방법을 찾아 나서다

'해객론(海客論)'이라는 제목을 직역해 보자면 바다의 손님을 논하는 글, 또는 바다의 손님이 논한 글이라는 뜻이다. 여기서 바다의 손님, 해객이 바로 이광현을 일컫는 말이다. 이광현은 반평생 배를 타고 바다 이곳저곳을 누비며 살았다. 대대로 무역하며 부를 축적한 부잣집 자손이었던 듯하다. 고향은 발해였는데 신라로 가는 배를 탔다는 이야기도 있고 당(唐)나라에 갔다는 이야기도 있는 걸 보면, 아마 발해와 신라, 당나라 등을 오가면서 국제무역을 하는 상인이자 뱃사람이 아니었을까 싶다. 그러니 바다의 손님, 해객이라는 별명이 붙은 것도 자연스럽다.

하지만 『해객론』은 무역에 관한 책도 아니고, 한반도와 중국 사이를 오가는 항해에 관한 지식을 전하는 책도 아니다. 『해객론』에 무역이나 항해에 관한 이야기는 아주 간략히 언급될 뿐이다. 책 내용을 살펴보자면 이렇다. 먼저 이광현을 소개하며 이야기가 시작되고, 본론으로 넘어가면서 그가 품었던 고민이 이어진다.

그 고민은 바로 이런 것이다. '이렇게나 많은 재물을 모아 풍족히 살고 있지만, 인생은 짧고 죽음에 이르면 모든 것이 끝날 뿐이다. 이 허무함을 극복할 방법은 없을까?' 그리하여 이어지는 이야기의 핵심은 이광현이 인간의 한계를 극복하고자 영생의 비법을 찾는 내용이다. 신선을 이상으로 삼고, 신선이 되는 방법을 탐구했던 중국 도교에서 관심을 가질 법하다.

이광현의 모험은 크게 두 단계로 진행된다. 먼저 그는 신라로 향하는 배 안에서 어떤 노인을 우연히 만난다. 그 노인이 신라를 유람했다는 이야기가 나오는데, 그는 신라인일 수도 있고, 아니면 신라에 관심이 많던 다른 나라 사람일 수도 있다. 아마도 당시 사람들은 신라라는 나라를 신비롭고 놀라운 장소로 여겼던 것 같다.

신라로 가던 그 노인은 이광현에게 묻는다. "당신에겐 이미 천금 같은 재산이 있는데, 무엇이 부족해서 또다시 거친 바다를 건너가 이익을 탐한다는 말이오." 이에 이광현은 이익 때문에 바다를 건너는 게 아니라, 생명 연장의 비법을 찾고자 떠나는 것이라고 답한다. 그리고 몸을 잘 수양해 오래 살 방법을 노인에게 물어본다.

왜 하필 그 노인에게 장수의 비법을 물었을까? 신라로 가던 노인은 나이가 매우 많은 듯했는데, 이상하리만치 혈색이 좋고 건강해 보였다. 이광현은 영문이 궁금했을 것이다. 어쩌면 요즘 사람들이 여행길에 우연히 만난 이에게 가볍게 인사를 나누듯 말을 건넸을지도 모른다. "어르신, 굉장히 몸이 튼튼하고 정정하신 것 같은데, 실례지만 금년에 연세가 어떻게 되시는지요?" 하면서 말이다.

노인에게서 들은 건강 비법, 이것이 이광현이 얻은 첫 번째 깨달음이다. 노인은 바른 태도로 착실하게 살면 몸이 견고해져 자연히 건강하게 장수할 거라고 이야기해 준다. 말이 복잡하여 모든 뜻을 명확히 해석할 수는 없지만, 노인이 전한 말의 전체 내용은 이해하기 어렵지 않다. 그 요지는 지금 읽어 보아도 어느 정도 그럴듯해 보인다. 욕심 부리지 않고 너그러운 태도로 성실히 살아가면 아무래도 건강하게 장수하기에 유리할 것이다. 노인은 자신이 거의 늙지 않고 아주 긴 세월 장수하는 경지에 도달했다고 말하며, 나이가 무려 백 살이 되었으나 이제껏 아픈 적 한 번 없었다고 자랑한다. 『해객론』에서는 그를 득도한 사람, 도인(道人)이라 부른다.

다시 말해서 노인의 가르침만 제대로 이행하면 늙지 않고 영원에 가까운 생명을 누릴 수 있다는 이야기다. 그런데 노인은 한 가지 말을 덧붙인다. "나도 금단대약(金丹大藥)에 대해서는 모른다." 즉 금단대약을 깨우치는 경지도 있기는 하지만, 자신은 아직 그 정도에는 이르지 못했다는 이야기다. 물론 지금 수준만으로도 젊음을 누리며 영생을 즐기고 있기는 하지만 말이다.

노인과 헤어진 이광현은 그에게 배운 비법을 스스로 연구하기 시작한다. 그리고 장운도(長雲島)라는 섬에서 훈련을 거듭하며 장수의 방법을 더욱 발전시켜 나간다. 『해객론』의 다른 판본인 『금액환단백문결(金液還丹百問訣)』이라는 책에는 그 섬을 운도(雲島)라고 일컫기도 한다. 둘 중 어떤 이름이든 간에 긴 구름의 섬, 혹은 구름의 섬이라는 뜻이니, 영생을 얻기 위한 신비로운 비법을 연구하는 곳의 배경으로 그럴싸하게 들린다. 이광현

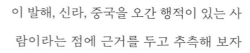

이 발해, 신라, 중국을 오간 행적이 있는 사람이라는 점에 근거를 두고 추측해 보자면, 장운도라는 섬은 이들 나라 가운데에 있는 서해의 많은 섬 중에 어떤 곳으로 보아야 할 것이다. 그리고 그곳, 장운도를 드나드는 가운데 이광현은 바다의 손님, 즉 해객이란 별명을 얻게 된다.

해객이라는 별명까지 생긴 걸 보면, 이광현은 당시 뱃사람들 사이에서 생명과 노화에 대한 신비로운 이치를 깨달은 놀라운 인물로 꽤 알려졌던 것 같다. 그저 약장수들 사이에서 좀 인기 있던 정도였는지, 아니면 기이한 이치를 알아내고자 했던 학자들 사이에서 신선 같은 인물로 유명했던 것인지는 알 수 없다. 어쩌면 이광현과 그를 따르는 제자들이 장운도에 한 무리를 이루어 자리 잡고 지내면서, 신선의 항구 같은 것을 꾸미고 살았는지도 모르겠다. 혹시 지금도 서해의 어느 외딴섬에서 그 흔적을 찾을 수 있진 않을까?

사실 여기까지는 『해객론』의 도입부에 불과하다. 이광현은 단지 영원한 젊음을 얻는 정도로 만족하지 않는다. 얼마 지나지 않아 그는 그 수준을 초월하고자 하는 마음을 품는다. 즉 이광현은 사람을 능가하는 신령이나 신선이 되어 세상 바깥의 또 다른 세상으로 나아가고 싶어 한다. 요즘 식으로 말하면 인간 두뇌의 한계를 넘어서고 싶다거나, 시공간을 초월하고 싶어 했다고 이해해도 좋겠다. 배 위에서 만난 신비로운 노인도 미처 이르지 못한 그다음 단계, 금단대약의 경지에 이광현은 도달하고자 했던 것이다.

여기서 말하는 '금단대약'이란 극히 놀라운 위력을 가진 약을 말한다. 그 당시 사람들은 그런 약을 만들어 먹으면 신선과 같은 초월적 경지에 도달할 수 있다고 상상했다. 이는 중국에선 진작부터 유행했던 믿음으로, 신선 사상이 생긴 고대 이후로 널리 퍼져 있었다. 『포박자(抱朴子)』라든가 『주역참동계(周易參同契)』 같은 도교 계통의 고대 중국 문헌에도 어떤 희귀한 재료를 잘 가공하여 신기한 약을 만들어 내면 신선으로 변하게 해 준다는 내용이 다양하게 나타난다.

이광현은 금단대약의 비밀을 찾아 세상을 떠돌아다니기 시작한다. 이곳저곳을 돌아다닌 이야기는 재밌을 것 같지만, 아쉽게도 그런 자세한 모험담은 『해객론』에 담겨 있지 않다. 이 책은 종교 문헌에 포함된 서적인지라, 어느 산속에서 금단대약의 비밀을 알려 주는 스승을 만나는 대목으로 바로 건너뛴다. 그렇게 해서 『해객론』에서 가장 많은 분량을 차지하는 내용이자, 옛사람들이 『해객론』의 핵심이라고 생각한 금단대약을 만드는 방법에 관한 이야기가 이어진다. 중국의 도교 신봉자들이 이 책을 좋아한 이유는 바로 이런 지식이 길게 설명되어 있기 때문일 것이다. 해객이라는 별명까지 얻은 놀라운 인물이 마침내 사람의 경지를 초월하는 약을 만드는 방법까지 배워서 설명해 두었으니, 그 내용을 잘 이해하고 따라 해야 한다고 믿었을 것이다.

하지만 막상 읽어 보면, 결코 그 내용이 명쾌하지 않다. 지금까지 별로 어렵지 않았던 이야기가 여기서부터는 갑자기 뭘 말하는지 알 수 없는 수준으로 어렵고 복잡해진다. 한 부분만 인용해 보자면 대략 이런 식이다.

> "둥글고 붉은 것, 즉 환단(還丹)이라는 것은 별다른 약이 아니다. 진일(眞一)을 터전으로 삼아 연홍(鉛汞)이 서로 의지하게 하되, 황아(黃芽)가 근본이 되면 환단을 이룰 수 있느니라."

만약 『해객론』의 설명이 명쾌하고 누구나 실험해 볼 수 있는 내용이었다면, 이 수법을 이용해서 세상 사람들은 전부 신선으로 변했을 것이다. 혹은 정반대로 모두가 실험에 실패한 뒤 이 책에 실린 지식은 잘못됐다는 사실을 깨닫고 책의 내용이 틀렸다고 결론 내렸을 것이다. 하지만 이런 일은 일어나지 않았다. 『해객론』의 금단대약 제조법은 너무나 이해하기 어렵고 모호하다. 도교를 연구하는 종교인들이 저마다의 학설로 해석하며 고민하기에 적합하고, 이해하지 못한 사람들에게 이런저런 내용을 가르쳐 주며 지식을 과시하기에 좋다.

─ 수은으로 만든 묘약과 발해의 멸망

한 가지 확실한 사실은 『해객론』의 금단대약 제조법에서 연홍(鉛汞)이란 것을 굉장히 중요한 재료로 강조하고 있다는 점이다. 연홍은 직역하면 '납'과 '수은'이다. 납과 수은 그대로를 재료로 쓴다는 뜻은 아닐 것이고, 무언가 신비로운 비유일 가능성도 있다. 그렇다 해도 납이나 수은과 매우 유사한 성분이라고 보는 것이 크게 틀리지는 않을 것이다. 『해객론』 내용 중에 수은을 함부로 잘못 먹으면 몸이 상하는 독이 되므로 조심해야 한다는, 중금속중독을 떠올리게 하는 설명까지 같이 실려 있기 때문이다.

　『해객론』에서는 납이나 수은을 재료로 하더라도 열심히 잘 가공하면 금단대약을 제조할 수 있다고 본다. 그러나 납과 수은은 아무리 정성스레 가공하더라도 핵반응 같은 어마어마한 현상이 일어나지 않는 한 성분이 변하지 않는다. 오늘날에도 납이나 수은을 약품이나 의료 기기에 가끔 사용할 때가 있지만, 아주 적은 양을 안전한 범위 내에서 조심스레 쓸 뿐이다. 옛사람들의 생각처럼 납이나 수은을 덩어리로 뭉텅뭉텅 이용하면, 아무리 익히고 굽고 끓이며 다른 약품과 섞는다 한들 사람 몸에 좋은 결과물이 나오지 않는다.

납과 수은은 대표적인 중금속이다. 많은 양의 납과 수은이 몸속에서 화학반응을 일으키면 사람의 정신과 감각이 흐트러진다. 납은 사람의 몸 곳곳을 망가뜨리다가 정신착란을 일으키는 경우도 있다. 수은 역시 신경의 작용을 방해하여 감각과 판단을 혼란케 한다.

옛 전설로 내려오는 이야기 가운데 신선이 된 어떤 사람이 한겨울에도 추위를 느끼지 않아 옷을 벗고 지낸다는 내용이 보인다. 나는 이런 상상을 해 본다. 만약 금단대약이랍시고 납과 수은으로 만든 약을 먹고 중독되었다면, 신경이 망가져 추위와 더위를 제대로 느끼지 못해 그런 행동을 했을지도 모른다. 그런가 하면 어떤 신선이 무서운 도적이나 높은 벼슬아치를 두려워하지 않고 용감하게 꾸짖으며 싸웠다는 식의 줄거리도 종종 보이는데, 그것도 어쩌면 감정과 판단이 중금속중독으로 손상을 입었기 때문이 아닐까? 납중독과 수은중독으로 뇌까지 파괴된 착란상태에 빠져, 자기 몸이 공중으로 떠올라 천상 세계를 구경하는 환상을 보고는 자신이 천상과 지상을 마음대로 오갈 수 있는 경지에 이르게 되었다고 굳게 믿은 것은 아닐까?

상상해 보는 김에 조금 더 나아가, 근거는 없지만 막연한 생각 한 가지를 이야기로 풀어 보고 싶다. 이광현 같은 발해인 이야기가 해객이라는 별명까지 곁들여져 널리 퍼지고 중국 기록에까지 남아 있는 것을 보면, 어쩌면 발해에서는 이런 식의 신선 되는 방법이 상당히 발달하고 유행했을지도 모른다. 그렇다면 발해의 높은 벼슬아치, 부자, 궁중 사람들과 임금에게까지 이런 약이 퍼졌을 수도 있지 않을까? 영생을 가져다주며, 사람의 경지를 초월할 수 있다는 묘약이 많은 발해 사람들 사이에서 인기를 끌었다고 상상해 보자. 그런 일이 벌어졌다면 발해라는 나라는 결코 정상적으로 운영될 수 없었을 것이다.

발해는 거란족 군대의 침공으로 926년 어느 날, 어이없이 갑작스레 멸망하고 말았다. 문화가 발달했으며 세력도 약하지 않았던 발해가 왜 그렇게 한순간에 망했는지를 두고 긴 세월 많은 학자가 의문을 품어 왔다. 이 문제를 흔히 '발해 멸망의 수수께끼'라고 부르기도 한다. 요즘 널리 인정되는 학설은 아니지만, 한때는 발해가 이렇게까지 갑자기 멸망한 이유를 도무지 이해할 수 없어서 화산 폭발 같은 재난 때문에 나라가 혼란스러워져

서 망한 것 아니냐는 이야기가 제법 인기를 얻은 적이 있을 정
도다.

그야말로 소설가로서 해 보는 상상일 뿐이지만, 혹시 수많은
발해 사람이 당시로서는 최고의 놀라운 명약으로 여겨진 금단
대약에 빠져서 멸망하게 되었다고 생각해 보면 어떨까? 창칼을
든 거란족 무리가 바로 궁전 문 앞까지 달려오는데도, 금단대약
의 중금속 성분에 취해 다 같이 천상 세계로 훨훨 날아서 떠나
가고 있다는 환상에 빠져 있었던, 불쌍한 사람들의 마지막 모습
을 머릿속에 떠올려 본다.

이야기 열 - 『조선왕조실록』과 발표편향

조선 궁중에 사랑의 묘약이
있었을까

주술 쓰다 발각된 세자빈

(…) 우리 왕조는 가문의 법도가 잘 다스려져서 왕비와 세자빈들의 내조가 그치지 않았다. 내가 작년에 왕자 가운데 자리를 이어받을 인물을 정하고, 그 부인으로 여러 대에 걸친 명문가의 자식인 김씨를 택하였다. 그런데 뜻밖에도 김씨가 미도압승의 술법을 사용하려 했다는 단서가 발각되었다. 그 소식을 듣고 매우 놀라 즉시 궁녀들을 시켜 심문하게 하였더니, 김씨는 "시녀 호초가 그 술법을 가르쳐 주었습니다."라고 했다. 그리하여 호초를 불러 직접 사유를 물었더니, 호초가 이렇게 진술하였다. "작년 겨울에 세자빈께서 남자에게 사랑을 받는 술법을 묻기에 모른다고 대답하였습니다. 하지만 빈께서 강요하시기에 제가 가르쳐 드렸습니다. 남자가 좋아하는 여인의 신을 가져다가 불에 태워서 가루로 만들어 술에 탄 후 남자에게 마시게 하면, 부인이 사랑을 받게 되고 저쪽 여인은 멀어져서 배척을 받는다 하니, 효동과 덕금 두 시녀의 신을 가지고 시험해 보는 것이 좋겠다고 말입니다."

효동과 덕금은 김씨가 시기하는 자이다. 김씨는 즉시 그 두 여인의 신을 가져다가 자기 손으로 잘라 내 간직하고 있었다. 이렇게 하기를 세 번이나 하여 그 술법을 써 보고자 했으나, 그러한 틈을 얻지 못했다고 한다. (…)

—『조선왕조실록』 1429년(세종 11년) 7월 20일(음력)

세 번 결혼한 왕, 문종

조선 시대 임금 중에 가장 잘 알려진 이는 역시 세종일 것이다. 세종의 뒤를 이어 임금이 된 아들 문종 역시 그 업적을 꽤 높이 평가받고 있다. 문종은 오래 살지 못했던 데다가 임금의 자리에 있던 기간도 짧았기 때문에 세종보다 널리 알려진 임금은 아니다. 하지만 과학기술과 문화 분야에서 문종의 실력은 세종과 견주어 딱히 떨어지지 않았다는 평가를 받는다.

세종의 업적으로 알려진 과학기술 분야의 공적 중 일부는 사실 문종이 왕세자였던 시절부터 열심히 일한 결과라는 의견도 신빙성이 있다. 예를 들어 체계적으로 강수량을 측정하는 사업을 시행하여 과학적으로 기상을 연구한 증거로 제시되는 측우기의 경우, 그 발명과 보급에 문종이 큰 역할을 했다는 주장이 최근 들어 널리 인정받고 있다.

그런데 역사에 남은 공적과는 별도로 문종의 사생활은 그리 행복하지 않았던 것 같다. 언뜻 들어서는 세상에 두려울 것이 없는 옥좌(玉座)를 차지한 사람에게 사생활이 뭐 그리 대수인가 싶기도 할 것이다. 그런데 반대로 그렇게 힘이 세고 높은 자리에 앉을 운명이었기 때문에 그의 사생활, 특히 결혼 생활은 시작부터 골치 아프게 꼬여 있었다.

문종이 처음 결혼한 것은 1427년이다. 1414년에 태어났으니 만 13세의 나이였다. 사람마다 몸과 마음이 성숙하는 것이 다를 테고 옛날과 지금 사람들의 성정이 같지도 않겠지만, 이 정도 나이면 대체로 한창 사춘기로 볼 수 있지 않겠나 싶다. 만약 문종이 그저 어지간히 부유한 집 자식이었다면, 이 무렵은 한참 풋사랑에 가슴이 설렐 시기이고 어쩌면 좋아하는 사람을 찾아다니며 즐거운 한때를 보내는 시절이 되었을지도 모른다.

그러나 문종은 나라를 이어받을 임금의 후계자였다. 마냥 좋아하는 사람을 만나 사랑하며 지내는 것이 아니라 다음 세대의 정치를 위해 아버지 세종 임금이 지정해 주는 가문의 자식과 혼인해야 했다. 그 결과는 그리 좋지 않았다. 문종은 아버지 세종이 정해 주는 사람과 결혼했다가 두 번 이혼하게 되고, 마지막 세 번째 결혼에서는 부인이 세상을 일찍 떠나는 바람에 정실부인 없이 남은 세월을 살게 된다.

이런 상황을 보면 세종이 왕자의 부인, 그러니까 며느리를 택하는 데 좀 문제가 있지 않았나 싶은 생각도 든다. 세종은 학식이 풍부하고 정치에 밝은 임금이었지만, 배우자와 사랑하며 가정을 이루고 사는 일은 학식과 능력만으론 쉽게 풀리지 않는 문제다. 특히 세종 본인은 태종의 셋째 아들로서, 어린 시절에는 임금의 후계자로 정해져 있지 않았던 삶을 살았다. 옥좌를 이어받을 후계자 신분으로 결혼하지도 않았고, 궁중에서 젊은 시절을 보내거나 신혼 생활을 하지도 않았다. 그렇다 보니, 궁에서 태어나자마자 나라를 이어받을 운명이었던 맏아들 문종을 잘 이해할 수 없었던 것 아닐까? 어쩌면 온 나라에서 가장 좋은 집안에서 태어나 가장 좋은 음식, 가장 좋은 옷만 접하며 살아온 자식은 그저 세상 좋은 팔자라고 여겼을 뿐, 아들의 감정을 이해할 생각은 잘 하지 못했던 것이 아닌가 하는 상상도 해 본다.

-   세자 문종과 휘빈 김씨의 순탄치 못한 결혼 생활

세종이 정해 준 문종의 첫 번째 부인은 휘빈(徽嬪)이라는 칭호를 받게 되는 김씨 가문의 딸이었다. 김 휘빈(휘빈 김씨)에 대해 충분한 자료가 남아 있지 않아 정확한 것은 알 수 없지만, 결혼할 당시 문종보다 나이가 많긴 했으나 크게 차이 나지는 않았을 것이다. 세종이 며느릿감으로 택한 것을 보면, 휘빈은 몸이 건강

하면서 동시에 두뇌도 상당히 뛰어난 사람이었을 거라는 추정
도 해 볼 만하다.

그러나 세종의 기대와 달리 김 휘빈과 문종의 결혼 생활은
순탄치 않았다. 가장 큰 문제는 문종이 휘빈을 별로 좋아하지
않는다는 점이었다. 1429년(세종 11년) 음력 7월 20일 자 『조선
왕조실록』의 기록을 보면 세종이 근정전에서 신하들에게 지시
를 내린 글이 상세히 실려 있는데, 이 글에 김 휘빈을 둘러싼 사
건의 정황이 나와 있다. 휘빈은 남편인 문종이 자신을 사랑하지
않으며, 자신에게 무관심하다는 생각에 고민이 많았다고 한다.
그렇다고 문종이 사랑에 아무 관심 없이 일과 학문에만 몰두했
던 것 같지도 않다. 세종의 지시 내용 가운데는 김씨가 시기하
는 두 궁녀에 대한 언급이 나온다. 문종이 부인인 휘빈에게는
별 관심이 없었지만, 아끼는 다른 여성은 있었다는 뜻이다. 이
런 상황은 부인에게는 더욱 속 타는 일이었을 것이다.

김 휘빈이 궁중 생활에서 특별히 즐길 만한 일도 많지 않았
을 것 같다. 『조선왕조실록』에 휘빈이 이런저런 궁중 행사에 참
여한 기록이 몇 차례 나타나기는 한다. 1429년 음력 1월 27일
자 기록에는 외국 사신으로부터 휘빈이 선물을 받았다는 기록
도 보인다. 나라의 후계자 부인으로서 국내외 여러 행사에 나서
야 할 일은 계속 생겼을 것이다. 예법을 중시하는 조선 사회에
서 이런 행사는 재미있고 즐거운 잔치가 아닌 엄숙하고도 힘든

일이다. 더군다나 결혼한 지 얼마 되지 않는 임금의 며느리이기에, 이 모든 행사는 만인 앞에서 자신이 얼마나 그 자리에 걸맞은 인물인지를 증명해야 하는 시험과 같았을 것이다.

'시험'이라는 말이 단지 비유인 것만은 아니었다. 당시 조선에서는 임금의 후계자로 정해진 뒤에도 정치 상황에 따라 그 처지가 바뀌게 되는 일이 자주 벌어졌다. 충성과 효도를 무엇보다 무겁게 생각하는 문화에서 임금의 자리를 이을 사람이라는 위치는 무슨 일이 있어도 흔들리지 않아야 하겠지만, 실제 역사를 따지고 보면 묘하게 위선적인 데가 있는 것도 사실이다. 세종의 할아버지 태조는 고려를 뒤엎고 아예 새로운 나라를 차린 사람이었고, 세종의 아버지인 태종은 형제들과의 칼부림 끝에 임금 자리를 차지한 인물이었다. 세종은 칼부림한 건 아니지만, 원래 자신의 형이 후계자였는데 도중에 후계자가 바뀌는 바람에 임금이 되었다.

상황이 이러니 말은 임금의 며느리이고 왕자의 부인이라고 하지만, 다른 세력의 마음에 안 들고 얕보인다 싶으면 혹여나 세상이 뒤집히면서 쫓겨나게 되는 것 아닌가 하는 두려움에 시달렸을 것이다. 상상해 보자면, 휘빈에게 그 부모나 형제는 기회가 될 때마다 "네가 잘해야 한다. 네가 잘못하면, 우리 집안이 통째로 거덜 난다."라고 말했을지도 모른다.

그런저런 처지가 휘빈에게는 큰 부담이었을 것이다. 더군다나 궁 바깥에서 비교적 자유롭게 살아오다가 한창 성장할 시기인 십 대에 왕세자의 아내로 궁에 갇힌 신세가 되었으니 답답하지 않았을까? 15세기 초 당시 조선의 사회 분위기는 그동안 영화나 TV 프로그램을 통해 많이 알려진 조선 후기의 모습과 사뭇 달랐다. 초선 초기인 그 무렵은 남녀 차별이 덜한 편이었고, 여성의 사회 활동에 대한 억압도 상대적으로는 약했던 시기였다. 예를 들어 당시에는 부모의 유산을 분배할 때 남녀 구분 없이 균등하게 나누었다는 기록이 남아 있다. 그런 시대를 살았던 만큼 갑자기 궁중 예법과 궁정 정치에 시달리며 매일같이 긴장해야 하는 생활을 하는 건 휘빈에게 쉽지 않았을 것이다.

게다가 유일하게 의지할 수 있는 가족인 남편이 자신에게 무심하였으니, 휘빈은 심적으로 무척 괴로웠을 것이다. 과거 전제 군주 국가, 신분제 사회에서는 임금 부부가 잘 지내느냐 혹은 소원하냐 하는 사실 자체가 정치적인 다툼의 여지가 되곤 했다. 그러니 본인의 부부 관계에 대한 휘빈의 고민이 얼마나 심각했을지 짐작할 수 있다.

궁중을 떠들썩하게 만든 기묘한 술법

휘빈은 소원한 부부 관계를 '호초(胡椒)'라는 이름의 시녀와 상담했다. 결코 외부로 새어 나가서는 안 되는 사실을 이야기한 것을 보면, 휘빈에게 외로운 궁중 생활 와중에 유일하게 마음을 터놓을 수 있는 사람이 바로 호초라는 시녀가 아니었나 싶다.

시녀의 이름인 '호초'는 음식의 양념으로 쓰는 후추나무의 열매를 가리키는 말이다. 아마도 호초라는 이름은 '후춧가루' 같은 별명에 가까운 호칭 아닐까 싶다. 조선 시대 평민 이하 신분인 사람의 이름 중에는 종종 이렇게 별명과 비슷한 이름이 보이는데, 호초 역시 그다지 귀한 신분은 아니었을 것으로 짐작해 볼 수 있다. 나중의 기록을 보면 호초와 혈연관계에 있는 사람이 관리 신분이었고, 호초는 첩의 자손이라는 언급이 있는데, 정황상 호초는 어머니가 천민인 낮은 신분의 사람이었던 것 같다. 한편 『세종실록』에는 순덕이라는 또 다른 시녀도 등장하는데, 그는 휘빈이 결혼 전부터 집에서 같이 지내던 종이었다가 휘빈의 결혼과 함께 궁으로 따라 들어온 인물이었다. 이런 순덕과는 달리, 호초는 휘빈이 결혼 이후 고달픈 궁중 생활을 하는 중에 점차 친해져서 마음을 털어놓게 된 인물일 것 같다는 짐작을 해 본다.

휘빈은 대화를 하다가 호초에게 '남자에게 사랑받는 술법'에 대해 물었다. 호초는 처음에는 모른다고 했다는데, 휘빈이 계속해서 물어보았다는 것을 보면 그런 술법에 대한 소문이나 믿음이 이 시기 한양 도성에 어느 정도 퍼져 있었던 듯하다. 계속

된 휘빈의 요청에 호초는 술법들을 알아 오는데 아마도 이 무렵 여성들 사이에서 '남자에게 사랑받는 술법' 몇 가지가 유행했던 게 아닐까 싶다.

참고로 세종은 이런 부류의 술법을 일컬어 '미도압승(媚道壓勝)'이라고 부른다. 미도(媚道)는 여인들이 남자에게 잘 보이기 위해 무당의 술법으로 자기를 좋아하게 하는 일을 말하고, 압승술(壓勝術), 즉 압승의 술법은 주술을 쓰거나 주문을 외워서 해로운 기운을 눌러 없애는 술법을 일컫는다. 휘빈이 호초를 통해 배운 첫 번째 미도압승의 술법은 신발로 가루약을 만드는 것이었다. 남자가 좋아하는 여인의 신발을 태운 재로 약을 만들어 술에 타 그 남자로 하여금 마시게 하면, 그 사랑을 가져올 수 있다는 것이다. 이 방법을 쓰기 위해 휘빈은 궁녀의 가죽신을 가져와 직접 잘라 내기에 이른다. 이때 휘빈이 효동과 덕금이라는 궁녀의 신발을 구했다는 정황을 보면, 당시 왕세자였던 문종은 아버지가 정해 준 부인에게는 대단히 무심했지만 좋아하는 궁녀가 적어도 둘 이상 있었던 것으로 보인다. 어쩌면 결혼 전에 깊이 사랑하는 사람이 있었지만, 세종이 나라를 위한다는 이유로 이를 무시하고 혼례를 강행한 것 아닌가 싶기도 하다.

이후 휘빈의 상황은 상당히 애처롭게 돌아간다. 어렵게 구한 신발을 태워 가루약을 만들었지만, 정작 그 약을 사용할 기회를 얻지 못했기 때문이다. 『세종실록』의 기록은 간소한 편이지만,

앞뒤 내용으로 짐작해 보면 휘빈이 문종과 술 한잔을 나누어 마실 정도의 시간조차 마련하지 못할 정도로 남편의 무심함이 컸던 것 같다. 사랑의 묘약을 구했지만, 사랑을 얻고자 하는 사람과의 거리가 너무나 멀어서 그 묘약을 쓸 수 있을 만큼도 다가갈 수 없던 셈이다.

나중에 시녀 순덕은 휘빈의 약낭(藥囊)에서 신발의 가죽 껍데기를 발견하고 그것이 요사스러운 주술이라고 직감한다. 그리고 "우리 휘빈께 이런 짓을 가르친 자가 누구냐." 하고 두려워하면서 즉시 그것을 감추었다고 한다. 약낭이란 원래 구급약이나 필요한 약을 지니고 다니는 작은 주머니인데, 흔히 복주머니 비슷한 모양의 장신구나 노리개로 달고 다녔다. 몸에 차고 다니는 약낭에서 미도압승에 쓸 재료인 신발 조각이 뒤늦게 발견되었다는 것으로 보건대, 아마도 휘빈이 남편에게 약을 먹이려는 시도가 실패한 후에도 미련을 버리지 못하여 혹시나 언젠가 기회가 올까 싶어 한동안 지니고 다닌 건 아닐까 하는 상상을 해 본다.

휘빈은 호초에게 다른 방식으로 사랑을 얻을 순 없는지 알아보라고 한다. 그러나 그 새로운 방법 또한 성공을 거두지 못한다. 그 즈음 휘빈이 이상한 술법을 사용하는 것 같다는 소문이 퍼진 것 같다. 증거는 없지만, 어쩌면 문종의 애정을 받던 궁녀 쪽에서 휘빈의 행동에 두려움을 느끼고 외부에 이야기했을 가능성이 있다고 생각한다. 일단 그런 소문은 조금이라도 흘러나오게 되면, 정치판에 욕심이 있는 이들이 부추기며 더 널리 퍼뜨리게 되기 마련이다. 특히 휘빈 김씨의 가문을 무너뜨리면 유리한 이들은 이때다 싶었을 것이다.

곧 임금인 세종에게도 소식은 전해졌다. 세종은 궁녀들을 보내 사건을 수사했다. 호초는 의금부 감옥에 갇히게 되었는데, 별다른 서술이 없는 것을 보면 겁을 먹은 호초가 기억하고 있는 사실을 남김 없이 털어놓은 것 같다. 이렇게 해서 궁중 사람들 사이에서도 화젯거리였던 사랑을 얻는 미도압승 술법은 기록에 남게 되었고, 600년가량이 지난 지금도 그 내용을 우리가 알 수 있게 되었다.

미신이 퍼지는 과정은 발표편향과 닮았다

압승술 같은 미신이 사람들 사이에서 그럴듯하다는 설득력을 얻으면서 퍼지는 현상은 확증편향(confirmation bias)과 발표편향(publication bias) 때문일 가능성이 크다. 확증편향은 자신이 맞다고 생각하는 것이 더 눈에 잘 뜨이고 더 귀에 잘 들려서 생각에 더 깊게 남는 현상을 말한다. 발표편향은 과학 연구에서 최근 들어 특히 많이 지적되고 있는 문제다. 이것은 연구자들의 연구 결과가 발표될 때, 실패한 사실은 보고할 거리가 안 되니 잘 발표되지 않고 성공한 사실만 발표되는 현상을 말한다. 이를테면 '어떤 것을 발견했다', '현상들 사이에 관련이 있다' 같은 연구 결과는 학술지에 실리는 반면, '어떤 것을 발견하지 못했다', '현상들 사이에 관련이 없다' 같은 연구 결과는 별 신기한 일이 아니니 조용히 묻히는 것이다. 이런 식으로 연구 결과들이 숨어지면, 사람들이 실패한 결과물에 대해서는 알 수 없고 성공한 것 위주로만 판단하기 때문에 객관적인 사실과는 다르게 한쪽으로 쏠리는 경향이 생기게 된다.

예를 들어 어느 산에 금광이 있다는 소문이 있다고 해 보자. 산을 돌아다녔으나 금의 흔적을 찾지 못한 사람은 '금을 못 찾았다'는 사실을 누구에게 알린들 주목받을 수 없고, 그런 소식으로는 연구 지원금을 얻어 낼 수도 없다. 부정적인 결과를 열렬히 발표하는 것도 이상하고, 설령 발표한다 하더라도 별로 화제가 되지 못하는 상황인 셈이다. 그런데 만약 그 산에서 '금의 흔적이 발견되었다'라는 연구 결과가 나온다면 놀라운 소식으로 인기를 끌 뿐만 아니라 금을 더 찾아보라는 연구비 지원도 이어질 수 있다. '금을 못 찾았다'보다 '금의 흔적이 발견되었다'는 발표가 훨씬 주목받기 쉬운 분위기다.

이런 상황에서 시간이 지나면 자연스럽게 '금의 흔적이 발견되었다'는 발표는 점점 더 많아지고, 더 자주 눈에 띄게 된다. 설령 금의 흔적을 찾지 못한 조사가 더 많았다고 해도, 실제로 발표되어 눈길을 끄는 것은 '금이 있는 것 같다'는 소식이므로 사람들은 금이 정말로 있든 없든 간에, 산에 금이 있을 것 같다는 느낌을 더 강하게 갖게 된다.

현대에 발표편향 문제가 자주 언급되는 분야는 주로 의학 연구 쪽이다. 어떤 음식이나 새로운 치료법이 환자에게 효과가 있을지도 모른다는 발상에 대해, 실제로 실험해 봤더니 별 효과가 없었다는 주장은 연구 실패로 간주되는 경우가 적지 않다. 그런 연구는 별 인기를 얻지도 못하고 논문으로 발표되는 경우도 적다. 그에 비해, 어떤 음식을 먹으면 효험이 있다는 식의 연구는 병에 관심이 있는 사람들의 눈에 띄고, 그 음식을 판매하는 사람들이 열심히 선전하고 퍼뜨리기도 한다. 그러므로 더 많이 발표되고 더 빨리 퍼져 나간다. 양쪽을 모두 따져 본다면 성공한 사례와 실패한 사례가 애매할 정도로 비슷할 수 있지만, 성공한 사례가 훨씬 많이 발표되고 눈에 띄기 때문에 효험이 있다는 음식이며 약, 치료법이 섣불리 인기를 얻을 수 있다는 이야기다.

이런 현상은 의학 이외에도 사회의 광범위한 여러 영역에서 나타난다. 기술에 대한 유행이나 경제 투자에 대한 기대는 물론이고, 소문이나 속설에서도 자주 관찰된다. 나는 김 휘빈이 믿었던 미도압승 술법에도 발표편향이 있었을 거라고 생각한다. 신발을 태워 사랑의 묘약을 만든 사람은 당시에 여럿 있었을 것이고, 그중에는 실패한 이도 많았을 것이다. 그렇지만 신발 재까지 먹였는데도 사랑에 실패한 사람은 그런 사실을 떠들고 다니지 않는 법이다. 반면에 묘하게도 술법을 쓴 뒤에 사랑이 이루어진 사람들은 정말 그 수법이 신기하게 들어맞았다며 떠벌리고 다니기 쉽다. 발표되어 퍼지는 쪽의 소식은 미도압승이 실제로 효험이 있다는 이야기다. 그러므로 그 방향으로 사람들의 생각은 기울어진다. 이런 까닭에 1429년 무렵 한양 도성에는 사랑의 묘약이 있으며 그것이 효험이 있다는 믿음이 생겨났을 것이다.

조선 조정은 잡다한 술법에 부정적인 태도를 취했으며, 당연히 궁중에서 사용하는 주술도 좋지 못한 것으로 여겼다. 게다가 궁중의 주술은 귀한 인물의 정신과 안위를 조작하겠다는 의도로 보아 대단히 무례한 것으로 간주되었고, 만에 하나 그런 일이 행해지면 누가, 어떤 주술로 피해를 입혔는지 알아내기 어렵다는 점에서 엄히 단속해야 할 사악한 것으로 취급되었다. 그래서 궁중의 주술 사건은 큰 죄로 처벌받는 일이 많았다. 후대에도 궁궐 안에서 누가 누구를 저주하기 위해 어떤 주술을 사용했다는 주장은 궁중 암투의 소재로 더러 활용되었고, 이 때문에 정치의 국면이 바뀌거나 많은 사람이 목숨을 잃는 일도 수백 년간 꾸준히 이어졌다.

1429년 음력 7월 19일, 세종은 휘빈을 문종과 이혼시키고 궁중에서 쫓아냈다. 이후 휘빈은 폐빈(廢嬪) 김씨로 기록된다. 2년 정도였던 휘빈의 결혼 생활은 그것으로 끝이 났다.

현대인의 눈으로 이 사건을 끝까지 살펴보면, 과거의 신분제가 무섭긴 무섭다는 생각이 든다. 휘빈이 쫓겨난 다음 날 의금부 관리들이 미도압승을 전해 준 것만으로도 시녀 호초의 죄가 무거우니 참형(斬刑)에 처해야 한다고 건의했기 때문이다. 신하들은 호초가 아무리 휘빈의 명에 따라 알려 준 것이라 하더라도 주인에게 나쁜 것을 알려 준 죄를 저질렀다고 볼 수 있으므로, 법에 따라 호초의 목을 쳐 목숨을 빼앗는 형벌을 내려야 한다고 이야기했다고 한다. 호초의 최후에 대해서는, 세종 임금이 그 건의를 따랐다고만 짧게 언급되어 있다.

병 고치고 목숨 빼앗는
신묘한 주문

약을 먹을 때 외우는 주문

약을 먹을 때는 동쪽을 향하여 다음과 같은 말을 한 번 읊조리고는 곧 약을 먹어야 한다.

"나무동방약사유리광불, 약왕·약상보살, 기파의왕, 설산동자, 혜시아갈, 이료자, 사기소제, 선신조, 오장평화, 육부조순, 칠십만맥 자연통장, 사지강건, 수명연장, 행주좌와, 제천위, 사바하."

그 뜻은, "동방에 계신 약사유리광불에 귀의하오니, 약왕보살, 약상보살, 기파의왕, 설산동자께서는 영약을 베풀어 주시어 환자를 치료하셔서 사악한 기운을 몰아내시고, 선신(善神)이 도와 오장이 평화롭게 되고, 육부가 순조롭게 되며, 칠십만맥이 스스로 저절로 통하고 펴지며, 팔다리의 사지가 강건해지고, 목숨이 길어지며, 가거나 머물거나 눕거나 앉거나 항상 제천(諸天)이 보호하여 주소서. 사바하."

— 작자 미상, 『신라법사방』

천연두 귀신을 두려워한 사람들

과거에는 어떤 이가 병에 걸리면 악령이 그 사람에게 깃들었기 때문이라고 짐작하는 경우가 많았다. 대표적인 예가 천연두다. 불과 200년 전만 하더라도 누군가 천연두에 걸리면 속칭 '서신(西神)' 또는 '호귀(胡鬼)'가 집에 찾아와 마력을 발휘하기 때문이라고 여겼다. 신이나 귀신을 뜻하는 한자가 들어가는 것으로 보아 천연두를 얼마나 무섭게 여겼는지 알 수 있다.

조선 말기의 자료인 『오주연문장전산고(五洲衍文長箋散稿)』에는 천연두에 대한 당시의 풍속이 비교적 자세히 실려 있다. 이 내용을 보면 19세기 사람들은 병을 옮기는 악령이 집에 찾아와 심통을 부리거나 화를 내면 천연두 증상이 심해져서 병에 걸린 사람이 고생하거나 목숨을 잃게 된다고 생각했다. 따라서 천연두를 옮기는 악령을 달래기 위해 열심히 제사 지내거나 공손히 의식을 치러야 한다고 여겼다. 또한 악령의 심기를 거스르지 않으려면 집에서 공사를 벌이는 등 시끄러운 일이 생기는 것은 피해야 한다고 믿었다. 오죽하면 악령의 기분을 거스를까 봐함부로 지칭하지도 못하고 극존칭을 써 '마마'라고 불렀겠는가.

질병을 알 수 없는 귀신이나 악령의 행위로 생각하는 관습은 굉장히 뿌리 깊다. 신비한 힘을 발휘하는 술법이나 주문을 이용하면 귀신을 몰아내고 병을 물리칠 수 있다는 생각도 오래전부터 널리 퍼져 있었다.

특히 삼국 시대에는 불교의 한 갈래인 밀교(密敎)가 전파되는 가운데 인도 문화가 한반도에까지 직간접적으로 전달되었다. 그리고 이러한 영향 아래 인도 다신교 문화와 관련 있는 다양한 주술, 주문들이 한반도에 상당히 널리 퍼지게 되었다. 『삼국유사』 같은 삼국 시대의 역사와 전설을 수록한 책을 보면, 누군가 주문을 외우는 등의 방식으로 악한 귀신을 몰아내어 병을 치료했다는 이야기가 여러 편 등장한다.

흔히 『천수경』이라고 줄여서 말하는 『천수천안관자재보살광대원만무애대비심대다라니경(千手千眼觀自在菩薩廣大圓滿無崖大悲心大陀羅尼經)』에 대한 이야기도 살펴볼 만하다. 이 책에는 '다라니(陀羅尼)'라고 하는, 주문처럼 외는 불교의 문구들이 여럿 실려 있다. 이처럼 불경을 외는 행위가 악한 기운을 물리치는 데 도움이 된다는 식의 생각은 상당히 널리 퍼져 있었다. 『천수경』

은 부처의 가르침을 담은 가치 있는 문화유산이다. 그런데 과학 기술이 발달하지 않는 과거에는 그 내용 중 일부를 '천수주(千手呪)'라고 하여 일종의 주문처럼 활용하는 방식도 꽤 널리 퍼져 있었다. 천수주를 외면 온갖 죄업이 없어진다고 믿었던 까닭이다. 『천수경』의 맨 첫 구절은 "수리수리 마하수리(修理修理摩訶修理)"다. 이 구절은 너무도 널리 알려져서 요새는 마술할 때 외는 주문의 대표 격으로 쓰이고 있을 정도다.

– 질병 치료에 효험이 있다는 신묘한 주문

신라 시대부터 의술의 힘이 필요할 때 이러한 주문을 이용하는 풍습은 꽤나 굳건히 자리 잡고 있었던 것 같다. 안타깝게도 국내에는 신라 시대에 편찬된 의학 서적이나 의학 관련 기록이 거의 남아 있지 않다. 다행히 일본의 옛 의학 서적 『의심방(醫心方)』(984)에 일본인이 수집한 『신라법사방(新羅法師方)』이라는 책의 일부가 인용되어 있어서, 신라의 상황을 짐작할 수 있다. 『신라법사방』은 제목으로 유추하면 '법사'라 불릴 정도로 유명한 신라의 의학자가 각종 처방을 기술한 책으로 보이는데, 그 내용이 뛰어나다는 명성 때문에 외국에도 전해진 것이 아닌가 싶다. 이렇게 어렵게 남아 있는 『신라법사방』의 내용 중에 약을 복용할 때 외우면 좋다는 주문 같은 글귀가 나온다.

그 내용은 약사여래(약사유리광여래), 약왕보살, 약상보살, 기
파의왕, 설산동자 등에게 몸을 튼튼하게 해 달라고 비는 이야

기다. 여기에서 약사여래는 병을 고쳐 주고 수명을 늘려 준다는 부처를 말하고, 약왕보살과 약상보살은 과거 인도 문화권에서 의술이 뛰어난 어느 두 형제를 신성시하여 부르는 존칭이다. 설산동자는 전생에 어린아이로 설산(雪山)에서 도를 닦으려 애쓰던 때의 석가모니를 이른다. 한편 기파의왕은 '지바카'라는 고대 인도의 뛰어난 의사의 이름을 옮긴 것으로, 그는 수천 년 전인 먼 옛날에 이미 뇌수술과 개복수술을 성공시켜 병을 치료했다는 이름난 의사였다. 이런 사람들이 줄줄이 등장하는 『신라법사방』의 주문은 불교 및 인도 고대 문화에서 병을 낫게 해 준다는 모든 대상에게 골고루 기원한다는 의미라고 볼 수 있다.

특히 이 주문에는 '아가타(阿伽陀)', 혹은 '아갈(阿竭)'을 베풀어 달라는 언급이 있는데, 아가타는 고대 인도 계통의 문헌에서 온갖 병을 치료해 주는 영약처럼 언급되는 신묘한 물질이다. 또한 말미에는 제천(諸天), 즉 여러 천에게 수호해 달라는 부탁의 말도 나온다. 여기서 천은 악한 것을 물리쳐 주는 천상의 신령 같은 걸 말한다. 곧 신묘한 약의 기운을 얻고, 모든 신령의 도움으로 병의 원인인 악귀로부터 벗어나 건강해졌으면 하는 바람이 담긴 기도인 셈이다.

『신라법사방』의 기록을 통해 그 당시에 종교와 함께 전해진 인도 계통의 기도문이 일종의 주문처럼 사용되어 처방의 일부로 쓰였으며, 그러한 의술 문화가 꽤 깊게 자리 잡았거나 혹은 상당히 놀라운 효험을 지닌 것으로 이해되었다고 해석해 볼 수 있다. 그 덕택에 이웃 나라 일본에도 신라 의학의 대표적인 성과처럼 전해졌을 거란 이야기다.

이렇게 외국 문화에서 비롯된 낯선 언어가 신비로운 힘을 지닌 것처럼 활용된 사례는 조선 시대 기록에도 비슷하게 나타난다. 대표적인 예로 조선 전기의 『고사촬요(攷事撮要)』(1554)와 같은 문헌을 보면, '원범회막(元梵恢漠)'이라는 글자를 주문 내지는 부적처럼 이용하여 병을 피할 수 있을 거라고 여겼던 당시의 믿음이 드러나 있다. '원범회막'이라는 말은 중국의 도교 계통 문헌에서 넘어온 어구로 보인다. 신라에서는 불교를 통해 인도 문화를 받아들이는 흐름이 있었다면, 조선에서는 글공부를 위해 중국 고전을 익히는 가운데 중국 문화를 받아들이는 흐름이 있었던 것이다. 17세기 말에서 18세기 초 숙종 때 기록인 『산림경제(山林經濟)』에는 '원범회막'이 벽온(壁瘟), 즉 전염병 귀신을 피하는 방법으로 언급되어 있다. 이 책에는 전염병 귀신을 막기 위해 이 네 글자를 붉은 글씨로 써서 지니고 다니거나, 그것을 먹는다고 나온다. 민간에서는 그렇게 하면 귀신이 그 주문의 힘 때문에 덤벼들지 못해 전염병에 걸리지 않는다고 생각했던 듯하다.

여러 주문 가운데서도 이 '원범회막'이 상당히 널리 퍼져 나갔던 모양이다. 이를테면 16세기에 작성된 일기인 『묵재일기(墨

齋日記)』에도 '원범회막' 네 글자를 쓴 것을 먹었다는 내용이 보이는데,『청장관전서(靑莊館全書)』에도 이 주문이 언급되어 있다. 곧『청장관전서』의 저자인 18세기 작가 이덕무(1741~1793)도 이 말을 알고 있었다는 뜻이다. 그렇다면『고사촬요』가 나온 조선 전기에서부터 조선 중기를 거쳐 조선 후기에 이르기까지 아주 오랫동안 이 네 자의 주문으로 전염병 귀신을 막을 수 있다는 생각이 사람들 사이에 유행했던 것으로 보인다.

이 밖에도 주문과 귀신의 관계에 대한 이야기는 다양하게 퍼져 있었다. 간단한 예로는 조선 후기 이덕무의「앙엽기(盎葉記)」를 들 수 있다. 여기에는 무속인들이 쌀알을 던지며 점을 칠 때 주문을 외우곤 했다는 언급이 나온다.『신증동국여지승람(新增東國輿地勝覽)』(1530)에는 경주 인근의 주암사에 한 신통한 승려가 썼다는 주문에 대한 전설 같은 이야기도 있다. 기록에 따르면, 늙은 중이 마음을 고요히 하고 눈을 감은 채 주문을 외자 '음병(陰兵)', 즉 저승에서 온 병사 수만 명이 산골짜기에 줄지어 나타나 왕의 군사가 당해 낼 수 없었다고 한다.

여러 사례를 미루어 보아, 어떤 신비롭고 비밀스러운 말을 발음하면 그 말의 위력으로 귀신을 물리치거나 귀신에게 부탁하거나 귀신을 지배할 수도 있다는, 언어에 대한 마술적 믿음이 조선 시대까지 강하게 퍼져 있었던 것 같다. 긴 세월에 걸쳐 다양한 형태, 다양한 뿌리를 둔 여러 가지 주문이 사람들의 인식

에 꽤 깊이 자리했던 것으로 볼 수 있
다. 물론 이런 주문은 실제 질병을
치료하는 데에는 뚜렷한 한계가
있었다.

조선 시대 사람들이 몹시 두
려워했던 천연두 신, '마마'는
사실 천연두라는 질병의 원인과는 아무
관계가 없다. 현대 의학의 발달로, 천연
두는 천연두 바이러스가 몸속에 들
어와 일으키는 감염병이라는 점이
명백하게 밝혀졌다. 천연두 신에게 아무리 치성을 드리건 반대
로 아무렇게나 박대하건, 그런 행위와는 아무 관계 없이 오로지
천연두 바이러스가 몸에 들어오는지 아닌지가 관건이다. 당연
히 귀신을 다스리는 주문 같은 것들도 아무런 영향을 미치지 못
한다.

18세기 말 천연두를 예방하는 백신이 개발되어 접종이 이루
어지면서 천연두는 빠르게 사그라들기 시작했다. 급기야 1970
년대에 접어들면서 전 세계적인 천연두 박멸 운동이 벌어졌고,
20세기 들어 천연두는 완전히 사라지고 연구용으로만 남았다.
온갖 정성을 기울여 천연두 신을 모셨던 조선 시대 사람들은 수
백 년 동안 천연두에서 헤어날 수 없었지만, 정확한 원인을 과

학적으로 밝혀내고 거기에 대응하는 백신이라는 제대로 된 수단을 개발하여 사회 곳곳으로 널리 퍼뜨리자 불과 몇십 년 사이에 그 지긋지긋한 천연두가 세상에서 아예 사라져 버린 것이다. 이런 완전한 승리는 귀신을 다스리려는 정성스러운 제사나 신기한 주문 같은 것으로는 결코 꿈도 꿀 수 없던 것이다.

— 왕도 궁금해한 '살인 주문' 사건

그러고 보면, 주문에 대한 무의미한 믿음 때문에 억울하게 희생된 옛사람의 사례가 더 슬프게 다가온다.

『조선왕조실록』1433년(세종 15년) 기록에는 '약노(藥奴)'라는 사람을 수사하고 재판한 이야기가 실려 있다. 이 기록의 첫머리는 약노가 주문을 외어서 사람을 살해했다고 자백하는 내용으로 시작한다. 그러니까 이 시대 사람들은 신묘한 주문에 능통한 누군가가 다른 이의 생명을 빼앗는 주문도 알고 있다고 믿었다는 뜻이다. 뒷이야기를 살펴보면, 주문을 외어 자신과 통하는 귀신을 부를 수 있고 그 귀신에게 어떤 일을 시킬 수도 있어서 귀신으로 하여금 사람의 생명을 빼앗게 할 수도 있다고 여겼던 것 같다.

사건의 시작은 단순하다. 약노는 황해도 곡산에 살던 여성으로, 어떤 사람에게 밥을 한 끼 준 적이 있다. 약노가 양민(良民)이라는 언급은 있지만 성씨가 나와 있지 않고 이야기 앞뒤에 가족에 대한 이야기가 등장하지 않는 것을 보면, 신분은 높지 않았으며 재산도 많지 않던 인물인 듯하다. 어쩌면 혼자 사는 사람이었는지도 모른다. 그러니 길 가는 행인이나 잠깐 밥 먹을 곳이 없는 동네 사람에게 밥 한 그릇 정도는 주면서 인심을 베푸는 것이 마을에서 두고두고 살아가기에 좋은 처신이라고 생각했을 것이다.

그런데 얼마 지나지 않아 공교롭게도 약노가 건넨 밥을 먹은 사람이 사망했다. 사망 원인은 밝혀져 있지 않다. 의학이 발달하지 못한 시절이었고 부검 절차와 방법이 정교했던 것도 아니었으므로, 갑작스러운 죽음은 사인(死因) 미상으로 그렇게 남겨질 수 있었다. 사람이 죽었는데 그 이유를 모르니, 얼마 뒤 약노가 주문을 외어서 그 사람을 살해한 것이라는 소문이 스멀스멀 돌았던 것 같다.

약노는 곡산 관아에서 살인죄로 수사를 받게 되었다. 그는 주문을 사용하지 않았으며 그런 주문을 알지도 못한다고 완강히 부인했으나, 수사가 시간을 끌며 길어지고 끝내 사건이 처리되지 않아 한양의 형조에까지 끌려 왔다. 그런데 형조의 문초를 받던 중, 문득 약노는 자신이 살인한 것이 맞다고 인정하기 시작했다. 그는 진범이라는 판결을 받아 처형될 처지에 놓이게 된다. 그런데 약노를 처벌하기에 앞서, 아무래도 주문으로 사람 목숨을 빼앗는 것은 이상하다고 여긴 관리들은 약노에게 닭과 개를 가져다주면서 같은 방법으로 한번 죽여 보라고 지시했다. 정확히 어떤 주문이었는지 기록은 없지만, 약노가 무언가 주문을 외우며 나름대로 술법을 시도해 보았다고 한다. 하지만 닭과 개는 아무 탈 없이 무사했다.

관리들이 어찌 된 일이냐고 추궁하자, 약노는 이렇게 대답했다. "감옥에 갇혀서 지낸 지 너무 오랜 세월이 지나서 제가 주문으로 부릴 수 있는 귀신도 제 곁을 떠났습니다. 그러므로 영험이 없는 것입니다." 그러면서 부디 법대로 자신을 처형하라고 했다. 사건 재현을 통해 자신의 죄를 벗을 수 있는 기회가 생겼는데도 오히려 처형해 달라고 한다는 이야기를 보고받고, 세종은 무언가 이상하다고 직감한다. 세종은 자신의 비서 격인 좌부승지(左副承旨) 정분에게 의금부에서 약노 사건을 다시 조사해 보라고 명한다.

정분이 약노를 만나 자초지종을 물었다. 그러자 약노는 막힘 없이 자신이 어떻게 사악한 주문을 이용해서 사람을 해쳤는지 이야기했다. 그리고 술법에 대해서도 다 설명한 뒤, 빨리 자신을 처형해 달라고 부탁했다. 그 모습이 의아했던 정분이 물었다. "처음에는 그렇게 애써 네가 저지른 일을 받아들이려고 하지 않다가, 지금은 왜 이렇게 또 쉽사리 네가 다 저질렀다고 하느냐?" 그러자 약노가 말했다. "처음에는 죽기가 싫어서 거짓말을 했는데, 이제는 그냥 사실대로 다 말하기로 한 것입니다. 처벌해 주십시오." 두 번, 세 번 다시 물어도 끝내 처벌해 달라고만 청했다. 정분은 그 말투가 무척 애처로운 것이 이상하다고 여겨 약노의 상황을 살펴보았다.

10년간 옥에 갇혀 고문받다

약노는 긴 세월 감옥에 갇혀 있는 동안 돌보아 줄 사람이 아무도 없게 되어 비참한 신세로 지내고 있었다. 소식을 전해 들은 세종 임금은 우선 약노에게 먹을 것과 입을 것을 내려 주어 몸을 어느 정도 보살피게 한 뒤에, 다시 정분을 보내어 조사하도록 했다. 정분은 약노에게 "임금께서 여러 해 동안 갇혀 있는 너를 불쌍하고 딱하게 여기시어 사실을 알고 싶어 하신다. 네가 주문 외는 술법으로 사람을 죽였으면 사형을 받아도 마땅하겠지만, 만약 매에 못 이겨 거짓 자백을 하였다면 진실로 가엾고 딱한 일이다. 그러니 바른대로 말하라." 하고 말했다.

그제야 약노는 사실을 털어놓았다. 『조선왕조실록』 1433년 (세종 15년) 음력 7월 19일 자 기록에서 하늘을 우러러 크게 울며 말했다고 이 장면을 자세히 묘사하고 있다.

"본래 주문을 외는 일은 알지도 못합니다. 저를 의심하여 관청에서 조사하는 중에 고문을 받았는데 제가 자백할 때까지 계속해서 매를 때리고 고문했기 때문에 견디다 못해 거짓으로 자백한 것입니다. 이제 와서 제가 사실대로 말한다고 하면, 또 사실을 알아내기 위해 자백을 듣는다면서 다시 고문을 하실 텐데, 어떻게 제가 그것을 견디겠습니까? 결국 고문을 받다가 죽는 것은 같습니다. 고문받다가 죽을 바에야 그냥 처형당하겠으니, 빨리 저를 처벌해 주시기를 바랍니다."

나중에 세종 임금이 보고를 받아 보니, 약노가 감옥에 갇혀 있었던 기간은 거의 10년에 달했고, 처음 조사받는 과정에서 매를 11차례 맞으며 고문당했고, 서울로 와서 의금부에서도 매 맞는 고문이 15차례나 이어졌다고 한다.

결국 이 사건은 알 수 없는 이유로 사망한 사람이 있었는데, 그 사망자가 죽기 직전 만난 인물이라는 이유로 괜히 약노를 범인으로 지목했고, 사건 조사를 하면서 그 살해 방법을 알 수 없으니 관아에서 '살인 주문을 외어 죽였을지 모른다'는 가정으로 자백할 때까지 계속해서 고문을 가한 어이없는 사건이었다. 약노는 그렇게 사람을 살해하는 주문을 익힌 주술사라는 황당한 누명을 쓰고 10년이나 고문받으며 감옥에 갇혀 있었던 것이다.

사건의 전후 상황을 알게 된 지금 다시 한번 살펴보자면, 약노는 '약(藥)'이라는 글자와 노비라는 뜻의 '노(奴)' 자가 들어간 이름을 지닌 인물이다. 그러니 어쩌면 약노는 동네에서 간단한 민간요법으로 사람을 치료해 주거나 몇 가지 약초를 구해 주는 일을 하는 낮은 신분의 사람이었을 가능성도 있겠다는 생각이 든다.

약노가 질병 치료와 관련된 일을 한다는 이유로, 병을 일으키는 귀신에 대한 술법이나 주문도 알고 있을 거라고 지레짐작하는 소문이 사람들 사이에서 돌고 있었을 것이다. 그러던 어느 날 갑자기 알 수 없는 이유로 사람이 사망했고, 갑작스러운 죽음에 안타까워하던 사람들이 누군가에게 책임을 묻고 싶기는 한데 마땅히 사망 원인을 알 수 없으니, 엉뚱하게도 신분이 낮고 집안에 힘이 없는 사회적 약자였던 약노를 탓하게 된 건 아니었을까?

이 사건은 어떤 문제에 대한 해결법을 객관적으로 확인하지 않은 상태에서 막연히 '그럴듯하다'는 생각만으로 맹신하는 일의 위험성을 똑똑히 보여 준다. 근거 없는 지레짐작이 여러 사람 사이에 퍼져 나가면서 맹신의 무게가 무거워졌을 때, 그 때문에 피해를 입는 사람들의 고통이 굉장히 커질 수도 있다는 점을 경고한다.

『조선왕조실록』에 실린 사건 기록의 말미에는, 세종 임금이 약노를 풀어 주어 참으로 오래간만에 집으로 돌아가게 하고 도중에 먹을 밥과 죽을 주었다고 되어 있다.

이야기 열둘 - 『사가집』과 불꽃놀이

유령을 사냥하는 조선의 총잡이

대궐 동산에서 불꽃놀이를 구경하며 임금을 뵙다

(…)

백 척의 나무 무대는 우뚝해라 몇 층이나 되는고

하늘을 날 듯한 기세의 타오르는 불을 앉아서 구경하노라니

때때로 변하는 모습은 포도송이 같기도 하고

긴 밤 내내 빛으로 밝히는 모습 철쭉이 핀 것도 같네

붉게 떠오른 공중 누각은 보일락 말락 하고

번갯불이 하늘과 땅을 자줏빛으로 물들이네

자리에 가득한 여러 나라 사람들이 모두 경악하여라

좋은 시절의 위엄을 이때껏 보지 못했던 것이려니

— 서거정, 『사가집』

(원문)

(…) 百尺山棚矗幾層。坐看炎上勢飛騰。有時能作葡萄走。長夜渾

成躑躅蒸。蜃氣樓臺紅隱映。電光天地紫憑凌。諸戎滿坐皆驚愕。

盛代威靈見未曾。

불꽃놀이를 유달리 좋아한 성종

서울 중랑구 면목동에는 '사가정'이라는 곳이 있다. 사가정이라는 지명은 조선 전기의 정치인이자 학자인 서거정(1420~1488)이 쓰던 호(號)에서 유래했다고 한다. 요즘 서거정은 그렇게까지 친숙한 인물은 아닐 수도 있는데, 그가 남긴 글 가운데 당시 사람들의 정서를 생생하게 전해 주는 이야기들은 비교적 자주 인용되는 편이다. 특히 『필원잡기(筆苑雜記)』(1487)나 『태평한화골계전(太平閑話滑稽傳)』(1477) 같은 그가 쓴 이야기책에 나오는 몇몇 설화는 재미난 옛날이야기로 지금도 제법 알려져 있다.

이번에 소개할 서거정의 글은 불꽃놀이를 감상하는 장면을 묘사한 시 한 편이다. 서거정은 궁궐 뒤뜰에서 신기하고 아름다운 불꽃놀이를 감상하고 이 시를 남긴 듯하다. 불꽃놀이는 깊은 밤에 꽤 오랜 시간 이어졌는데, 하늘 높이 불꽃이 올라가면서

꽃 모양으로 터지기도 하고 포도송이처럼 폭발하기도 하는 등 그 모습이 화려했던 모양이다. 또 천둥처럼 큰 소리로 폭발하여 위력이 대단하게 느껴진 것 같다.

서거정이 살던 시대는 세종(조선 제4대 왕, 재위 기간 1418~1450)에서 성종(조선 제9대 왕, 재위 기간 1469~1494) 대에 이른다. 이 시기는 조선 시대 중에서도 불꽃놀이가 가장 활발히 이루어졌던 때가 아니었나 싶다. 특히 성종은 불꽃놀이를 좋아한 임금으로 잘 알려져 있다. 불꽃놀이에 소요되는 물자가 많고 사람이 다치기도 하니 중단하면 어떻겠냐는 신하들의 건의에도, 성종은 여러 이유를 들어 성대한 불꽃놀이를 강행했다고 한다. 그 무렵의 불꽃놀이는 특별히 규모가 크고 화려했다.

서거정과 비슷한 시기에 활동한 학자 성현(1439~1504)이 쓴 『용재총화(慵齋叢話)』(1525)에는 불꽃놀이 정경이 보다 상세하게 묘사되어 있다. 우선 불화살을 묻어 두었다가 불꽃놀이가 시작될 때 쐈는데, 불화살이 하나씩 공중에서 터지며 유성처럼 보였다고 한다. "불화살을 묻어 두었다가 쏜다"는 표현으로 보아, 사람이 불화살을 직접 활로 쏜 것 같지는 않고 작은 로켓이 공중으로 날아가 폭발하는 로켓포 같은 장치를 사용한 듯하다. 세종과 문종(조선 제5대 왕, 재위 기간 1450~1452) 시기에 '신기전(神機箭)'으로 대표되는 로켓 형태의 무기가 이미 개발되었으니, 그것을 개조해서 불꽃놀이에 사용하는 일은 어렵지 않았을 것이다.

이 밖에도 『용재총화』에는 종이를 말아 끈으로 묶어 두었다가, 불꽃이 터지면 끈이 타 없어지면서 말렸던 종이가 펼쳐지며 글자가 보이도록 연출했다는 기록도 있다. 또 빙빙 도는 불꽃, 포도나 꽃봉오리 모양처럼 터지게 만든 불꽃, 거북 모양으로 제작한 모형의 입 부분에서 불을 토하듯이 발사되는 불꽃도 묘사되어 있다. 심지어 광대가 등에 폭발하는 불꽃을 지고 다니며 공연했다는 이야기도 나오는데, 그 장면은 아마 요즘으로 치면 몸에 LED를 붙이고 춤추는 공연과 비슷한 느낌이었을 것이다. 이 무렵의 불꽃놀이는 외교 문제를 빚을까 봐 신하들이 걱정할 만큼 충격적일 정도로 신기한 공연이었던 것 같다. 『조선왕조실록』1431년(세종 13년) 음력 10월 15일 자 기록을 보면, 허조라는 신하가 조선의 불꽃놀이는 이웃 강대국인 중국 명나라보다도 더 맹렬하므로, 사신에게 보여선 안 된다고 말하는 내용이 있을 정도다.

대나무를 터뜨려 액운을 쫓다

지금은 미국 뉴욕 타임스스퀘어를 비롯해 전 세계 주요 도시의 번화가에서 불꽃놀이를 연말연시 행사로 즐기고 있지만, 조선 전기로 시대를 거슬러 올라가면 불꽃놀이 행사를 향유하는 나라는 많지 않았다. 화약을 처음 개발한 중국과 그 기술을 재빨리 도입해 발전시킨 조선 정도가 연말연시 불꽃놀이 문화를 즐긴 나라의 대표 격이었다.

그런데 불꽃놀이와 비슷한 행사가 시작된 시기는 사실 화약의 발명보다 앞선다고 추측된다. 불꽃놀이에서 사용하는 폭발하는 불꽃을 흔히 '폭죽(爆竹)'이라고 하는데, 이는 '폭발하는 대나무'라는 뜻이다. 화약을 이용해서 터뜨리는 불꽃이니 '폭화(爆火)'나 '폭약(爆藥)' 같은 말을 쓸 법도 한데, 뜬금없이 대나무라는 표현이 등장한다. 과거의 폭죽에는 대나무가 사용되었기 때문일까?

폭죽이라는 단어는 대나무를 터뜨리는 일에서 비롯된 것으로 보인다. 대나무는 속이 빈 마디로 된 식물이어서, 불에 집어넣으면 열을 받다가 내부에 압축되어 있던 공기가 터져 나오며 뻥 터지는 큰 소리를 낼 때가 있다. 화약을 터뜨리는 소리에 비할 바는 못 되지만, 적어도 주변의 시선을 잠깐 모을 정도의 소리는 대나무로도 낼 수 있다. 그런 까닭으로 예전에는 밤에 불을 피워 넣고 행사를 벌일 때면 뭔가 요란하고 시끌벅적한 소리가 필요할 경우 대나무를 불에 넣어 큰 소리를 내곤 했다.

민속 자료를 보면, 대나무가 많이 자라던 전라남도 지역을 중심으로 연말이나 연초에 대나무를 태우며 뻥뻥 터지는 소리를 듣는 풍속이 있었다고 한다. 대나무에 불을 붙인다고 해서

'댓불놓기'라고도 하고, 가랑이를 벌리고 불을 뛰어넘는 장난을 치며 복을 빈다고 해서 '가랫불놓기'라고도 불렀다. 대체로 음력 1월 15일, 그러니까 정월 대보름에 액운을 쫓고 복을 비는 목적으로 이런 행사를 했다. 전남 순창에서는 정월 대보름날 깊은 새벽에 첫닭이 울면 대나무에 불을 붙여 대나무 터지는 소리로 잡귀를 물리치는 '댓불피우기'가 특히 성행한 것으로 보인다. 디지털순창문화대전에 소개된 내용에 따르면 다른 지역에서 순창으로 시집온 사람이 이 풍속 때문에 새벽에 깜짝 놀랐다는 사연도 있고, 엽총을 갖고 있던 주민이 먼저 복을 받고 싶어서 총을 쏴 대나무 터지는 소리를 흉내 냈다는 재미난 일화도 보인다. 이뿐 아니라 정월 대보름날 대나무와 생솔가지 등을 쌓아 '달집'을 짓고, 달이 떠오르면 불을 놓아 한 해 소망을 기원하는 '달집태우기' 행사도 곳곳에서 행해졌다.

아마도 처음에는 이런저런 땔감을 모아 모닥불을 피워 놓고 밤을 같이 즐기는 행사에서, 우연히 대나무가 터지는 소리를 듣고 사람들이 놀라며 재미있어했을 것이다. 그러다가 나중에는 흥을 돋우고자 일부러 대나무를 불에 집어넣기 시작한 것 아닐까. 대나무 터뜨리는 풍속이 어느 정도 정착된 뒤에, 이렇게 큰 소리를 내면 잡다한 귀신, 악령들이 도망가서 액운을 피할 수 있다는 의미가 나중에 덧붙여지지 않았을까 싶다.

아닌 게 아니라 3~4세기경의 중국 고전 『신이경(神異經)』에

관련된 이야기가 등장한
다. 옛 중국인 가운데는
'산조(山臊)'라는 사람이
서쪽 깊은 산속에 산다고
믿는 이들이 있었다고 한
다. 산조는 키가 아주 작
고 외발 달린 사람으로 열
병을 퍼뜨린다고 하는데,
대나무가 불에 탈 때 나는
큰 소리를 들으면 놀라서
도망간다고 한다. 그래서
중국에서는 열병을 피하
기 위해 대나무를 터뜨리
는 풍속이 생겼다는 이야
기가 있다.

이후 기술이 발전해 화
약이 개발되면서 대나무
터지는 소리보다 훨씬 더
큰 소리를 낼 수 있게 되
었고, 불꽃의 모양도 비할
바 없이 아름답게 꾸밀 수

있게 되었다. 아마도 화약이 최초로 발명된 중국에서 지금과 비슷한 불꽃놀이가 처음 시작되었을 것이다. 그 뒤에는 음양오행설 덕분에 화약을 이용한 불꽃놀이가 더욱 인기를 끌었을 거라고 추정해 본다. 대개 음양오행설에서는 귀신은 '음기'가 강하다고 보며, 불의 뜨겁고 빛나는 기운은 '양기'로 여긴다. 그러니 큰소리로 거세게 터지는 폭죽의 불덩어리가 귀신의 음기를 몰아낸다고 생각하지 않았을까?

우리나라에서는 고려 말에 무신 최무선이 화약을 개발하여 조직적으로 화약의 대량생산이 가능해졌다. 이후로 자연히 불꽃놀이 행사도 나타났을 것이다. 그러다 화약의 생산량이 늘어나고 화약 무기 기술도 더욱 발전한 조선 전기 무렵에 이르러 불꽃놀이 행사의 규모가 커지지 않았을까 짐작해 본다.

화포를 쏘아 귀신을 좇아낸다고?

한 가지 재미있는 점은 불꽃놀이가 악귀를 쫓는 행사와 연결되다 보니, 점차 불꽃 또는 화약의 폭발 그 자체가 악귀를 물리치는 효과가 있다는 생각이 조선 사람들 사이에 퍼졌다는 사실이다. 『조선왕조실록』 1486년(성종 17년) 음력 11월 10일 자 기록에는 성안에 요귀(妖鬼)가 출몰한다는 이야기가 나온다. 대화 중에 호조좌랑 이두와 영의정 정창손의 집에 귀신이 나타났다는 소문이 언급되는데, 신하 몇몇이 대책을 논한다. 한데 예조판서 유지가 임금에게 권하기를, 화포를 쏘아 귀신을 물리치면 어떻겠냐고 성종에게 말한다. 그러니까 15세기 말 조선 사회에는 화약 무기를 발사하면 귀신을 내쫓을 수 있다는 생각이 퍼져 있었고, 임금의 바로 곁에서 의견을 내는 유력 인사도 그런 생각을 믿고 있었다는 뜻이다.

이런 생각은 조선 후기까지 점점 확산하며 굳어졌던 것 같다. 가령 이긍익(1736~1806)의 『연려실기술(燃藜室記述)』에는 임담이라는 이름난 훌륭한 신하의 일화가 실려 있다. 이 이야기에 따르면, 17세기의 어느 날 탁탁귀병(啄啄鬼兵)이라고 하는 괴상한 귀신이 나타났다는 소문 때문에 많은 사람이 공황에 빠졌다고 한다. 공포에 질린 사람들이 귀신을 쫓는다고 북을 치기도 하고, 이곳저곳에서 포를 쏘기도 했다. "불빛이 하늘에 비쳤다"는 묘사로 보아, 이때 터뜨린 포 중에는 제법 강한 빛을 내며 터지는 화약 무기가 많았던 듯하다. 17세기면 조선에 화승총, 곧 조총이 상당히 많이 퍼져 있을 때다. 『연려실기술』에 따르면, 그런 혼란 와중에도 임담은 차분하게 병사들을 지휘해 임금이 머무는 궁을 잘 호위했다.

비슷한 시기 광해군(조선 제15대 왕, 재위 기간 1608~1623)은 화약 무기로 악령을 쫓을 수 있다는 생각에 특히나 집착했다. 『조선왕조실록』1615년(광해 7년) 음력 3월 9일 자 기록에 따르면, 광해군이 신하들에게 명령을 내려 화포장(火砲匠) 20여 명을 거느리고 이틀간 대궐 안 동궁(東宮)에 포를 쏘라고 했다. 이런 행사를 한 이유는 궁전에서 '야차지괴(夜叉之怪)'가 있었기 때문이라고 작자 미상의 『광해조일기(光海朝日記)』에 나타나 있다. 야차(夜叉)란 인도 신화나 불교에 등장하는 무서운 악마 내지는 힘이 센 괴물 같은 것이다. 조선 궁중에서 불교 문화에 대해 어느 정도 거리를 두려고 했다는 점을 고려해 보면, '야차지괴'라는 말은 불교의 야차를 곧이곧대로 가리킨다기보다는 그냥 무서운 사람 형상의 괴물이 나타났다는 괴이한 소문을 일컫는 말이 아닐까 싶다. 『월인천강지곡(月印千江之曲)』(1449)을 비롯한 조선 시대의 한글 서적에서는 도깨비(돗가비)를 한문으로 표기할 때 야차라고 하는 사례가 더러 있는데, '도깨비가 나타난다는 소문'을 '야차지괴'라고 한 것인지도 모른다.

『조선왕조실록』에는 이렇게 무섭고 괴이한 것을 쫓기 위해, 총이나 대포를 쏘는 '방포사(放砲事)'를 했다는 기록이 여러 차례 나온다. 대체로 유럽이나 일본의 옛이야기를 보면 악령을 쫓기 위해 마법이 깃든 검으로 공격한다거나, 전설처럼 전해 내려오는 오래된 신성한 칼로 괴물과 싸운다는 식의 내용이 자주 등장한다. 그런데 조선 궁중에서 총과 대포를 이용해 귀신이나 괴물을 쫓는 행사를 했다는 점은 독특하게 느껴진다. 어쩌면 귀신을 물리치고자 총을 쏘는 '유령 잡는 총잡이'가 조선에 있었는지도 모르겠다. 중국 전설에 부적을 던지며 악귀와 싸우는 도사가 나오고, 프랑스나 독일 전설에 기도문을 외우며 성수를 뿌려 악령을 물리치는 사람이 나온다면, 조선에는 유령을 향해 총을 겨누어 쏘는 화포장이 있었다.

광해군은 이런 귀신 쫓는 의식에 제법 심취해 있었다. 같은 해 『조선왕조실록』 음력 7월 4일(이하 음력) 자 기록에는 한 신하가 현재 궁중에서 벌어지고 있는 일을 비판하면서 "화포 20대가 밤마다 쏘아 대니 이 무슨 일입니까?"라고 고하는 내용이 보인다. 앞서 3월 9일 자 기록에서 화포장 20여 명이 언급된 것과 숫자가 일치하는 걸 보면, 아마도 궁 안에 20명의 귀신 쫓는 화포장, 즉 방포사 담당 부대가 편성되어 있었던 것 같다. 이들 부대원들은 총을 한 자루씩 들고 밤마다 총을 쏘며 악귀 쫓는 의식을 거행했나 보다. 3월과 7월, 두 기록이 실록에 등장한 시점의 차이로 추측해 보건대 방포사라는 행사는 적어도 거의 반년 가까이 수시로 이어졌던 것 같다.

그 사이에 해당하는 『조선왕조실록』 1615년 4월 2일 자 기록에는 광해군이 창덕궁으로 거처를 옮기면서 혹시 창덕궁에 무슨 귀신이 머무르고 있을까 봐 귀신 쫓는 술법을 썼다는 이야기도 보인다. 당시 표기로는 '벽귀법(壁鬼法)'을 사용했다고 되어 있다. 천주교에서 마귀를 쫓는다고 하는 '구마(驅魔)', 그리고 요즘 소설이나 영화에서는 흔히 쓰는 '퇴마(退魔)' 의식처럼, 벽귀법 역시 악귀를 물리치고자 하는 비슷한 부류의 의식이었을 것이다.

한편『조선왕조실록』1615년 3월 26일 자 기록에도 임금이 창덕궁과 창경궁, 동궁에서 포를 쏘라고 명했다는 내용이 나온다. 쓸데없이 궁궐에서 포를 쏠 까닭은 없으므로 이때도 역시 벽귀법, 즉 귀신 쫓는 술법을 쓰려고 방포사를 계획했던 것으로 보인다.

조선의 에어쇼였던 불꽃놀이

그런데 정말 총을 쏘아서 유령을 무찌를 수 있을까? 유령은 아니지만, 실제로 조선 전기에 화약을 이용하는 성대한 불꽃놀이가 나라를 위협하는 자들을 제압하는 현실적인 효과를 거두기는 했다.

서거정의 시를 보면, 불꽃놀이를 구경하던 여러 나라 사람들이 모두 놀라고 두려워했다는 대목이 있다. 이때 여러 나라 사람들을 '융(戎)'이라 했는데, 이는 흔히 서쪽에서 침략해 오는 먼 곳의 다른 민족을 일컫는 말이다. 그러니 "자리에 가득한 여러 나라 사람들이 모두 경악하여라"라는 구절이 암시하고 있는 바는, 조선의 뛰어난 불꽃놀이 기술을 보고 주변의 다른 민족들이 압도당하여 조선을 두려워하게 될 것이라는 뜻이다.

바로 그런 이유에서 성종은 불꽃놀이를 멈추자는 의견이 제기되자, 불꽃놀이는 군사력과도 관련된 일이라서 중단해서는 안 된다는 요지로 반대했다. 강력한 불꽃놀이는 화약을 생산하고 다루는 기술이 뛰어남을 과시할 수 있는 행사다. 즉 훌륭한 불꽃놀이를 보여 주는 일은 그만큼 총, 대포, 로켓 등의 화약 무기를 잘 만들 수 있다는 사실을 드러내는 것과 같다.

『조선왕조실록』 1399년(정종 1년) 6월 1일 자 기록에 조선의 불꽃놀이를 본 일본 사신의 반응이 남아 있다.

> 일본국 사신이 대궐 안으로 들어가니 술과 음식을 하사하고, 날이 이미 저물게 되자 군기감(軍器監)으로 하여금 불꽃놀이를 베풀게 하여 구경시켰다. 일본국 사신이 놀라서 말하였다. "이것은 사람의 힘으로 하는 것이 아니고, 천신(天神)이 시켜서 그런 것이다."

사신의 눈에 화려한 불꽃놀이가 얼마나 경이로워 보였는지 알 수 있다. 천신이 시켜서 한 일이라니, 두려움마저도 느껴진다. 이웃 나라들에 이런 감정을 널리 퍼뜨릴 수 있다면, 무기 기술이 뛰어난 조선을 침공할 생각을 감히 품지 못하게 할 수 있을 것이다.

한편 세종 때 허조가 "조선의 불꽃놀이가 명나라보다 맹렬하다"고 언급한 이유는, 이 정도로 강한 화약 기술이 있다는 사실이 명나라에 알려지면 조선을 지나치게 경계하게 될 수도 있으니 적당히 수위 조절을 해야 한다는 의미였다. 이 시기의 화약은 최첨단 무기였으니, 이때 선보인 불꽃놀이 행사는 현대의 에어쇼에서 각국이 자기 나라가 보유한 전투기의 성능을 과시하는 것과 크게 다르지 않다. 그러므로 불꽃놀이와 총 쏘기 행사는 불운을 가져오는 귀신을 쫓아내지는 못하더라도, 주변 민족이 조선을 침공하는 불행을 막는 행사였다.

조금 관점을 달리해서 보자면, 우레와 같은 소리를 동반한 커다란 불꽃을 화약으로 만들어 낼 수 있다는 사실은 하늘의 뜻에 따라 이루어지는 일인 줄 알았던 천둥번개를 사람이 마음대로 만들 수 있게 되었다는 뜻이기도 하다. 그러니 불꽃놀이 행사는 '산신령이 노하면 천둥이 울리고 바다신이 노하면 번개가 친다'는 주술적인 세상에서 벗어나, 그런 일을 과학기술의 힘으로 해낼 수 있는 시대가 되었다는 것을 의미한다. 이런 맥락에서 귀신을 쫓는 조선의 총잡이들은 주술과 미신이 발붙이기 어려운 과학의 시대로 나아가고 있음을 드러내 보이며, 유령 따위는 두려워할 것이 못 된다고 위엄을 떨쳐 보이는 역할을 했다고 볼 수도 있다.

  그렇게 보면 또 한 가지 재미난 점이 있다. 조선 궁중에서 유령을 쫓아내고자 총을 쏘는 방포사는 무속인이나 종교인이 아니라, 화약 무기를 만드는 기술자인 화포장이 담당했다. 그런데 1984년의 영화 〈고스트버스터즈(Ghostbusters)〉에서도 유령과 맞서 싸우는 주인공들은 영매나 주술사, 초능력자가 아니라 양자역학과 전자공학을 응용해 기계를 개발하는 과학자다. 이렇게 놓고 보면 400년 전 조선의 유령 잡는 총잡이들의 모습은, 공교롭게도 〈고스트버스터즈〉의 유령 퇴치업자들과 무척 비슷해 보인다.

4부 ◎ 신성한 우주론

하늘은 모든 것을 알고 있나니

이야기 열셋 – 『사가집』과 태양계

운수를 관장하는 별에 깃든
서거정의 마음

세심음

(…)

북쪽은 장악원이요 남쪽엔 주루가 있지만

일생의 풍미가 흡사 풍마우와 같았었네

세심음을 읊조리고 세심가를 노래하니

마음 씻는 즐거움이 어느 정도인지 알 만하네

이 동갑 노인은 엎어지고 넘어지고 하면서

반백 년 가까운 나이에 아직도 소년 같아

한강을 상쾌한 술로 바꿀 수 있다면

아침에 일백 병, 저녁에 일천 잔을 마시리라

첫 번째는 천고 만고 오만 방탕한 내 미친 마음을 씻고

두 번째는 십 년 백 년 쌓인 화나고 답답한 애타는 마

    음속을 씻어 내리라

하늘에는 주성이 있어 직성이 되었으며

땅에는 취한 고을이 있으니 술 깰 때가 없구나

(…)

— 서거정, 『사가집』

(원문)

(…) 北畔梨園南酒樓。一生風味風馬牛。洗心吟洗心謌。

洗心之樂知幾何。同甲老人顚復顚。近半百年猶少年。

漢江欲變爲春醅。朝飮百壺暮千杯。一洗洗我千古萬古

偃蹇跌蕩之心狂。再洗洗我十載百載渤欝槎牙之膏肓。

天有酒星爲直星。地有醉鄕無時醒。(…)

— 직성이 풀릴 때까지 술을 마셔 보리라

15세기의 정치인이며 훌륭한 글을 많이 남긴 작가이기도 한 서
거정은 시를 짓는 일에도 능했다. 보통 '세심음(洗心吟)'이라고
부르는 글도 그가 남긴 시 가운데 하나다. 여기서 '음(吟)'이란 결
국 시라는 말이니 '마음을 씻어 낸다'는 표현은 마음속에 쌓인
울화를 털어 버린다거나 평소 살면서 생긴 스트레스를 푸는 일
을 떠올리게 하는 비유법이다. 알코올의존증의 무서움을 잘 알
지 못하던 15세기, '세심음'에 등장하는 문제 해결법은 음주(飮
酒)다. 물로 몸을 씻듯, 기분 좋게 마시는 후련한 술로 마음속을
씻어 낼 거라고 한다. 한강을 모두 술로 바꾸어 마시겠다는 통
쾌한 과장법에는 제법 흥이 있다. 운율도 잘 맞아떨어져서 따라
읽을 때 입에 잘 붙기도 한다.

　그런데 시를 읽다 보면, 현대의 관점에선 쉽게 이해되지 않

는 구절 하나가 눈에 띈다. 바로 주성(酒星)이 직성(直星)이 되었다는 대목이다. 주성이 있다는 표현은 술을 상징하는 별이 하늘에 떴다는 의미인 것 같은데, 그 별이 직성이 되었다는 건 무슨 뜻인지 추측하기 어렵다. '직성'을 글자 그대로 풀이하면 '곧은 별'이란 뜻이다. 하늘에 반짝이며 점점이 빛나는 별이 곧은 모양일 수 있을까? 게다가 술의 별이 그런 모양이 되었다는 건 무슨 의미인지 더 이해하기 어렵다. 반짝거리던 별이 곧은 선 모양으로 변했다는 뜻일까? 만약 그렇다면, 술을 상징하는 별이 곧은 선 모양으로 변했다는 말은 무슨 의미인가?

이 말의 뜻을 이해하려면, 하늘의 별을 보던 옛사람들의 관점을 알아야 한다. 현대인이 이해하는 밤하늘 '별'의 정체는 '지구에서 멀리 떨어진 우주 저편에서 빛을 내뿜는 물질의 덩어리'다. 스스로 빛과 열을 내뿜는 별은 대부분 수소와 헬륨 같은 기체가 주성분으로 모여 있고, 정밀히 살펴보면 각자 조금씩 다른 색을 보이며 어떤 별은 특이한 전파나 방사선을 내뿜기도 한다. 이와 달리 빛을 반사하는 것을 행성이라고 하는데, 몇몇은 기체로 이루어졌고 그와는 좀 다르게 철과 규소 같은 물질이 뭉친 돌덩어리인 경우도 있다.

우리는 별들을 관찰하면서 복잡한 과학 원리에 대한 증거를 찾아내기도 하고, 한편으로는 우주의 갖가지 물질이 어디에서 생겨났는지도 밝혀낸다. 예를 들어 우리 몸을 이루고 있는 철,

칼슘 등 성분 원소들은 먼 옛날 태양과 지구가 생기기도 전에 다른 별들의 활동 과정에서 생겨나 긴 세월 동안 떠돌아다니다가, 지구라는 행성에 모이는 바람에 우리 몸속으로 흘러든 것이다. 이와 마찬가지로, 다수의 별을 구성하는 원소도 우리가 지상에서 볼 수 있는 여러 원소와 크게 다르지 않다. 별이라는 것은 지구에서도 충분히 찾을 수 있는 성분이 우주 저편에 뭉친 덩어리인 경우가 대다수라는 이야기다.

그러나 옛사람들은 하늘의 별을 그저 물질의 덩어리로 여기지 않았다. 유럽과 중동, 이집트와 아시아 등 지역을 막론하고, 다들 하늘의 별은 지상 세계와는 다른 천상 세계의 오묘한 신령 같은 것이라고 생각했다. 그들은 별이 지닌 신비로운 힘이 지상의 사건에 영향을 미치고, 사람마다 제각각인 개인의 운명과도 관계가 있다고 믿었다.

북두칠성을 예로 들어 보자. 북두칠성을 이루고 있는 일곱 별은 사실 수소와 헬륨이 모인 거대한 기체 덩어리다. 뭉쳐 있는 덩어리 크기가 어마어마하게 클 뿐이지, 놀이공원의 풍선에 불어넣은 성분과 크게 차이가 나지 않는다. 그렇지만 옛 한국인들은 북두칠성을 '칠성님'이라고 부르면서 일곱 명의 신비로운 신령으로 섬겼다. 이러한 영향으로 북두칠성의 신령에게 기도를 드리는 건물인 '칠성각'이 우리나라 곳곳에 세워졌고, 북두칠성이 사람의 수명을 관장한다는 믿음이 담긴 전설 또한 유행했다.

『사가집(四佳集)』(1488)의 '세심음'에 언급된 직성이라는 말 역시 밤하늘의 별을 주술적인 대상으로 보던 옛 습속을 엿볼 수 있는 표현이다. 조선 시대 사람들은 태양계의 행성들이 하늘 이곳저곳을 돌아다니는데, 그 위치가 매년 사람의 운명에 영향을 미친다고 믿었다. 그리고 각자의 금년(今年) 운수를 지목해 주는 행성을 바로 직성이라고 불렀다. 조선 시대에 널리 퍼져 있는 이야기를 보면, 성별과 나이마다 직성이 정해져 있었다. 이를테면 18세의 남자는 목성이 직성이고, 16세의 여자는 화성이 직성이라는 식으로 간단한 규칙이 있었다. 또 목성이 직성인 경우를 목직성, 화성이 직성인 경우를 화직성이라고 했다.

조선 후기 무렵에는 직성을 따지는 풍습이 아주 유행했다. 예로부터 전해 오는 연중행사와 풍속을 기록한 『동국세시기(東國歲時記)』(1849)에 따르면, 정월 대보름 또는 그 전날에 자기 직성이 무엇인지 확인해 보는 사람이 많았다고 한다. 혹시 나쁜 운수를 가져오는 직성에 든 사람은 이를 막기 위해 주술적인 행동을 했다는 기록도 보인다.

직성에 대한 언급은 『동국세시기』뿐 아니라 다른 조선 후기 기록에서도 찾아볼 수 있고, 현대에도 이런 풍습의 흔적이 남아 있다. 요즘에도 쓰이는 우리말 표현 중에 "나는 이렇게 해야 직성이 풀린다"라는 말이 있다. 여기에 나온 직성이 앞에서 언급한, 사람의 운명을 나타내는 행성을 일컫는 바로 그 직성이다. 그러니까 "이렇게 해야 직성이 풀린다"라는 말은 원래 '별이 내려 준 찜찜한 액운을 없애려면 그렇게 할 수밖에 없다'는 뜻 내지는 '별이 내려 준 나쁜 운을 막기 위해서라도 반드시 그런 행동을 할 수밖에 없다'는 뜻으로 쓰던 표현이다. 그러다가 시간이 흘러 그 본뜻은 잊힌 채, '그렇게 해야만 찜찜한 것 없이 성미에 맞게 후련하다'는 의미로 자리 잡았다.

직성을 보던 조선 시대 풍습을 조금 더 살펴보면, 흥미를 끄는 대목이 있다. 일단 직성이 될 수 있는 별이 현대의 우리가 생각하는 태양계 행성들과는 다르다. 태양계에는 지구를 포함해 수성, 금성, 화성, 목성, 토성, 천왕성, 해왕성, 이렇게 여덟 개의 행성이 있다. 우리가 살고 있는 지구를 제외하면, 행성의 숫자는 총 일곱 개다. 그런데 조선 시대의 직성보기에서 직성이 되는 별은 여덟 개도, 일곱 개도 아닌 아홉 개다.

망원경을 사용해야 확인 가능한 천왕성과 해왕성은 조선 시대에 맨눈으로 정확히 관찰할 수 없었을 것이다. 그래서 천왕성과 해왕성은 직성이 될 수 있는 별 목록에서 빠져 있다. 그 대신 옛사람들이 다른 행성과 비슷한 것으로 생각한 해와 달이 들어가 있다. 이렇게 하면 태양, 달, 화성, 수성, 금성, 목성, 토성, 일곱 개다. 그리고 여기에 나후(羅睺), 계도(計都)라는 두 개의 신비로운 별이 더해져 직성은 총 아홉 개가 된다. 옛사람들은 이 아홉 직성의 이름을 나후직성, 토직성, 수직성, 금직성, 일직성, 화직성, 계도직성, 월직성, 목직성이라 일컫고, 이 순서로 만나는 나이의 운수를 판단했다.

나후와 계도는 실제 우주 어딘가에 떠 있는 별은 아니다. 그런데도 직성에 들어간 이유는 불교를 따라 전해진 고대 인도 신화의 영향 때문이다. 고대 인도 신화에는 먼 옛날 신들의 적수였던 괴물 아수라 종족 중 하나가 신들 몰래 불사(不死)의 영약(감로)을 마시려다 들켜 머리와 몸통으로 분리되었다는 이야기가 있다. 이 아수라는 몸이 분리된 채 살아남아 하늘을 떠돌게 되었는데, 그중 머리 부분은 '라후(Rahu)', 몸통 부분은 '케투(Ketu)'라고 불리게 되었다. 고대 인도인들은 라후가 하늘을 떠돌아다니다가 가끔 태양을 물어뜯어서 일식을 일으키고, 케투가 가끔 달을 물어뜯어 월식을 일으킨다고 상상했다. 즉 라후와 케투는 일식과 월식의 원인으로 인도인들이 상상한 별이고, 그 둘을 한문으로 표시한 말이 나후와 계도다.

고대 인도의 영향을 받은 점성술은 불교가 성행했던 당(唐)나라 시대 전후에 중국에서 여러 가지로 정리되었다. 그리고 조선에서는 그중 일부가 한 해 운수를 따지는 데 사용하는 것으로 굳어졌다고 추측해 볼 만하다.

『동국세시기』에 따르면, 조선 사람들이 가장 재수 없고 불길하게 여긴 직성은 일식과 관련된 별인 나후였다. 그리고 해와 달이 직성인 경우에도 운이 없다고 생각했다. 일직성과 월직성을 만난 사람은 종이로 해와 달 모양을 오려 나무에 끼운 뒤 지붕 용마루에 꽂거나 달이 뜰 때 횃불에 불을 붙여 달을 맞는 방법으로 액을 막으려 했다. 가장 꺼리는 나후직성을 만난 경우, 남자들은 액을 막기 위해 짚으로 허수아비를 만들어 그 속에 자기 나이만큼 동전을 넣어 길바닥에 버려두었다. 만약 그것을 지나가던 아이가 집어 가면 나쁜 운을 떠넘길 수 있다고 보았기 때문이다. 한편 나후직성을 만난 여자는 종이에 자기 얼굴을 그리고 거기에 돈을 싸서 길거리나 개울에 버렸다고 한다.

이는 한 해 운수를 따질 정도로 넉넉한 사람들이, 운수 따위는 뭐가 되었든 한 푼이 아쉬운 가난한 집안 아이들에게 돈을 던져 주는 풍속이라고 볼 수도 있을 것이다. 조선 시대 기록에 따르면, 직성 운이 없을 때 던진 인형을 동네 아이들이 찾아 부수어 동전을 꺼내고 몸뚱이를 땅에 두드리는 일을 '타추희(打芻戲)'라고 불렀다. 풀이하자면 인형 치기 놀이, 제웅(짚으로 만든 사람 모양 인형) 때리기 놀이 정도 되는 말이다. 그러니까 악한 운을 쫓기 위해 버린 주술 인형을 주우러 다니는 일이 어린이들 사이에서는 놀이로 행해졌다는 의미다.

수성은 왜 운수 나쁜 별이 되었을까

『동국세시기』에 기록된 직성을 둘러싼 풍습 중에 또 한 가지 재미있는 것은 수성을 운이 나쁜 별로 보았다는 점이다. 그래서 수성이 직성이 된 사람은 액풀이를 위해 종이에 밥을 싸서 밤중에 우물에 던지기도 했다.

태양과 가장 가까운 행성인 수성은 항상 태양 근처에 있다. 태양이 뜰 때 수성도 같이 뜨고 태양이 질 때 수성도 같이 지곤 해서, 지구에서는 태양의 눈부신 빛 때문에 수성이 보이지 않는 경우가 많다. 맨눈으로는 보기 쉽지 않은 행성인데, 이렇게 굳이 나쁜 역할을 맡게 되었다는 점은 신기하다.

실제로 수성이 태양계의 여러 행성 중에서 가장 황량하고 척박한 곳에 속하기는 한다. 일단 수성에는 공기, 대기라고 할 만한 것이 거의 없다. 화성에는 이산화탄소가 주성분인 대기가 희미하게 깔려 있고, 반대로 금성에는 대기가 짙어서 온도가 굉장히 뜨겁다. 그런데 수성의 하늘에는 변변한 것도 없다.

우주를 떠돌아다니는 작은 돌멩이 같은 것이 지구나 금성에 떨어지게 되면, 추락하는 중에 대기와 마찰하면서 흩날려 사라지기 마련이다. 하지만 대기가 거의 없는 수성에서는 이런 현상이 일어나지 않는다. 그래서 우주 먼지, 돌멩이 따위가 수성의 땅에는 거의 그대로 쿵쿵 떨어진다. 이 때문에 생긴 충돌 구덩이가 많아서 수성은 삭막하기 그지없는 달 표면과 비슷하게 보일 정도다. 게다가 태양과 가까운 행성이다 보니, 더운 곳은 온도가 섭씨 400도 가까이 올라간다. 이 역시 수성이 무섭고 살벌한 행성이라는 느낌을 줄 만하다.

한편으로는 수성이 유독 크기가 작은 행성이라는 점도 특이하다. 수성의 무게는 지구의 20분의 1 정도밖에 되지 않는다. 왜 이렇게 수성의 크기가 작은지에 대해서는 몇 가지 학설이 있다. 먼 옛날 커다란 다른 천체가 충돌하는 바람에 수성이 박살 나서 부서졌다는 이야기도 있고, 태양에 너무 가까이 있다보니 태양의 끌어당기는 힘 때문에 수성이 바스러져 버렸다는 추측도 있다. 어느 쪽이 사실인지 결론 내릴 수는 없지만, 여하간 먼 옛날에는 제법 덩치도 컸고 지금과는 모습도 달랐던 행성이 무슨 이유에서인지 부서져 버렸고, 지금 남은 것은 그 잔해라고 한다면 역시 좀 불길한 느낌이긴 하다.

그렇다고는 해도 철, 규소 같은 물질로 되어 있는 덩어리일 뿐인 수성이 지구에 사는 사람들의 운명에 영향을 끼치고, 그것도 사람의 성별과 나이를 따져 가며 나쁜 운을 전한다는 발상에서 논리적인 연결 고리를 찾기란 어렵다. 더군다나 수성이 주는 액을 막기 위해 밥을 종이에 싸서 우물에 던진다는 생각은 도대체 무슨 근거에서 비롯된 것인지 상상하기조차 쉽지 않다.

아마도 수성을 불길하게 여긴 조선의 풍속은 수성의 실제 성질에서 비롯했다기보다는 인도에서 시작된 천문학이 중국을 거쳐 한국 천문학의 발상, 습속과 섞인 결과로 나타난 문화가 아닐까 싶다. 여러 문화권의 서로 다른 기준과 생각들을 이리저리 합하고 연결해 가면서 밤하늘의 별들을 배열하고 그중에서 어느 별이 더 중요하고 덜 중요한지 따진 결과, 마침 수성이 악역을 맡을 순서로 지목된 것 아닐까, 상상해 본다.

－ 술 마시며 지낼 수밖에 없다는 농담

서거정이 지은 '세심음'으로 돌아가 보면, 하늘의 별 중에 주성이 직성이 되었다고 읊는 대목의 뜻을 이제는 이해할 수 있다. 이 구절은 술 마시는 것을 상징하는 별이 금년 내 운수를 관장하는 별이 되었다는 농담이다. 그러니까 요즘 나는 운명적으로도 술을 마시며 지낼 수밖에 없다는 이야기다. 조금 더 상상력을 발휘해 보면, 직성이 내린 술 마시는 저주를 받아 술을 마실 수밖에 없다는 뜻으로도 볼 수 있고, 자신에게 내린 악한 운을 풀기 위해서는 술을 마실 수밖에 없다는 뜻으로도 생각해 볼 수 있겠다.

사실 서거정은 좋은 성적으로 과거에 합격하고, 항상 좋은 글을 잘 써서 칭송받았으며, 벼슬살이하는 내내 학식이 풍부하고 해박하다는 평을 받으며 꾸준히 성공한 인물이다. 수양대군이 한명회 등의 도움으로 조정을 뒤엎고 옥좌를 차지해서 세조가 되고, 조카 단종 편에 선 신하들을 처형하는 참극을 벌일 때도 서거정은 공직 생활을 하고 있었다. 이런 혼란의 순간에는 서거정같이 능력 있는 인물은 자칫 위기에 처할 수도 있는데, 수양대군과 가까운 입장에 서 있던 그는 별다른 고초를 겪지 않았다. 단종의 곁을 지킨 신하들이 혹독한 고통을 당하며 목숨을 잃고, 심지어 같은 가문 사람들까지 모두 망하여 괴로움에 빠질 때 오히려 서거정은 그 덕택에 차근차근 더 출세했다.

그렇다면 도대체 서거정은 무엇이 답답했기에 한강 물을 온통 술로 바꾼 뒤에 들이마셔서 마음을 씻어 내고 싶다고 한 걸까? 그냥 인생이 술술 잘 풀려 재미있고 즐거우니 술이나 느긋하게 마시면서 놀고먹으면 된다는 뜻이었을까? 그게 아니라면, 살아온 인생을 돌아보자니 가슴 한구석에 답답한 마음이, 잊고 넘어가려고 했지만 잊을 수 없는 응어리가 있어서 밤하늘 별을 핑계 대고라도 마음을 씻어 보려는 것이었을까?

금성에서 내려온 외계 생명체와
이성계의 승승장구

태조가 태백성에 제사 드리던 곳

제성단(祭星壇)은 함흥부의 남쪽 40리 지점인 도련포에 있으니, 윤관이 북쪽을 정벌할 때 진명도부서(鎭溟都部署) 진응도가 선병 2,600명을 이끌고 도린포로 출동하였고, 우리 태조가 나하추를 토벌할 때 우군(右軍)이 도련포를 경유해 출동했다는 것이 모두 이 지역이다.

바닷가의 모래와 물 사이에 흙을 쌓고 목책을 세워서 목장을 만든 것이 40여 리에 걸쳐 뻗쳐 있다. 태조가 잠룡 시절에 단을 만들고 태백성(太白星)에 제사하였는데, 타시던 여덟 마리의 준마 중에 유린청과 현표가 모두 이곳에서 나온 것이다. 옆에 왕의 우물과 왕이 다니던 길이 있어 지금까지도 옛터를 알 수 있다. 조선 초기부터 매년 단오에 중귀인이 내려와서 임금의 옷과 안장한 말을 가지고 단 위에 제사를 올렸는데, 지금은 중귀인은 오지 않으나 제사는 아직도 폐지하지 않는다고 하였다.

이 지역은 평평한 모래벌판에 해당화가 만발하여 붉은 꽃과 흰 꽃이 서로를 비춰 눈을 들어 바라보면 끝이 없으며, 천백 마리의 준마가 무성한 풀과 긴 내 가운데에서 힘차게 뛰어오르고 씩씩하게 달려 멀리서 바라보면 여산(驪山)의 아침 노을보다 나으니, 참으로 장관이다.

— 남구만, 「함흥십경도기」, 『약천집』

별자리를 그린 옛사람들

하늘의 별에 대한 신화나 전설에 대해 말해 보라고 한다면, 대부분 그리스·로마신화의 이야기들을 먼저 떠올릴 것이다. 국제천문연맹(IAU, International Astronomical Union)에서는 현대 천문학계에서 합의된 내용을 바탕으로 별들의 방향과 위치를 구분하기 위해 88개의 공식 별자리를 지정해 두었는데, 이 중 대략 절반은 고대 그리스·로마신화 계통이다. 아무래도 근대 천문학이 유럽을 중심으로 발전했고, 유럽 천문학은 고대 그리스·로마 천문학의 영향을 받았을 터이니 어찌 보면 당연한 일이다.

신화 속의 거인 사냥꾼 오리온이 하늘의 별이 되어 오리온자리가 되었고, 그 오리온을 공격하던 전갈도 밤하늘로 올라가 전갈자리가 되었다는 별자리 이야기는 꽤 알려져 있다. 세세한 내용까진 정확히 알지 못하더라도, 밤하늘의 별들을 고대 그리스·

로마신화에 따라 별자리로 나누어 놓았다는 대략의 이야기는 한 번쯤 들어 본 적이 있을 것이다.

별자리 이야기나 점성술에 관심 있는 사람들은 '3원(垣) 28수(宿)'라는 말을 들어 보았을지도 모르겠다. 옛사람들은 흔히 밤하늘 별들의 움직임이 세상에 일어나는 여러 가지 일의 징조일 거라고 생각하곤 했다. 그랬기 때문에 별들을 세밀하게 관찰하여 미래를 점치는 일을 국가적 사업으로 삼는 나라도 흔했다.

그리스나 로마뿐만 아니라 고대 한반도에도 징조를 알기 위해 밤하늘을 관찰하는 사람들이 있었다. 이들은 대개 고대 중국인이 만들어 둔 별 분류 방식을 사용해서 별들을 관찰했다. 고대 중국의 분류법에 따르면 밤하늘의 별은 28개(28수)의 별자리로 나뉘며, 북쪽 하늘을 중심으로 북극성을 비롯한 몇 개의 특별한 별은 '3원'이라는 또 다른 체계로 구분된다.

3원 28수 체계에 따른 별 분류는 한반도에 상당히 깊게 뿌리내렸다. 중국인들은 28수에 해당하는 별들을 밤하늘 방향에 따라 동서남북으로 나누고, 이 네 방향을 청룡, 백호, 주작, 현무 같은 상상 속 동물과 관련지었다. 중국의 이런 발상은 이미 삼국 시대에 한반도로 수입되어 퍼져 있었다. 고구려의 무덤 진파리4호분에는 28수를 표현한 벽화가 남아 있는데, 별에 대한 고구려인 나름의 사고방식을 짐작할 수 있을 정도로 그 모습이 상세한 편이다.

　고구려인들이 밤하늘의 별에 품었던 진지한 관심은 조선 시
대까지 이어졌다. 눈으로 볼 수 있는 밤하늘의 모든 별을 한 장
의 지도로 깔끔하게 정리한 천문도(天文圖)가 조선 초기에 제작
되기도 했다. 현재 만 원짜리 지폐 뒷면에도 그려진 〈천상열차
분야지도(天象列次分野之圖)〉가 대표적 사례다. 밤하늘 별에 대한
내용을 총정리한 천문도인 〈천상열차분야지도〉에는 심지어 불
교문화 수입 과정에서 인도를 거쳐 전래된 그리스, 중동 지역의
천문학 풍습도 일부 반영되었다. 요즘 사람들이 심심풀이로 별

점을 볼 때 사용하는 물병자리나 천칭자리 같은 그리스·로마식
황도 12궁 별자리도 〈천상열차분야지도〉에 포함되어 있다.

　다른 나라에서 흘러 들어온 천문학 지식을 바탕으로 하늘의
별들을 열심히 관찰하는 문화가 오래 계속되다 보니, 독특한 별

에 대한 한반도 고유의 풍습도 자연히 출현하게 되었다. 대개 과학적 가치가 있는 천문학 연구의 영역이라기보다 신화와 전설의 영역에 속하는 내용인데, 그리스·로마신화나 중국의 3원 28수 이야기는 자세하고 방대한 데 비해 한반도 고유의 전설과 풍습은 상대적으로 그 양이 적어서 널리 알려지지는 못한 듯싶다.

─   금성을 숭배한 이성계와 그 후손

그중에서 기록과 자료가 풍부한 편인 이야깃거리를 하나 고르자면, 금성에 관한 이야기를 소개해 보고 싶다. 따지고 보면 금성은 스스로 빛을 내는 별이 아니라, 다른 별의 빛을 반사할 뿐인 행성이다. 그렇지만 우주 밖에서 지구에 빛을 보내 주며 하늘에 떠 있는 물체들 중에는 해와 달 다음으로 밝게 빛난다. 특히 금성이 가장 밝게 빛날 때는 별 중에서 가장 밝다는 시리우스보다도 대략 25배 이상 밝게 보인다. 달은 거리 때문에 너무 커 보여서 별로 별처럼 느껴지지는 않으니까, 별 비슷하게 생긴 것 중에는 금성이 단연 압도적으로 밝을 빛을 보여 준다고 할 수 있겠다.

그러니 사람들이 금성에 대해 신비하고 특별하다는 생각을 품을 법도 하다. 실제로 금성에 대한 이상한 믿음 하나가 고려 말기 한반도의 북동부 지역에서 생겨났다. 구체적으로 내용을 살펴보면, 어떤 신령이나 천사처럼 금성을 숭배하면서 이를 향해 좋은 운을 비는 풍습이 있었다. 이 믿음은 제법 긴 세월에 걸쳐 후대로 전해졌다. 다름 아닌 조선을 건국한 주인공, 태조 이성계가 바로 금성의 신령을 믿는 사람이었기 때문이다.

조선 후기의 문신 남구만(1629~1711)은 함경도 지역을 다스리는 벼슬을 살 때 〈함흥십경도(咸興十景圖)〉(1674)를 그리도록 지시했다. 〈함흥십경도〉는 본궁, 제성단, 격구정, 백악폭포 등 함흥의 기억해 둘 만한 곳 열 군데를 그린 그림이다.

함흥은 조선을 건국한 이성계의 근거지였다. 그러므로 함흥 지역의 모습과 유적지를 돌아보며 조선의 건국 정신을 찾아보자는 의도로 그림을 제작하지 않았을까 싶은데, 동시에 당시 임금(현종)의 조상을 칭송하려는 목적도 있었을 것이다. 그러니 벼슬살이하는 입장에서는 추진해 볼 만한 작업이었다. 요즘에도 유명한 사람이 출생한 곳을 두고 '누구누구 생가'라면서 관광지로 만들고 사진을 찍어 홍보하곤 하는데, 그 비슷한 작업을 남구만이 지시했다고 보면 되겠다. 남구만은 완성된 그림 열 장을 보고 감상문을 썼는데, 그 글이 바로 「함흥십경도기(咸興十景圖記)」다.

남구만의 시문집인 『약천집(藥泉集)』(1723)에 수록된 「함흥십경도기」에는 '제성단'을 설명하는 부분이 있다. 제성단은 '별에 제사를 지내는 제단'이라는 뜻이다. 함흥 근처에 제성단을 처음 세운 인물이 바로 이성계였다고 하며, 이때 제사를 지낸 대상은 '태백성'이었다고 나와 있다. 태백성은 옛날에 금성을 이르는 말이다. 그러니까 무슨 이유에서인지는 모르겠지만, 이성계는 금성의 신령에게 제사를 지내는 일종의 신전을 짓고 그곳에서 치르는 제사를 중요하게 여기며 살았다는 뜻이다.

조선 후기에 나온 『군서표기(群書標記)』(1814)에는 제성단에서 지낸 제사의 모습을 짐작할 만한 기록이 있다. 이 글에 따르면 제사를 지내는 시기는 단오 때였다. 단오는 음력 5월 5일로, 한반도에는 지역마다 단오에 여름맞이 축제 같은 느낌으로 여러 가지 행사를 치르는 풍속이 예전부터 내려오고 있었다. 태조 이성계는 거기에 금성을 숭배하는 제사를 더했다.

제사의 이름은 '태백제'였고, 한밤중에 제사를 지냈다고 한다. 행사의 규모는 상당했던 듯하다. 태백제가 열리는 날, 낮에는 기(旗), 둑(纛), 산(繖), 개(蓋) 같은 물품을 갖추고 퉁소며 피리, 징, 북 소리에 맞추어 제사 지내는 곳까지 가는 의식을 먼저 치렀다고 한다. 그리고 해가 진 뒤 밤이 되면 성대한 제사를 지냈다. 여기서 기, 둑, 산, 개는 의식을 치르는 사람들이 드는 깃발이나 양산 같은 물건을 말한다. 이렇게 다양한 물건이 언급된 것을 보면, 제사를 지내는 사람들이 요즘 식으로 말하면 퍼레이드 행사라도 하는 모습이었던 것 같다.

『약천집』과 금성

물론『군서표기』에 실려 있는 묘사는 조선 후기에 치러진 행사를 다룬 내용이다. 아마 이성계가 임금이 되기 전에 제성단을 건설하고 직접 그곳에서 행사를 이끌 때는 제사의 방식이 달랐을 수도 있고, 규모가 더 소박했을지도 모른다. 그렇지만 잡다한 신령에게 제사를 지내는 것을 꺼린 조선 조정의 방침을 감안할 때, 굳이 태백제를 신경 써서 치렀다는 점은 국가적으로 이 일을 유독 중시했기 때문이라고 짐작해 볼 수 있다.『군서표기』에는 제성단에서 핵심 행사 외에도 그 옆에서 '오상제(五箱祭)'라는 제사를 지내고, 그것이 끝난 다음에는 또 제성단 서쪽에서 '가사제(袈裟祭)'를 지냈다는 설명도 나와 있다. 조선 시대의 태백제가 이 정도였다면, 고려 말 제성단이 처음 생겼을 때 금성에 지낸 제사의 규모 또한 상당했을 것이다.

왜 하필 금성일까

이성계가 금성의 신령을 이렇게 굳게 믿었던 이유는 무엇일까? 고려 시대와 조선 시대에 별점을 친 기록을 보면 금성, 즉 태백성과 관련된 현상을 전쟁이나 전투의 징조로 생각한 사례들이 종종 눈에 띈다. 태백성 옆에 유성이 떨어지는 모습을 두고, 국경을 지키는 우리 군사들이 갑자기 적에게 습격당할 징조라는 식으로 해석했다는 뜻이다.

어쩌면 금성이 금(金)을 상징한다는 점에서 쇳덩어리와 관련이 있고, 그러므로 창, 칼 같은 무기와 연관된 행성이라는 식으로 상상했던 것인지도 모르겠다. 그래서 고려 말 사람들이 금성을 전투에 영향을 미치는 행성이라고 생각한 걸까? 이성계는 활 쏘는 실력이 뛰어났으며, 전쟁터에서 장군으로 활약을 펼치며 민심을 얻어 세력을 키운 인물이다. 그러니 당연히 전투에 이기는 방법에 유난히 관심이 많았을 것이다. 혹시 이성계가 여러 차례 전투를 벌이던 와중에 창, 칼을 상징하는 행성인 금성에 제사를 지낸 뒤에는 싸움 운이 좋았다는 느낌을 받은 건 아닐까?

만약 그런 경험을 한두 번 맛보았다면, 금성이라는 행성이 유독 더 신비롭다는 느낌에 깊이 빠졌을지도 모른다. 금성은 행성의 크기와 무게가 지구와 거의 비슷할 정도로 규모가 상당하다. 지구와 꽤 비슷하다는 화성도 무게를 따져 보면 지구의 10분의 1밖에 안 된다. 그에 비하면 금성의 덩치는 꽤나 큰 편이다. 게다가 금성은 공전 과정에서 지구에 굉장히 가까이 다가오는 행성이기도 하다. 그러니 지구에서 유독 크게 관찰되고, 그만큼 밝아 보인다. 현대에는 금성을 외계인의 우주선이나 UFO라고 착각하는 경우도 있다.

아울러 금성은 알베도(Albedo)가 높은 행성이다. 알베도는 어떤 물체가 얼마나 빛을 잘 반사하는지를 나타내는 정도다. 어떤 물체가 흰색이면 더 밝아 보이기 쉬워서 알베도가 높다고 하고, 어떤 물체가 까만색이면 어두워서 잘 보이지 않기 쉬우니 알베도가 낮다고 한다. 금성은 행성을 감싼 두터운 구름의 허여멀건 색깔 때문에 알베도가 높은 편이다. 그 덕택에 금성은 빛을 많이 반사하여 밤하늘에서 신비로울 정도로 밝게 빛난다.

또 금성은 지구보다 태양 가까운 곳에서 돌고 있다. 이런 행성을 내행성이라고 한다. 지구 시점에서 보면 내행성은 항상 태양 근처를 왔다 갔다 하므로, 태양이 뜰 때 비슷하게 같이 뜨고 태양이 질 때 같이 지는 듯이 보인다. 따라서 금성은 별처럼 보이기는 하지만, 한밤중에 나타난다기보다는 주로 태양이 뜰 무렵인 새벽이나, 태양이 질 무렵인 초저녁에 나타난다. 심지어 가끔 낮에도 보이곤 한다. 즉 금성은 별처럼 보이지만, 밤의 상징이라고 할 수는 없다. 그래서 금성은 더욱 독특하다. 낮 하늘에서 잘 보이게 마련인 구름, 무지개 등과 함께 나타나는 특이한 모습을 보여 줄 수도 있다.

그런 몇몇 이유 때문에 이성계는 금성을 신비롭게 바라보며 자신의 수호신처럼 생각하게 된 것은 아닐까? 평생 수많은 전장을 다니며 여러 적과 싸우고 결국에는 반란을 일으켜 한반도를 통째로 손아귀에 틀어쥐기까지, 이성계는 새벽에 잠이 깨어 산책을 나왔다가 빛나는 금성을 보며 승리를 빌기도 했을 것이다. 또 어떤 날에는 고단한 전투를 마치고 힘이 빠진 채 말을 타고 가다가 초저녁 하늘에 뜬 금성을 보며 자신의 운명을 물었을지도 모른다.

확실한 것은 이성계가 세상을 떠난 뒤에도 긴 세월 동안 그의 믿음을 기려, 금성을 숭배하는 제사가 매년 제성단에서 이루어졌다는 점이다. 어쩌면 금성이 이성계의 이씨 가문을 수호하는 별이자, 나아가 조선이라는 나라를 수호하고 상징하는 별로 여겨졌는지도 모르겠다.

2020년 9월에는 금성의 구름 속에서 인화수소(phosphine)가 발견되었다는 학계의 보고가 나와 눈길을 끌었다. 인화수소는 무언가가 썩을 때 몇몇 미생물이 뿜어내는 물질이다. 그래서 인화수소 발견 소식이 전해지자, 혹시 금성에도 생명체가 살고 있어서 인화수소를 뿜어낸 것 아니냐는 이야기가 나왔다.

이후 인화수소를 찾아냈다는 보고가 어쩌면 착오일지 모른다는 반론도 나오긴 했다. 그렇지만 금성은 태양 가까이에 있기에 빛과 열이 풍부하고 대기 속에 물질이 많아 다양한 화학반응이 일어나기 좋은 곳이기는 하다. 구름이 너무 많아서 온실효과가 극심하여 표면 온도가 너무 높은 것이 문제라면 문제다. 따라서 가능성이 크진 않지만, 금성의 그 짙은 구름 틈에서 온갖 화학반응이 일어나는 사이에서 생명체 비슷한 것이 탄생해서 살고 있다는 상상 정도는 해 볼 수 있다.

더욱 현실성 없는 이야기이기는 한데, 나는 금성의 인화수소 발견 소식을 듣고 '혹시 고려 말 이성계가 어느 날 우연히 금성에서 온 생명체를 만났다고 상상해 본다면?' 하며 생각에 빠져들었다. 금성의 외계인들이 이성계에게 첨단 무기를 전해 주었다거나 승승장구할 방법을 알려 주었다는 식으로 이야기를 꾸며 봐도 재미있을 것 같다. 그 정도까지는 아니더라도, 젊은 시절 이성계가 어느 여름밤 우연히 금성에서 온 외계 생명체를 처음으로 목격한 뒤, 한평생 그 신비로운 느낌을 잊지 못해 다시 한번 더 그들을 만나기를 고대한 거라고 가정해 본다면? 바로 그러한 이유로 이성계가 장군이 되고 임금이 된 뒤에도 매년 여름 제단에서 기도했다는 이야기도 묘하게 괜찮은 느낌이다.

토성이 전해 준 반짝이는 거울

뱀띠 해가 되면 두 마리 용이 나타날지니

(…) 상인 왕창근이 당(唐)나라로부터 와서 철원의 시전에 임시 거처하고 있었다. 정명 4년 무인년(918)에 이르러 저자에서 모습이 걸출하게 크고 머리카락이 온통 희며 옛 의관을 입은 사람을 보았다. 그는 왼손에는 옹기 사발을 들고 오른손에는 옛 거울을 들고 있었는데 창근에게 말하기를 "내 거울을 사겠는가?" 하니 창근이 곧 쌀을 주어 그것과 바꿨다. 그 사람은 쌀을 거리의 거지들에게 나누어 주었다. 이후에는 간 곳을 알 수가 없었다.

창근이 그 거울을 벽 위에 걸어 두었는데, 햇빛이 거울에 비치자 가늘게 쓴 글자가 있었다. 이를 읽어 보니 옛 시 같은데, 그 대강은 다음과 같았다.

"하늘의 임금이 아들을 진마(辰馬)에 내려보내니, 먼저 닭을 잡고 뒤에는 오리를 움켜쥘 것이다. 뱀띠 해가 되면 두 마리 용이 나타날지니, 한 마리는 푸른 나무에 몸을 숨기고 다른 한 마리는 검은 쇳덩이의 동쪽에서 모습을 드러내리라."

창근이 처음에는 글자가 있는 것을 알지 못하였다가 이를 보고서는 예사롭지 않다고 생각하여 왕에게 이를 아뢰었다. (…)

— 김부식, 「열전-궁예」, 『삼국사기』

옛 문헌의 수수께끼 같은 말들

〈인디아나 존스〉 시리즈(1981~) 같은 고대 유물의 비밀을 밝히는 내용을 다룬 모험 영화나 소설, 게임을 보면 옛 유물에 새겨져 있는 수수께끼 같은 말의 의미를 밝히는 장면이 종종 나온다. 이런 말은 보통 복잡한 비유법으로 표현되어 있어서 무슨 뜻인지 정확히 알기 힘들다. 옛 문화와 관습을 이해하고, 상징으로 사용된 말의 본뜻을 파악해야 제대로 해석할 수 있다. 보통 영화에서는 옛사람이 남긴 수수께끼 같은 말을 해석하면 보물이 숨겨진 장소를 알게 되거나, 위험한 저주를 피할 방법을 알게 된다.

어느 영화 속 주인공이 고대 그리스 유물에서 "에오스의 품을 향해 달려가면, 미다스의 손길이 맞아 주리라."라는 글귀를 발견했다고 해 보자. 에오스나 미다스를 그냥 사람 이름으로 이해한다면, 무슨 특별한 뜻이 숨어 있는 게 아닌 평범한 문장으로 보일 뿐이다.

그런데 에오스가 그리스신화에 등장하는 새벽의 여신이라는 사실을 안다면 또 다른 해석이 가능하다. 에오스를 새벽이라는 뜻으로 연결해 본다면 '에오스의 품'은 곧 새벽의 품, 나아가 '해가 뜨는 동쪽'을 상징하는 말로 볼 만하다. 한편 미다스는 손만 대면 무엇이든 황금으로 변하게 하는 그리스신화 속 인물이다. 그러므로 미다스의 손길이란 '황금'을 상징하는 말로 볼 수 있다. 따라서 "에오스의 품을 향해 달려가면, 미다스의 손길이 맞아 주리라."라는 문장은 사실 "동쪽으로 가면 황금이 묻힌 곳이 있다."라는 말을 에둘러서 수수께끼처럼 표현한 것이다.

먼 옛날 사람들은 지금과 사뭇 다른 문화에서 살았고, 같은 말이라도 현재와는 꽤 다른 의미로 사용하곤 했다. 예를 들어 글자 그대로 풀이하면 '용안(龍顔)'은 용의 얼굴이라는 뜻이고, '옥좌(玉座)'는 옥으로 된 의자라는 뜻일 뿐이다. 하지만 조선 시대에 "용안을 보니 기쁘다"라는 말은 신기한 짐승인 용의 얼굴을 보니 기분이 좋다는 이야기가 아니라 '임금의 얼굴을 마주하니 좋았다'는 뜻이었다. 또 "옥좌에 앉았다"라는 표현은 단순히 옥을 깔아 놓은 의자에 앉았다는 말이 아니라 '누군가가 임금이 되는 데 성공했다'는 의미였다.

비슷한 사례는 오늘날에도 있다. 가령 '대박'은 원래 도박이나 복권으로 한 번에 큰 금액을 땄다는 말이지만, 요즘에는 그 냥 뭐든 좀 놀랍다는 느낌을 나타내는 감탄사로 쓰인다. 그리고 'MSG를 친다'는 표현은 요리할 때 맛을 내려고 MSG 성분의 조미료를 넣는다는 의미지만, 요즘은 누가 이야기를 맛깔나게 하려고 내용을 과장한다고 할 때도 사용한다. 이렇듯 말의 의미를 정확히 알기 위해서는 그 말이 쓰인 시대 및 지역의 문화와 상징을 잘 파악해야 한다.

아닌 게 아니라, 실제로 한국의 옛 문학작품 가운데는 역사나 전설 속에 등장하는 소재를 비유법으로 활용한 사례가 굉장히 많다. 어떨 때는 이해하기 어려운 비유법이 연달아 나와서 어질어질할 정도다. 그러므로 자주 쓰이는 비유법과 상징은 어느 정도 숙지하고 있어야 옛글을 제대로 이해할 수 있다.

조선 중기의 문신 장유(1587~1638)가 쓴 「의연연주(擬演連珠)」에는 "고사리를 캐 먹던 선비가 있었다."라는 문장이 나온다. 이 말은 실제로 어떤 선비가 고사리나물을 즐겨 먹었다는 의미가 아니다. 중국 고전에는 주(周)나라 무왕(武王)이 은(殷)나라 주왕(紂王)을 끌어내리자, 의롭지 못한 주나라 백성이 되는 것을 부끄럽게 여기며 은나라에 대한 지조를 지키고자 산에 들어가 고사리를 캐 먹고 지내다 굶어 죽은 백이(伯夷)와 숙제(叔齊) 형제 이야기가 전한다. 두 형제의 행동은 주나라 땅에서 나는 곡식은 먹고 싶지 않다는 뜻이었다. 따라서 「의연연주」에 나오는 "고사리를 캐 먹던 선비가 있었다."라는 말은 고사리 반찬과는 아무 상관이 없다. 세상이 바뀌어도 지조와 충절을 지키기 위해 꿋꿋이 항거하는 사람이 반드시 있게 마련이라는 의미를 담은 비유법으로 보아야 한다.

거울에 적힌 신비한 예언

단순히 문학적으로 글을 꾸미고자 비유법을 활용한 것이 아니라, 아예 처음부터 수수께끼를 만들기 위해 일부러 어려운 말을 집어넣은 사례도 있다. 남아 있는 기록이 풍부하고 역사적 영향력도 컸던 사례를 하나 골라 보자면, 흔히 「고경참(古鏡讖)」이라 불리는 후삼국 시대의 기록 하나를 소개하고 싶다.

고경참은 '오래된 거울에 적혀 있는 예언'이라는 뜻이다. 『삼국사기』와 『고려사』의 기록에 따르면, 이 예언이 발견된 것은 서기 918년 음력 3월의 일이다. 당시 태봉(후고구려)의 도성(都城)인 철원에 살던 왕창근이라는 상인이 처음 발견했다. 이름이 명확히 기록되어 있는 것을 보면 왕창근은 아마 제법 세력을 갖춘 부유한 사람이었던 듯하고, 당나라에서 왔다는 표현으로 짐작해 보면 신라와 중국 등지를 오가며 무역을 하다가 성공했을 것으로 보인다.

왕창근은 시장통에서 기이한 사람을 만난다. 머리카락과 수염이 온통 새하얀 그는 옛 의관 차림이었다고 한다. 도 닦는 사람의 옷에 낡은 모자를 걸친 모습을 떠올리면 그 분위기가 상상이 갈 것이다. 그는 왼손엔 사발을, 오른손엔 거울을 들고 있었다. 그는 왕창근을 보더니 이렇게 말했다. "내 거울을 사겠는가?" 왕창근은 그가 보통 사람이 아니다 싶어 쌀을 주고 거울을 샀다. 한데 그는 거울을 팔고 얻은 쌀을 그냥 시장통의 거지들에게 공짜로 이리저리 나누어 준 뒤 갑자기 사라졌다. 그의 목적이 돈이 아니라, 거울이 세상에 알려지게 하는 것 그 자체였음이 드러나는 대목이다.

왕창근은 그 이상한 거울을 벽에 걸어 놓았다. 그런데 햇빛이 비칠 때 보니 거울에 가늘게 써 놓은 글자가 보이기 시작하는 것 아닌가! 아마 글자를 교묘하게 새겨 놓아서 얼핏 보면 눈에 띄지 않지만, 빛을 받는 각도에 따라 글자가 드러나도록 꾸민 듯하다. 그때 드러났다는 글이 바로 「고경참」이다. 「고경참」의 내용은 『삼국사기』와 『고려사』에 기록된 것이 서로 약간 다르다. 『고려사』가 『삼국사기』에 비해 더 길고 복잡하게 서술되어 있는데, 하늘의 임금이 자식을 진마(辰馬)에 내려보내고, 닭과 오리를 잡으며, 뱀의 해에 용 두 마리가 나타난다는 줄거리는 둘 다 비슷하다.

왕창근은 그 거울이 보통 물건이 아니라고 생각해 임금인 궁예에게 바친다. 궁예 역시 그 거울을 진귀하게 여겼던 것 같다. 거울 자체가 무척 아름답기도 하거니와, 한편으로는 얼핏 봐서는 거울에 새겨진 글씨가 보이지 않는데 햇빛에 잘 비춰 보면 글자가 보이도록 만들어 놓은 교묘한 기술이 신기해 보였던 것 아닐까 싶다. 궁예는 학식이 높은 신하인 송함홍, 백탁, 허원 세 사람에게 「고경참」의 뜻을 알아내라고 명했다. 세 신하는 마치 〈인디아나 존스〉 시리즈의 주인공 인디아나 존스(해리슨 포드 분)가 고대 기록을 해독하듯 거울에 새겨진 글자의 의미를 해석했다. 그 해석은 다음과 같았다.

우선 맨 앞부분인 "하늘의 임금이 아들을 진마에 내려보내니"라는 대목에서 진마(辰馬)를 글자 그대로 풀이하면 '별자리 말'이라는 뜻이다. 하늘의 임금이 행한 일이라는 점을 감안하면, 그가 자식에게 밤하늘 별자리로 된 말을 타게 해 주었다고 신화처럼 이해할 수도 있다. 그러나 세 신하는 흔히 한반도 남부를 예로부터 삼한(三韓)이라 불렀고, 삼한에는 진한(辰韓)과 마한(馬韓)이라는 지역이 있었다는 점에 주목한다. 이런 맥락에서 '진마'는 진한과 마한을 줄여서 함께 부르는 말로 한반도라는 뜻이 된다. 곧 「고경참」 첫머리는 '하늘의 임금이 자기 아들을 한반도에 내려보낸다'는 내용인 것이다. 이는 한반도에 하늘의 자식인 고귀한 지배자가 출현한다는 의미이기도 하다.

세 신하는 비슷한 방식으로 나머지 내용도 해석했다. 옛날에는 신라를 다른 말로 계림(鷄林), 즉 '닭의 숲'이라 불렀으며 압록강의 압(鴨)은 '오리'라는 뜻이다. 따라서 닭을 잡고 오리를 움켜쥔다는 말은 신라 땅을 차지하고 압록강까지 영토를 넓힌다는 의미로 보았다. 또 용 한 마리가 몸을 숨긴다는 '푸른 나무'는 사시사철 푸르른 소나무를 가리킨다. 그런데 지금의 개성을 과거에는 송악(松嶽), 곧 '소나무 산'이라 일컬었으므로, 용이 푸른 나무에 몸을 숨긴다는 말을 개성에 영웅이 나타난다는 뜻으로 이해했다. 한편 또 다른 용 한 마리가 검은 쇳덩이의 동쪽에 나타난다는 말은 철의 동쪽에서 용이 모습을 드러낸다는 뜻인데, 세신하는 철원(鐵圓)이라는 지명과 연결 지어 철원에서 영웅이 등장한다는 이야기로 풀이했다.

　세 신하의 해석을 요약하면, 한반도를 차지할 하늘의 자식이 나타나는데 그 후보자는 둘이며 한 명은 개성 사람, 다른 한 명은 철원 사람이라는 내용이다. 그 당시 개성 출신으로 유명한 인물은 왕건이었고, 철원 사람으로 유명한 인물은 철원을 도성으로 삼은 임금, 궁예였다. 그러므로「고경참」은 결국 왕건과 궁예 두 사람 중 하나가 한반도를 통일하는 데 성공한다는 예언이었다. 그 시기에 왕건은 궁예의 신하였으므로, 이 말은 곧 왕건이 크게 성장하여 궁예 못지않게 강해진다는 자못 위험한 내용이었다. 결국 세 신하는 궁예가 화를 내며 처벌할까 두려워하며 자기들이 해석한 내용을 그대로 보고하지 않는다.

한편 궁예는 「고경참」의 비밀을 확실히 풀어내려면 거울을
판 사람을 찾아야겠다고 생각하여, 그의 행방을 찾아보라고 명
하지만 결국 실패했다. 그런데 공교롭게도 철원 동쪽의 발삽사
(勃颯寺)라는 절에서 거울을 판 사람과 행색이 비슷한 소상(塑像),
즉 찰흙으로 만든 형상을 발견하게 됐다. 『고려사』에 따르면 그
소상은 치성광여래상 앞에 있었다고 한다. 치성광여래(熾盛光如
來)는 북극성을 상징하는 부처인데, 여러 행성의 신령을 나타내
는 인형들이 치성광여래상 앞에 장식되어 있던 듯한다. 그 인형
들 가운데 진성(鎭星), 즉 토성을 상징하는 신령의 형상이 거울

을 판 사람의 모습과 같아 보였다고 한다. 얼마나 닮았는지 왼손에 사발(바리)을, 오른손에 거울을 들고 있는 것도 똑같았다.

이 대목은 토성의 신령이 잠깐 철원의 시장통에 나타나 미래를 예언하는 거울을 내려 주고 사라졌다는 것을 암시하는 내용이다. 다시 말해 토성의 신령이 '왕건이 궁예와 맞먹게 된 뒤 후삼국을 통일하는 위업을 달성한다'는 예언을 전해 주었다는 이야기다. 아마 왕건 본인이나 왕건을 따르는 사람들은 이런 이야기를 전해 듣고, 왕건이 매우 좋은 운명을 타고났다고 믿기 시작했을 것이다.

- ## 한반도 통일을 예언하는 토성의 신령

이런 이야기가 생겨난 배경은 아마도 신라 말기에 치성광여래라는 특별한 부처에 관한 믿음이 유행했던 상황과 관련이 있지 않을까 생각한다. 『고려사』에는 왕건의 할아버지인 작제건이 바다를 떠돌다가 대단히 화려한 치성광여래의 모습으로 변신한 늙은 여우와 대결했다는 전설이 실려 있다. 치성광여래로 위장하고 속이려 드는 여우가 등장한다는 점에서 굉장히 특이한데, 이런 전설이 있을 정도였다면 당시 치성광여래의 인기가 많아지면서 자신이 치성광여래 전문가라고 속이는 사기꾼이나 사이비 종교 교주 같은 사람까지 등장했던 건 아니었나 싶기도 하다.

왕건의 집안이 바다에서 배를 타는 일에 능했다는 점과 같이 생각해 보면, 치성광여래가 신라 말에 인기를 얻었던 것은 어쩌면 항해와 관련이 있었는지도 모르겠다. 그저 내 상상일 뿐이지만, 장보고의 활약 이후 바다에서 항해하며 무역으로 돈 버는 뱃사람들이 늘어나면서 밤하늘의 별을 보고 배가 나아갈 방향을 찾는 기술도 같이 널리 퍼져 나가지 않았을까? 그렇다면 뱃사람들 사이에서 북극성을 부처로 나타낸 치성광여래가 특히 인기를 얻었을지도 모른다.

나아가 왕건의 집안 또는 왕건과 친한 무리의 뱃사람들은 밤하늘의 여러 행성 중에 특히 토성이 뱃사람들을 지켜 주는 운수 좋은 별이라고 생각했을 수도 있다. 그렇기에 토성이 중요한 역할을 하는 「고경참」 전설 같은 이야기가 생겨난 건 아닐까?

과거에는 밤하늘에서 신비롭게 빛나는 별을 지상의 물체와는 완전히 다른 성스러운 기운이라고 여겼다. 옛사람들은 밤하늘의 행성을 신령처럼 생각했고, 그 신령이 세상의 운명을 알려 주거나 한반도를 통일할 영웅이 누구인지 전해 주는 일도 가능하다고 믿었다. 그렇지만 시대가 흘러 과학이 발전하면서, 밤하늘의 별은 지상에 있는 다른 물체와 별다를 바 없이 몇몇 물질로 이루어진 거대한 덩어리일 뿐임이 밝혀졌다.

이를테면 토성은 거울과 사발을 든 흰머리 신령이 아니고, 수소와 헬륨을 비롯한 몇몇 물질들이 둥글고 크게 뭉쳐 있는 덩어리일 뿐이다. 토성을 이루는 수소 원자는 우리 주변에 흔해 빠진 물을 구성하는 수소 원자와 같고, 토성의 헬륨 원자는 유원지에서 어린이들이 들고 다니는 풍선 속 헬륨과 다를 바 없다. 다만 토성의 질량은 지구의 95배가 넘을 정도로 어마어마하고, 그렇게 거대한 덩어리가 지구에서 대략 13억 km 이상 멀리 떨어져 있기 때문에 밤하늘에서는 반짝거리는 신기한 작은 빛으로 보이는 것이다.

「고경참」도 토성의 신령이 준 예언이 아니라, 그저 어떤 거울에 누가 재미 삼아 써 놓은 글귀가 우연히 맞아떨어진 것이라고 봐야 한다. 혹은 누군가 왕건을 대단한 사람으로 선전하고자 몰래 새겨 놓은 것일지도 모른다. 이렇게 보면 특별히 기이할 것도, 신비할 것도 없는 이야기다.

토성의 위성 엔켈라두스에 외계 생명체가?

다만 한 가지 공교로운 우연이 있는데, 바로 토성의 위성인 엔켈라두스(Enceladus) 이야기다. 토성에는 돌덩어리 위성이 여럿 딸려 있는데, 타이탄(Titan)이 여기에 속한다. 지구에는 위성이 달 하나뿐인 데 비해, 토성에는 타이탄 말고도 80여 개의 위성이 토성 주위를 돌고 있다.

토성은 지구에서 너무나 멀리 떨어져 있기 때문에, 망원경이 개발되기 전까지는 토성에 위성이 있다는 사실을 아무도 알지 못했다. 신라 말, 왕건과 궁예의 시대에는 고구려, 백제, 신라 사람들뿐만 아니라 다른 나라 사람들도 토성에 위성이 있다는 사실을 몰랐다. 토성의 위성 중에 가장 큰 타이탄이 발견된 것도 1655년이니, 왕건의 시대로부터 대략 700년 정도가 지난 먼 훗날의 일이다. 이후 과학기술이 발전하며 토성의 다른 위성들이 더 발견되었는데, 그중에서도 엔켈라두스라는 작은 위성은 1789년이 되어서야 지름 1m가 넘는 거대한 망원경을 사용해서 겨우 찾아냈다.

신기한 것은 엔켈라두스가 그 크기에 비해 이상하게 밝다는 점이다. 물체가 빛을 반사하는 정도를 나타내는 알베도를 측정해 보면, 엔켈라두스는 그 값이 대단히 높게 나온다. 태양계의 모든 행성과 위성 중에서 엔켈라두스의 알베도가 가장 높다고 할 수 있을 정도다. 다시 말해서, 토성 주위에는 유독 반질반질하게 반사를 잘하는 위성이 자리한다. 마치 토성이 거울을 하나 들고 있는 것처럼.

토성의 신령이 내려 주었다는 「고경참」이 발견된 지 1,087년이 지난 2005년, 사람들은 토성 근처에 카시니(Cassini)라는 탐

사선을 보내서 그 근처를 관찰했다. 거울처럼 밝게 빛을 반사하는 엔켈라두스 곁을 지날 때, 카시니는 마침 그곳에서 물이 뿜어져 나오는 것 같은 광경을 관찰하는 데 성공했다. 이후 학자들은 엔켈라두스의 화산활동을 확인했다. 태양에서 멀리 떨어진 곳이라 추운 지역이지만 화산 근처에는 따뜻한 곳이 있을 수 있다는 뜻이다. 엔켈라두스에 바다가 있을 가능성이 있다는 생각도 인기를 얻고 있다. 즉 토성의 거울 같은 엔켈라두스에 어쩌면 외계의 생명체가 살 만한 조건이 갖추어져 있을지도 모른다는 이야기다.

혹시, 토성에 정말로 무언가가 살고 있는 걸까?

二

박지원이 상상한 달의 얼음 나무

티끌 세계의 사람이 달 세계를 상상하다

(…) 곡정은 또,

"달 가운데에 만일 한 세계가 있다면, 그 세계는 어떨 것이라 생각됩니까?" 하고 묻는다. 나는 웃으며,

"아직 월궁(月宮)에 한 번도 가 구경한 적이 없은즉, 그 세계가 어떻게 된 것인지를 어찌 알겠습니까마는, 다만 우리들 티끌 세계의 사람으로서 저 달의 세계를 상상한다면, 역시 어떤 물건이 쌓이고 모여서 한 덩이가 이룩되었으되, 마치 이 큰 땅덩이가 한 점 미진(微塵)이 모인 것과 같을 것이니, 티끌과 티끌들이 서로 의지하되 티끌이 어린 것은 흙이 되고, 티끌이 추한 것은 모래가 되며, 티끌이 굳은 것은 돌이 되고, 티끌의 진액은 물이 되며, 티끌이 따스한 것은 불이 되고, 티끌이 맺힌 것은 쇠끝이 되며, 티끌이 번영한 것은 나무가 되고, 티끌이 움직이면 바람이 되며, 티끌이 찌는 듯하게 기운이 침울하여 모든 벌레(생물)가 되는 것입니다. 이제 우리 사람들은 곧 모든 벌레 중의 한 족속에 불과함이니, 만일 달 세계가 음성(陰性)으로 땅덩이가 되었다면 그 물은 곧 티끌일 것이요, 그 눈[雪]은 곧 흙일 것이며, 그 얼음은 곧 나무일 것이고, 그 불은 곧 수정일 것이며, 그 쇠끝은 곧 유리일 것이라 생각됩니다." (…)

— 박지원, 「곡정필담」, 『열하일기』

— 『열하일기』에는 특별한 무언가가 있다

조선 후기의 작가 연암 박지원(1737~1805)이 남긴 『열하일기(熱河日記)』(1780)는 지금도 인기 있는 고전이다. 학교 수업 시간에 다루는 경우도 많고, 읽어 볼 만한 조선 시대 고전으로 권장된다. 여러 전문가들이 저마다의 관점에서 책에 실린 내용을 인용하는 일도 잦다. 그래서인지 한글 번역본도 다양하게 나와 있다. 박지원이 높은 벼슬을 산 인물도 아니고, 퇴계 이황이나 율곡 이이만큼 많은 제자를 길러 낸 것도 아니라는 점을 생각해 보면 『열하일기』의 인기는 특이한 일이다. 훌륭한 학자로 조선 시대 내내 칭송받았을뿐더러 오늘날 대한민국 지폐에까지 등장하는 이황이나 이이라할지라도, 그들이 쓴 책만 놓고 보면 『열하일기』만큼 널리 읽히는 것 같지는 않으니 말이다.

　『열하일기』의 인기 요인 가운데 하나는 아마도 책에 포함된 재미난 단편소설 때문인 듯하다. 『열하일기』에는 「호질」, 「허생전」 같은 소설 형태의 이야기들이 수록되어 있다. 세부적인 묘사와 표현이 재미있기도 하거니와 줄거리에도 흥미진진한 대목이 있고, 또 내용 구석구석에는 강렬한 사회 비판의 면모도 보인다. 그렇다고 내용이 복잡하고 이해하기 어려운 것도 아니라서, 소설을 처음 접하는 학생들에게 문학의 다양한 면모를 가르칠 교재로도 적합하다. 그래서 이 소설들은 교과서에도 실리게 되었으며, 더 많은 사람이 『열하일기』와 박지원의 글을 친숙하게 여기는 계기가 되었을 것이다.

사실 『열하일기』는 조선 사람이 중국 청(淸)나라에 다녀온 경험을 기록해 놓은 기행문이다. '열하'(지금의 청더시)는 당시 중국 청나라 임금의 별장이 있던 지역이다. 박지원은 청나라 임금을 만나러 가는 조선 사신단을 따라 한양에서 출발해 열하까지 다녀오게 되었는데, 그 여행길에서 보고 듣고 생각한 여러 일을 기록하여 『열하일기』를 엮었다. 오늘날 사람들이 친숙하게 여기는 「호질」이나 「허생전」은 기행문의 한 부분일 뿐이다. 「호질」은 박지원이 여행 중에 어느 점포 벽에 누가 써 놓은 호랑이 이야기를 신기하게 여겨 그 내용을 소설처럼 꾸며 쓴 것이고, 같이 길을 떠난 대원들과 옥갑이란 곳에서 밤에 이런저런 잡담을 나누다가 나온 이야기 하나를 소설처럼 써 놓은 글이 바로 「허생전」이다.

나는 가끔 글쓰기 교실 같은 곳에서 1일 강사를 맡게 되면, "어떻게 해야 글을 잘 쓰는 것인지 모르겠을 때는, 일단 뭐든지 자세하게 쓰도록 노력해 보세요."라고 이야기한다. 박지원의 『열하일기』가 그 방법의 좋은 사례라고 생각한다. 『열하일기』에서 박지원은 상당히 방대한 분량에 걸쳐 여행길에서 알게 된 사실과 감상을 세밀하게 기록했다. 책에는 그 시대 조선과 청나라 사람들의 생활상 및 감정, 사고방식과 사상이 생생하게 듬뿍 담겨 있다. 한편으로는 우리와는 다른 세상을 살던 사람들의 삶을 살펴보는 재밋거리가 되기도 하고, 다른 한편으로는 세월을 뛰어넘어 비슷한 희로애락을 느끼며 살아가는 모습에 공감하는 계기가 되기도 하는 내용이다. 또 박지원의 상세한 관찰과 구체적인 묘사는 당시 조선과 청나라 문화와 역사를 연구하는 학자들에게 좋은 자료가 되기도 한다.

심지어 나조차도 한국 괴물에 대한 자료를 조사할 때 박지원이 『열하일기』에서 "조선에는 '강철'이라고 하는 괴물이 있다"고 중국 사람에게 말한 내용을 보고 도움을 얻었다. 다른 학자라면 중국 사람과 잡담하는 중에 잠깐 나온 괴물 이야기는 하잘 것없다고 생각해 별다른 기록을 남기지 않았을 것이다. 하지만 다양한 경험을 최대한 많이 글로 남기고자 한 박지원의 노력 덕에 중국 사람들이 괴물을 어떻게 생각했으며, 중국 괴물과 비슷한 조선 괴물은 무엇이었는지 등에 대한 이야기가 짧게나마 기록되어 있어 후대 사람의 눈에 포착되어 유용한 자료로 쓰인 것이다. 게다가 『열하일기』의 글은 대체로 재미난 체험담이나 여행 중에 겪은 웃긴 사연 등 유쾌한 웃음이 살아 있는 내용이 많다. 나는 이 역시 읽기 즐거운 글, 친근한 글이 될 수 있는 장점이라고 생각한다.

여행 중에 떠올린 온갖 생각을 글로 남기다 보니, 이런 것까지 다루고 있나 싶을 만큼 이상한 내용도 드물지 않다. 예를 들어 책에는 움직이는 코끼리를 처음 본 날의 기록이 남아 있는데, 박지원은 예전에 동해 바닷가에서 알 수 없는 물체를 본 경험을 떠올린다. 그는 바다 위에 말처럼 서 있다가 해가 떠오르기 전 바닷속으로 숨어 버린 신기루 같은 그 형체의 정체가 무엇이었을지 곰곰이 생각하며 열 걸음 거리의 코끼리와 견주어 본다. 그런가 하면 마치 SF를 연상케 하는 이야기도 실려 있는데, 이 글은 한번 자세히 살펴봄 직하다.

─ 청나라 학자와 글로 나눈 시시콜콜한 대화

『열하일기』에는 '곡정필담(鵠汀筆談)'이라는 글이 있다. 그 내용은 박지원이 청나라에서 곡정을 만나 서로 나눈 대화다. 곡정은 왕민호라는 사람이 쓰던 호(號)인데, 조선 사람 박지원과 청나라 사람 왕민호가 대화를 주고받은 방법이 굉장히 예스럽게 느껴진다. 두 사람은 쓰는 말이 달라 서로 말은 통하지 않았지만, 조선과 청나라의 공통 문자를 징검다리 삼아 붓으로 종이에 한문을 써 가며 필담으로 대화를 주고받았다. 필담이라고 하니 교양 있는 옛 선비들의 행위 같은데, 사실 요즘에는 문자메시지로 대화하는 것이 보편화되어 있다. 이런 걸 보면 21세기의 우리가 당시 박지원과 왕민호의 감성에 쉬이 공감할 수 있겠다는 생각도 언뜻 든다.

「곡정필담」에도 박지원의 장점이 잘 드러난다. 가령 박지원은 왕민호와 식사 중에 숟가락이 없어서 작은 국자 같은 것으로 밥을 먹으려 해 보았지만 잘 되지 않았다는 이야기를 적어 놓았다. 중국 사람들은 밥을 먹을 때도 주로 젓가락을 사용하고, 숟가락 비슷한 작은 국자는 이따금 국물을 떠먹는 용도로만 썼다고 한다. 두 나라의 음식 문화 차이가 흥미로웠던 박지원은 왕민호에게 숟가락 모양을 그려 보이며 조선에서는 숟가락으로 밥을 떠먹는다고 알려 준다.

이런 이야기는 어지간한 사람이라면 기록해 두지 않았을 내용이다. 조선과 청의 외교 관계나 정세에 관한 이야기도 아니고, 사신단의 일원으로서 중국에서 배워 와야 할 대단한 신기술에 대한 내용도 아니기 때문이다. 그러나 사소하지만 재미있어서 남겨 둔 이런 기록은 한식 문화를 연구하는 현대 학자들에게 중요한 자료가 된다. 이웃 일본과 중국에서 밥을 주로 젓가락으로 먹는 데 비해 한국에서는 숟가락을 많이 사용한다는 점은 지금도 한식 문화의 특색으로 자주 언급된다. 그런데 이런 문화의 차이가 약 250년 전 박지원의 여행 때부터 명확했다는 증거가 「곡정필담」의 이야기 속에 남아 있는 것이다.

비슷한 방식으로 「곡정필담」에는 다양한 이야깃거리들이 자세하게 기록되어 있다. 마침 박지원, 왕민호 두 사람은 모두 과거(科擧) 공부를 한 적은 있지만, 딱히 좋은 벼슬자리를 얻어 성공하진 못한 공통점을 가지고 있었다. 그 때문에 은근히 통하는 생각이 많아서인지, 두 사람은 갖가지 주제에 대해 오랜 시간 긴 대화를 재미있게 이어 갔다. 이야기 중에 밤하늘의 모습에 관해서도 이야기하게 되는데, 중국 고전에서 자주 시(詩)의 소재가 된 '달'을 두고 대화를 나눈다.

사신단을 따라 나선 조선 사람이 이웃 나라 사람과 만나 달에 대해 대화를 나눈다면 어떻게 기록으로 남아 있을까? 달은 전형적인 옛 시의 소재이므로, 보통은 달을 두고 시를 짓는 내용을 예상해 볼 수 있다. 거기에 사연이 좀 더 붙는다고 해도 크게 다른 이야기는 아니다. 이를테면 시를 한 줄씩 돌아가며 읊기로 했는데 이웃 나라 사람이 자기 차례가 됐는데도 우물쭈물하고 있자, 글재주가 뛰어난 조선의 아무개가 시를 멋있게 대신 지어 주어서 다들 감탄했다더라, 하는 식의 자랑하려는 일화가 보이는 정도다. 그렇지만 갖가지 잡담까지도 세밀하게 그 전후를 기록한 『열하일기』에는 전형적인 이야기를 훌쩍 뛰어넘는 내용이 실려 있다.

지구에서 보는 달, 달에서 보는 지구

달에 관한 이야기 도중, 문득 박지원이 달을 바라보는 관점을 바꿔 공상을 펼친다. 아마도 그는 '조선에서 보는 달과 청나라에서 보는 달은 같을까, 다를까?' 같은 생각을 했을지도 모른다. 조선에서 청나라까지 먼 거리를 와서 달을 보면 달 뜨는 시각이 달라지는 등 약간의 차이가 생기는데, 그것을 계기로 '하늘 높이 올라가 달을 가까이에서 관찰하면 어떻게 보일까?' 하는 식으로 관점을 달리하는 공상이 시작됐을 수도 있다. 어느덧 대화는 달을 둘러싼 기이한 이야기로 흘러가고, 급기야 '지구에서 달을 보듯 달에서 지구를 본다면?'이라는 상상에 이른다. 박지원은 왕민호에게 우리는 지금 땅에서 달을 바라보고 있는데, 누가 달에 살고 있다면 달에서 우리의 땅을 보는 것도 가능하지 않겠는가 하는 생각을 꺼내 놓으며 다음과 같이 이야기를 푼다.

"만일 달 세계에서 이 땅의 빛을 바라본다면, 역시 반달이

니 보름달이니 그믐달이니 초하루달이니 하는 것이 있을
테며, 해를 마주한 곳에는 큰 물과 땅덩이가 서로 잠기며
비춰져서 그 빛을 받아 반사되어 바꾸어 가며 밝은 그림
자를 토하되, 마치 저 달빛이 이 땅덩이에 고루 퍼졌으나
햇빛을 받지 못한 곳은 저절로 어두워져서 반달이 되기
전 초승달처럼 빈 넋 둘레만 걸려 있어, 그 흙의 깊은 곳이
마치 달 속의 검은 그림자처럼 엉성할 것이 아니겠소.”

박지원의 이러한 발상은 현대 과학에서 밝혀진 사실과 같다. 실제로 달이 빛나는 이유는 햇빛을 받기 때문이며, 달의 모양이 바뀌는 까닭은 달과 태양, 그리고 지구의 움직임에 따라 햇빛을 받는 부분이 달라지기 때문이다. 그래서 우주에서 지구를 관찰한다면 지구가 달처럼 보일 수도 있다. 실제로 1968년 아폴로8호를 타고 최초로 달 근처에 갔던 사람들은 지구에서 달을 올려다볼 때와 비슷한 모습으로 지구가 떠 있는 장면을 목격했다. 달 근처의 어느 위치에서 보느냐에 따라 지구는 반달 모양에 가깝게 보이기도 하고 좀 더 둥근 원에 가까워지기도 했다.

박지원이 이런 이야기를 왕민호에게 막힘없이 들려줄 수 있었던 까닭은, 아마도 조선 후기의 학자들 중에 특히 천문학에 심취한 인물로 평가받는 홍대용의 영향 때문이 아니었나 싶다. 박지원은 19세 때 나이가 여섯 살 많은 홍대용을 만나 친구처럼 지내게 되었는데, 그와 어울려 지내며 홍대용이 보고 듣고 연구한 여러 천문학 지식에 대해서 전해 들었을 것이다.

홍대용과 박지원의 시대는 영국의 과학자 아이작 뉴턴(Isaac Newton, 1642~1727)이 물리학의 중력 법칙을 이용해 행성들의 움직임을 정확히 계산한 때에서 거의 100년의 세월이 지난 뒤다. 그러므로 최신 천문학 지식에 관심이 많던 홍대용이 유럽 과학계의 정보를 접한 다음 박지원에게 전해 줬을 가능성이 크다.

사실 조선의 천문학이 유럽의 영향을 직간접적으로 받은 역사는 짧지 않다. 뉴턴보다 조금 앞선 시대에 활동한 독일의 천문학자이자 행성의 움직임을 밝히는 데 큰 업적을 남긴 요하네스 케플러(Johannes Kepler, 1571~1630)의 경우, 조선 시대 서적에 '각백이(刻白爾)'라는 한자 표기로 그 이름이 등장한다. 케플러의 연구 결과는 중국에 전해져 청나라 사람들은 그의 학설에 따라 달력을 수정했다. 그렇게 해서 만들어진 청나라의 '시헌력'이라는 체계가 조선에 전해졌고, 지금도 한국에서 사용되는 음력 달력의 뿌리가 되었다. 음력 달력이라고 하면 막연히 수백, 수천 년 동안 전해 내려온 예스러운 동양 고유의 달력 방식이라고 생각하는 사람들이 있는데, 실상은 이미 유럽 천문학의 성과가 반영되어 개량된 결과물이다.

한편 천문학이라는 학문에 대한 박지원의 생각은 「곡정필담」의 다른 곳에서 좀 더 뚜렷하게 드러난다.

> "역상가(曆象家)와 천문가(天文家)는 같지 않소이다. 대체로 해와 달의 무리와 꼬리별이 떨어질 때에 그 빛의 움직임을 보아서 길흉을 예측할 수 있는 것은 천문가였으니, 장맹·유계재 등이 이에 속하는 바요, 선기옥형(璇璣玉衡)으로서 해와 달, 별을 살펴서 칠정(七政)을 다스림은 역상가였으니, 낙하굉·장평자 등이 이에 속하는 것이 아닙니까."

    당시에는 역상가와 천문가를 혼동하는 사람이 많았으나, 엄밀히 따져 보면 둘은 상당히 다른 분야를 다룬다고 박지원은 주장했다. 박지원의 구분에 따르면, 천문가는 별을 보고 점치는 사람이며, 역상가는 선기옥형 같은 장비를 사용해서 별의 움직임을 정밀히 관찰하여 달력을 만드는 사람들이다. 역상가들은 보름달이 뜨는 날, 행성들이 보이는 날짜, 일식과 월식이 일어나는 때 등을 계산하고 예측한다. 이보다 앞선 시기에 활동했던 케플러만 해도 천문학을 연구하는 동시에 점성술에 관한 일도 하면서 두 가지 전혀 다른 일에서 비롯된 혼동 때문에 마음고생을 꽤나 했다고 한다. 그런데 박지원은 두 분야는 서로 다른 것이라고 확실히 못 박고 있다.

    재미난 점은 현대에는 과학적으로 별에 대해 연구하는 사람을 천문학자라고 하고 점치는 사람들을 역술인이라고 일컫는데, 박지원은 이와 반대로 과학자에 가까운 사람을 역상가라고 부르고, 점성술사를 천문가라고 지칭한다는 사실이다. 용어가 이렇게 바뀐 까닭은 한국의 근현대 과학이 조선의 전통과는 큰 관계없이 외국에서 수입된 내용을 토대로 발전했기 때문일 것이다. 만약 한국의 근현대 과학이 박지원의 후계자들에 의해 자생적으로 발전하며 이어져 왔다면, 현재 대학에 천문학과 대신에 역상학과가 있거나 운수를 봐 주는 사람을 역술인이 아닌 천문인이라고 부르게 되었을지도 모른다.

왕민호와 주고받은 이야기 가운데, 박지원이 상상한 달의 모습은 눈여겨볼 만하다.

> "만일 달 세계가 음성(陰性)으로 땅덩이가 되었다면 그 물은 곧 티끌일 것이요, 그 눈[雪]은 곧 흙일 것이며, 그 얼음은 곧 나무일 것이고, 그 불은 곧 수정일 것이며, 그 쇠끝은 곧 유리일 것이라 생각됩니다."

달 풍경에 대한 박지원의 상상은 현대인의 시각으로는 언뜻 무슨 말인지 알기 어렵다. 이는 조선 시대 사람의 관점인 음양오행설(陰陽五行說)을 적용해 보아야만 이해할 수 있다. 조선 시대 사람들은 고대 중국의 음양오행설을 받아들여, 세상 모든 것을 음양이라는 두 가지 기운과 오행이라는 다섯 가지 속성으로 나누어 파악할 수 있다고 생각했다. 이 발상에 따르면, 하늘에 있는 천체 중에서 가장 양기가 강한 것은 바로 뜨겁게 빛나는 해이다. 그래서 해를 '거대한 양기', 즉 태양(太陽)이라고 불렀다. 자연히 '태양의 반대'라는 느낌을 주는 달은 강력한 음기 덩어리라고 생각했다.

음양오행설에 따르면 우리가 사는 이 세상은 음양이 조화를 이루고 있는 세계다. 그런데 달은 음기만 강한 덩어리이기 때문에 모든 것이 우리가 사는 세상과는 다를 거라고 박지원은 상상했다. 세상을 이루는 다섯 가지 속성, 즉 불·물·나무·쇠·흙도 달에서는 다를 거라고 생각했다. 가령 지구에서는 땅이 흙으로 되어 있지만, 음기 덩어리인 달에서는 온통 눈밭일 거라고 박지원은 짐작했다. 그리고 그 눈밭에서 자라난 나무는 얼음으로 되어 있을 거라고 보았다. 다시 말해서, 달을 얼음 모양의 식물이 뒤덮고 있는 외계 행성과 같은 모습이라고 상상한 것이다.

같은 방식으로, 박지원은 지구의 불과 쇠에 해당하는 것도 음기가 강한 달에서는 다른 모습이 된다고 유추했다. 이 생각에 따르면, 달을 돌아다니는 생명체가 있다면 얼음이나 수정, 혹은 유리와 같은 형상일 것이다. 유리같이 생긴 외계 생명체가 돌아다니는 얼음 숲의 위성이라니, SF의 한 장면으로 그럴싸하게 어울리는 발상이다.

왕민호가 계속해서 천문학에 관한 의견을 구할 정도로 박지원은 천문학 지식에 밝았던 편이다. 하지만 음양오행설에 따라 달의 풍경을 상상한 박지원의 생각은 현대 과학으로 밝혀진 사실과는 전혀 다르다. 달은 회색빛 먼지 같은 고운 흙으로 덮여 있으며, 나무숲이 우거져 있기는커녕 아무런 생명체가 살지 않는다.

사실 달이 태양의 반대라는 막연한 짐작부터가 완전히 틀린

것이다. 태양은 핵융합반응으로 강력한 빛과 열을 내뿜는 기체 덩어리 별이지만, 달은 태양 무게의 1,000만분의 1도 되지 않는 아주 작은 돌덩어리 위성이다.

달에 대한 박지원의 생각이 틀리긴 했지만, 당시 지식의 한계 속에서도 달 위의 세상을 '월중세계(月中世界)'라 부르며 나름대로 추측해 보려 했던 박지원의 시도는 멋져 보인다. 제한된 지식으로도 과학적 상상에 도전하여 더 깊은 이해로 나아가고자 한 옛사람의 노력이 엿보인다. 또한 우리는 분야를 망라하는 『열하일기』의 세밀한 서술 덕분에 과학의 발전 과정이 담긴 중요한 자료를 얻을 수 있다.

박지원의 상상 가운데 사실과 일치하는 부분을 찾아보자면, 달의 그늘진 지역은 햇빛이 들지 않아 온도가 섭씨 영하 130도에 이를 정도로 아주 낮게 내려간다는 점이다. 최근 연구에 따르면, 달의 이런 지역에는 얼음의 형태로 물이 묻혀 있을 것으로 추정된다. 그렇다면 언젠가 사람들이 달에 가서 기지를 짓고 머물러 살 때는 바로 이런 얼음이 많은 곳 근처에서 살아갈지도 모른다. 만약 미래의 우주인들이 이 얼음 지역을 '월중세계'의 중심지로 삼아 얼음을 녹여 나무를 기르게 된다면, 박지원의 상상은 조금 다른 형태로 실현되는 셈이다.

　　한국도 달 탐사선 발사 이후로 꾸준히 우주 개발과 탐사 연구를 추진할 것이다. 그 기술이 차근차근 발전해서 미래에 달에서 나무를 기르는 데 성공하게 된다면, 『열하일기』의 한 구절을 기려 그 나무를 얼음 나무라고 불러도 재미있을 듯하다.

◎ 1부 ◎

괴이한 생명체
_미지의 대상은 괴물이 되고

1. 집채만 한 이무기가 남긴 거대한 뼈 _『천예록』과 공룡

김유홍·김정환, (2000), 「옥천대 북동부에서의 대보조산운동의 진화과정: 불규
    칙한 경계부에 의한 orogen-parallel tectonic transport」,《2000년도 추계
    공동학술발표회 초록집》, 대한지질학회, p. 65.

이장웅, (2019), 「한국 고대 새(鳥類) 관념의 변화: 신성한 새에서 현실의 새로」,
    《한국고대사탐구》31호, 한국고대사탐구학회, pp. 327-380.

임방, (2005),『교감역주 천예록』, 정환국 옮김, 성균관대학교출판부.

허민, (2001), 「공룡화석의 보존과 활용방안」,《제17차 공동학술강연회 및 춘계
    학술답사》, 대한자원환경지질학회, pp. 64-84.

2. 사람이오, 신선이오? _『순오지』와 네안데르탈인

국사편찬위원회,《조선왕조실록》, 조선왕조실록 정보화사업 웹사이트. [On-
    line] https://sillok.history.go.kr

유몽인, (2006),『어우야담』, 노영미 옮김, 돌베개.

이상희, (2021),『우리는 어떻게 우리가 되었을까?』, 우리학교.

조수삼, (2010),『추재기이』, 안대회 옮김, 한겨레출판.

홍만종, (2003), 『순오지』, 구인환 옮김, 신원문화사.

───, (2010), 『우리 신선을 찾아서』, 정유진 엮음·옮김, 돌베개.

D'Anastasio, R., Wore, S., Tuniz, C., Mancini, L., Cesana, D. T., Dreossi, D., Ravi-chandiran, M. et al., (2013), Micro-biomechanics of the Kebara 2 hyoid and its implications for speech in Neanderthals, *PLoS One* 8(12).

Wroe, C., Parr, W. C. H., Ledogar, J. A., Bourke, J., Evans, S. P., Fiorenza, L., Benaz-zi, S. et al., (2018), Computer simulations show that Neanderthal facial morphology represents adaptation to cold and high energy demands, but not heavy biting, *Proceedings of the Royal Society B: Biological Sciences* 285(1876).

3. 요망한 여우가 사람 곁에 산다 _ 『잠곡유고』와 생물의 적응

김육, (1998), 「늙은 여우」, 『잠곡유고』 제1권, 정선용 옮김, 한국고전번역원 한국고전종합DB. [Online] http://asq.kr/YSpvSmlQ

동아대학교 석당학술원, (2008), 『국역 고려사』, 경인문화사.

유석재 기자, (2018), 「여우가 개처럼 애교 부리는 데 6년 걸렸다」, 《조선일보》 2018년 7월 21일 자. [Online] http://asq.kr/ZKmPtMcp9

이경미, (2011), 「한중일 고전문학 속에 보이는 여성과 여우」, 《석당논총》 51, 동아대석당전통문화연구원, pp. 119-160.

이익, (1976), 『성호사설』 제5권, 김철희 옮김, 한국고전번역원 한국고전종합DB. [Online] http://asq.kr/ZKOIl4ezn

조홍섭 기자, (2020), 「여우는 4만년 전부터 사람 주변 맴돌았다」, 《한겨레》 2020년 8월 11일 자. [Online] http://asq.kr/z4Kn5dtpgR

Kukekova, A. V., Johnson, J. L., Xiang, X., Feng, S., Liu, S., Rando, H. M., Khar-lamova, A. V. et al., (2018), Red fox genome assembly identifies genomic regions associated with tame and aggressive behaviours, *Nature Ecology & Evolution* 2(9), pp. 1479-1491.

Pongrácz, P., Molnár, C. and Miklósi, Á., (2006), Acoustic parameters of dog barks carry emotional information for humans, *Applied Animal Behaviour Science* 100(3), pp. 228-240.

——————————, (2010), Barking in family dogs: an ethological approach, *The Veterinary Journal* 183(2), pp. 141-147.

Sales, G., Hubrecht, R., Peyvandi, A., Milligan, S. and Shield, B., (1997), Noise in dog kennelling: is barking a welfare problem for dogs?, *Applied Animal Behaviour Science* 52(3), pp. 321-329.

Trut, Lyudmila N., (1999), Early Canid Domestication: The Farm-Fox Experiment: Foxes bred for tamability in a 40-year experiment exhibit remarkable transformations that suggest an interplay between behavioral genetics and development, *American Scientist* 87(2), pp. 160-169.

Trut, L., Oskina, I. and Kharlamova. A., (2009), Animal evolution during domestication: the domesticated fox as a model, *BioEssays* 31(3), pp. 349-360.

4. 혼백에 씐 사람과 천억 개의 뇌세포 _「설공찬전」과 뇌과학

국사편찬위원회, 《조선왕조실록》, 조선왕조실록 정보화사업 웹사이트.

김태현 기자, (2019), 「조선 최초의 금서 '설공찬전'을 아시나요... 낙질도(落帙度)가 심하다는데, 낙질도는 무슨 뜻」, 《법률방송뉴스》, 2019년 5월 31일 자. [Online] http://asq.kr/zvd0DWBw

정상균, (1999), 「설공찬전 연구」, 《고전문학과교육》 Vol.1, 한국고전문학교육학회.

정환국, (2004), 「설공찬전(薛公瓚傳) 파동과 16세기 소설인식의 추이」, 《민족문학사연구》 25권, 민족문학사연구소, pp. 38-63.

Blank, S. C., Scott, S. K., Murphy, K., Warburton, E. and Wise, R. J. S., (2002), Speech production: Wernicke, Broca and beyond, *Brain* 125(8), pp. 1829-1838.

Guastella, A. J., Einfeld, S. L., Gray, K. M., Rinehart, N. J., Tonge, B. J., Lambert, T. J. and Hickie, I. B., (2010), Intranasal oxytocin improves emotion recognition for youth with autism spectrum disorders, *Biological Psychiatry* 67(7), pp. 692-694.

Kim, H. S., Sherman, D. K., Mojaverian, T., Sasaki, J. Y., Park, J., Suh, E. M. and Taylor, S. E., (2011), Gene-culture interaction: Oxytocin receptor polymorphism(OXTR) and emotion regulation, *Social Psychological and Personality Science* 2(6), pp. 665-672.

Tremblay, P., Dick, A. S., (2016), Broca and Wernicke are dead, or moving past the classic model of language neurobiology, *Brain and language* 162, pp. 60-71.

◎ 2부 ◎

기묘한 현상
_과학이 잠든 시절의 신비로운 세계

5. 하늘이 내린 신비로운 이슬이 전하는 가르침 _『동국이상국집』과 공생

김기종, (2019), 「『석보상절』의 底本과 그 성격」, 《남도문화연구》 38호, 순천대학교남도문화연구소, pp. 321-356.

김용덕, (2013), 「사찰 벽화 설화도의 유형과 의미」, 《비교민속학》 51호, 비교민속학회, pp. 95-118.

김종서 외 17명, (1968), 「충선왕 편」, 『고려사절요』, 남만성 옮김, 한국고전번역원 한국고전종합DB. [Online] http://asq.kr/XgxQCcxgy

유몽인, (2018), 「감로정기」, 『어우집』 후집 제4권, 권진옥·김홍백 옮김, 한국고전번역원 한국고전종합DB. [Online] http://asq.kr/x94utBRTS2

이규보, (1978~1980), 「다음 날 승통이 화답하여 부쳐 왔으므로 다시 차운하여 받들어 올리다」, 『동국이상국집』 후집 제6권, 김동주·성백효·이식 옮김,

한국고전번역원 한국고전종합DB. [Online] http://asq.kr/zRUTLB4qPd

이해선, (2008), 「[이해선의 세계 오지 기행] 캄보디아 앙코르와트」, 《세계일보》, 2008년 6월 13일 자. [Online] http://asq.kr/zPkzF5xe7

Styrsky, J. D. and Eubanks, M. D., (2007), Ecological consequences of interactions between ants and honeydew-producing insects, *Proceedings of the Royal Society B: Biological Sciences* 274(1607), pp. 151-164.

Talabac, Miri, (2022), Honeydew and Sooty Mold, UNIVERSITY OF MARYLAND EXTENSION. [Online] http://asq.kr/XRCPzn2YJr

6. 멸망 앞둔 백제에서 벌어진 해괴한 일 _『삼국사기』와 적조현상

김부식, (1996), 『삼국사기』, 이병도 옮김, 을유문화사.

김학균·정창수·임월애·이창규·김숙양·윤성화·조용철·이삼근, (2001), 「한국연안의 *Cochlodinium polykrikoides* 적조 발생과 변천」, 《한국수산과학회지》 34권 6호, 한국수산과학회, pp. 691-696.

민승환·서영상·박종우·황재동, (2013), 「조선왕조실록의 적조(HABs) 고찰」, 《한국지리정보학회지》 16권 4호, 한국지리정보학회, pp. 120-140.

이문옥, (2011), 「한국 남해 중부 해역의 장기수질환경변화와 *Cochlodinium polykrikoides* 적조 발생의 특징」, 《한국해양환경·에너지학회지》 14권 1호, 한국해양환경·에너지학회, pp. 19-31.

이상균, (2017), 「조선시대 赤潮의 발생과 대응」, 《역사학보》 233권, 역사학회, pp. 75-108.

일연, 「기이」 제2편, 『삼국유사』 권 제2, 김희만·김병곤·이경섭·김지은·김동근 옮김, 국사편찬위원회 한국사데이터베이스. [Online] http://asq.kr/XWu8ETc1kQ

Broecker, Wallace S., (2001), Was the medieval warm period global?, *Science* 291(5508), pp. 1497-1499.

Hughes, M. K. and Diaz, H. F., (1994), Was there a 'Medieval Warm Period', and if so, where and when?, *Climatic Change* 26(2), pp. 109-142.

7. 카메라오브스쿠라에 비친 신비로운 지하 세계 _『학산한언』과 광학 장치

성현, (1971),『용재총화』제4권, 권오돈·김용국·이지형 옮김, 한국고전번역원
　　한국고전종합DB. [Online] http://asq.kr/YA6CjUmfO
신돈복, (2007),『국역 학산한언 2』, 김동욱 옮김, 보고사.
신돈복, (2019),『이상한 것 낯선 것』, 정솔미 옮김, 돌베개.
장진성, (2013),「조선 후기 회화와 카메라 옵스큐라-西洋異物에 대한 문화적 호
　　기심의 양상」,《동악미술사학》15권, 동악미술사학회, pp. 245-269.

8. 뜨겁고 무섭지만 그럭저럭 살 만한 저승 세계 _『금오신화』와 하나의 세계

간호윤, (2002),『조선 소설 탐색, 금단을 향한 매혹의 질주』, 커뮤니케이션북스.
구우, (2008),『전등신화』, 전용수 옮김, 지만지.
기상청, "지표온도(지면온도/지중온도)", 기후변화감시>종합기후변화감시정보
　　>육상, 기상청기후정보포털. [Online] http://asq.kr/zM69nmoE
김시습, (2009),『금오신화』, 이지하 옮김, 민음사.
엄태식, (2013),「남염부주지의 패러디와 풍자-남염부주의 모순적 형상을 중심
　　으로」,《동남어문논집》1권 36호, 동남어문학회, pp. 57-83.
장윤서 기자, (2020),「물방울 대신 철 성분 비 내리는 외계 행성 관측」,《조선일
　　보》2020년 3월 12일 자. [Online] http://asq.kr/yKDczpheNW
정출헌, (2008),「15세기 鬼神談論과 幽冥敍事의 관련 양상-김시습의 「귀신론」
　　과 「남염부주지」를 중심으로」,《동양한문학연구》26권, 동양한문학회,
　　pp. 419-448.
Wardenier, J. P., Parmentier, V., Lee, E. K. H., Line, M. R. and Gharib-Nezhad,
　　E., (2021), Decomposing the iron cross-correlation signal of the ultra-hot

Jupiter WASP-76b in transmission using 3D Monte Carlo radiative transfer, *Monthly Notices of the Royal Astronomical Society* 506(1), pp. 1258-1283.

◎ 3부 ◎
이상한 믿음
_악귀와 혼령이 깃든 기이한 세상 물정

9. 발해인 이광현의 불로불사 비법 _『해객론』과 중금속중독

김은아, (2006), 「폐기물 재생처리업 근로자들에서 발생한 수은중독」, 《산업보건》 216권, 대한산업보건협회, pp. 11-14.

이대승, (2016), 「도교 금단 전통에서 『주역참동계』의 의의-『참동계』는 왜 '만고 단경왕'이 되었는가」, 《도교문화연구》 44권, 한국도교문화학회, pp. 91-116.

이광현, (2011), 『발해인 이광현 도교저술 역주』, 이봉호 옮김, 한국학술정보.

임현술, (2018), 「기고-국내 수은중독 경험담」, 《산업보건》 359권, 대한산업보건협회, pp. 6-12.

정우진, (2013), 「전통의 관점에서 고찰한 포박자 갈홍의 연단술」, 《도교문화연구》 39권, 한국도교문화학회, pp. 191-220.

10. 조선 궁중에 사랑의 묘약이 있었을까 _『조선왕조실록』과 발표편향

국사편찬위원회, 《조선왕조실록》, 조선왕조실록 정보화사업 웹사이트.

이민재 기자, (2017), 「세종대왕의 아들 문종, 두 번의 이혼과 세 번의 결혼..."조선, 이혼 금지 아냐?"」, 《국제신문》, 2017년 4월 30일 자. [Online] http://asq.kr/yXgRx1ydbE

Easterbrook, P. J., Gopalan, R., Berlin, J. A. and Matthews, D. R., (1991), Publication bias in clinical research, *The Lancet* 337(8746), pp. 867-872.

Nickerson, Raymond S., (1998), Confirmation Bias: A Ubiquitous Phenomenon in Many Guises, *Review of General Psychology* 2(2), pp. 175-220.

Rudski, Jeffrey M., (2002), Hindsight and confirmation biases in an exercise in telepathy, *Psychological Reports* 91(3), pp. 899-906.

11. 병 고치고 목숨 빼앗는 신묘한 주문 _『신라법사방』과 질병

신순식·양영준, (1997), 「삼국시대의 의약인물」, 《제3의학》 2권 2호(통권4호), 현곡학회. pp. 253-295.

이규경, (1982), 「인사편 1-인사류 2」, 『오주연문장전산고』, 한국고전번역원 한국고전종합DB. [Online] http://asq.kr/X8BJCXzg

이덕무, 1980, 『청장관전서』 제50권, 이석호 옮김, 한국고전번역원 한국고전종합DB. [Online] http://asq.kr/xP9FrGl9L

이문건, 2019, 『국역 묵재일기 1(1535년~1548년)』, 정긍식·김대홍·문숙자·방범석·이선희·이성임·이숙인·정성학 옮김, 경인문화사. 다음 사이트도 참조. 장서각기록유산 DB. [Online] http://asq.kr/zE6zFq3tJ

이성운, (2009), 「'현행' 천수경의 구조와 의미」, 《선문화연구》 7권, 한국불교선리연구원, pp. 219-252.

이익, (1976~1978), 『성호사설』, 한국고전번역원 옮김, 한국고전종합DB.

허형욱, (2017), 「韓國 古代의 藥師如來 信仰과 圖像 硏究」, 홍익대학교.

홍만선, (1983), 『산림경제』 제3권, 이승창 옮김, 한국고전번역원 한국고전종합DB. [Online] http://asq.kr/xrQzFHvxt

12. 유령을 사냥하는 조선의 총잡이 _『사가집』과 불꽃놀이

국사편찬위원회,《조선왕조실록》, 조선왕조실록 정보화사업 웹사이트.

서거정, (2006), 「후원(後苑)에서 불꽃놀이를 구경하는 데에 입시(入侍)하다」, 『사가집』제20권, 임정기 옮김, 한국고전번역원 한국고전종합DB. [Online] http://asq.kr/XlevW9Ru

성현, (1971), 『용재총화』, 권오돈·김용국·이지형 옮김, 한국고전번역원 한국고전종합DB. [Online] http://asq.kr/yhIS9Dvdj

심승구, (2008), 「조선 시대 외국인 관광의 사례와 특성-使行觀光을 중심으로」, 《역사민속학》27권, 한국역사민속학회, pp. 33-62.

여인옥 기자, (2012), 「대만, 춘제 앞두고 폭죽 소리 CD 배포」, 《머니투데이》 2012월 1월 11일 자. [Online] http://asq.kr/zldT9w50d

◎ 4부 ◎
신성한 우주론
_하늘은 모든 것을 알고 있나니

13. 운수를 관장하는 별에 깃든 서거정의 마음 _『사가집』과 태양계

김태식, "직성보기", 한국세시풍속사전>정월(正月)>1월>정일, 한국민속대백과사전. [Online] http://asq.kr/YEUiiulZ

서거정, (2005), 『사가집』제13권, 임정기 옮김, 한국고전번역원 한국고전종합DB. [Online] http://asq.kr/yPXUmiHj

임동권, (1996), "직성보기", 분야: 민속·인류 / 유형: 개념용어, 한국민족문화대백과사전. [Online] http://asq.kr/xTP2MzMdx

한국천문연구원, "수성", 천문학습관>태양계>수성, 한국천문연구원 천문우주지식정보. [Online] http://asq.kr/ZmdZhV5B

홍석모, (1989),『동국세시기』, 최대임 옮김, 홍신문화사.

14. 금성에서 내려온 외계 생명체와 이성계의 승승장구 _『약천집』과 금성

규장각, (2000),『홍재전서』권181(『군서표기』), 신승운 옮김, 한국고전번역원
　　한국고전종합DB. [Online] http://asq.kr/xuq8XsE6G
기상청, "알베도", 기후변화감시>종합 기후변화감시 정보>육상, 기상청기후정
　　보포털. [Online] http://asq.kr/Y1873LiM2D
남구만, (2007),「함흥십경도기」,『약천집』제28권, 성백효 옮김, 한국고전번역
　　원 한국고전종합DB. [Online] http://asq.kr/yfMaaW7Ml
두산백과, "별자리", 두피디아. [Online] http://asq.kr/XCpt8PHl
전용훈, (2017),『한국 천문학사』, 들녘.
한국천문연구원, "행성들의 물리량", 천문학습관>태양계>태양계 개요, 한국천
　　문연구원 천문우주지식정보. [Online] http://asq.kr/XPy7caC

15. 토성이 전해 준 반짝이는 거울 _『삼국사기』와 토성

김부식, (1996),『삼국사기』, 이병도 옮김, 을유문화사.
동아대학교 석당학술원, (2008),『국역 고려사』, 경인문화사.
이광식, (2015),「[아하! 우주] 카시니호, 토성 위성 엔셀라두스 '속살' 벗기다」,
　　《서울신문》 2015년 11월 1일 자. [Online] http://asq.kr/YNXZuyMJ0B
장유, (1994),『계곡집』제3권, 이상현 옮김, 한국고전번역원 한국고전종합DB.
　　[Online] http://asq.kr/zF24UFaVx
정진희, (2013),「고려 치성광여래(熾盛光如來) 신앙 고찰」,《정신문화연구》36권
　　3호, 한국학중앙연구원, pp. 313-342.
정진희, (2014),「보스턴 미술관 소장 고려 치성광여래강림도의 도상 고찰」,《정
　　신문화연구》37권 4호, 한국학중앙연구원, pp. 221-250.

한국천문연구원, "행성들의 물리량", 천문학습관>태양계>태양계 개요, 한국천문연구원 천문우주지식정보.

Howett, C. J. A., Spencer, J. R., Pearl, J. and Segura, M., (2010), Thermal inertia and bolometric Bond albedo values for Mimas, Enceladus, Tethys, Dione, Rhea and Iapetus as derived from Cassini/CIRS measurements, *Icarus* 206(2), pp. 573-593.

Ostro, S. J., West, R. D., Janssen, M. A., Lorenz, R. D., Zebker, H. A., Black, G. J., Lunine, J. I. et al., (2006), Cassini RADAR observations of Enceladus, Tethys, Dione, Rhea, Iapetus, Hyperion, and Phoebe, *Icarus* 183(2), pp. 479-490.

16. 박지원이 상상한 달의 얼음 나무 _『열하일기』와 달

남상길, (2014), 『시헌기요』 상편, 남문현·남종진 옮김, 한국고전번역원 한국고전종합DB. [Online] http://asq.kr/XhaSnIt2b

문중양, (2011), 「전근대라는 이름의 덫에 물린 19세기 조선 과학의 역사성」, 《한국문화》 54권, 규장각한국학연구소, pp. 99-130.

박지원, (1968), 『열하일기』, 이가원 옮김, 한국고전번역원 한국고전종합DB. [Online] http://asq.kr/ZXU45rEh

이정, (2020), 「물질, 삶과 만나는 변방의 낯선 과학」, 《역사학보》 247호, 역사학회, pp. 489-512.

정훈식, (2021), 「조선후기 燕行錄에 기록된 청대 風俗 인식의 추이-김창업·홍대용·박지원의 연행록을 중심으로」, 《한국문학논총》 87권, 한국문학회, pp. 35-68.

최식, (2019), 「『熱河日記』에 비친 홍대용의 그림자」, 《대동한문학회지》 59권, 대동한문학회, pp. 51-91.

Costello, E. S., Ghent, R. R. and Lucey, P. G., (2021), Secondary impact burial and excavation gardening on the Moon and the depth to ice in permanent shadow, *Journal of Geophysical Research: Planets* 126(9).

Rubanenko, L., Venkatraman J. and Paige, D. A., (2019), Thick ice deposits in shallow simple craters on the Moon and Mercury, *Nature Geoscience* 12(8), pp. 597-601.

Vasavada, A. R., Paige, D. A. and Wood, S. E., (1999), Near-surface temperatures on Mercury and the Moon and the stability of polar ice deposits, *Icarus* 141(2), pp. 179-193.

Vondrak, R. R. and Crider, D. H., (2003), Ice at the Lunar Poles: That the Moon harbors ice at high latitudes is well knwon. The source of that water, however, may come as something of a surprise, *American Scientist* 91(4), pp. 322-329.

◦ 도판출처 ◦

27쪽   천년부경룡
           ⓒ박동찬(2008, Wikipedia, CC BY-SA 3.0)

30쪽   새 무늬 청동기(조문 청동기)
           ⓒ국립진주박물관(jinju.museum.go.kr, 공공누리 제1유형)
           〈조문 청동기〉, 가야, 청동, 9.0cm×6.6cm×0.2cm, 진주 10023

139쪽   카메라오브스쿠라
           public domain(Adolphe Ganot, 1864, An Elementary Treatise on Physics)

156쪽 (위)   WASP-76b(상상도)
           ⓒTrurle(2020, Wikipedia, CC BY-SA 4.0)

156쪽 (아래)   강철 비(상상도)
           ⓒESO/M. Kornmesser(2020, Wikipedia, CC BY-SA 4.0)

201쪽   약사여래
           ⓒ국립중앙박물관(www.museum.go.kr, 공공누리 제1유형)
           〈'회암사'명 약사여래삼존도〉, 조선 1565년, 비단에 금니,
           54.2×29.7cm, 보물 제2012호, 덕수3324

255쪽   천상열차분야지도
           public domain
           〈천상열차분야지도〉, 조선 17세기 후반, 종이, 145cm×88.5cm,
           서울대학교규장각 소장, 古軸7300-3

북트리거 일반 도서

북트리거 청소년 도서

곽재식의 고전 유람

이상한 고전, 더 이상한 과학의 혹하는 만남

1판 1쇄 발행일 2022년 8월 25일

지은이 곽재식
펴낸이 권준구 **ㅣ 펴낸곳** (주)지학사
본부장 황홍규 **ㅣ 편집장** 윤소현 **ㅣ 팀장** 김지영 **ㅣ 편집** 양선화 박보영 김승주
책임편집 김지영 **ㅣ 교정교열** 김정아 **ㅣ 일러스트** 이로우 **ㅣ 디자인** 스튜디오 진진
마케팅 송성만 손정빈 윤술옥 이혜인 **ㅣ 제작** 김현정 이진형 강석준
등록 2017년 2월 9일(제2017-000034호) **ㅣ 주소** 서울시 마포구 신촌로6길 5
전화 02.330.5265 **ㅣ 팩스** 02.3141.4488 **ㅣ 이메일** booktrigger@naver.com
홈페이지 www.jihak.co.kr **ㅣ 포스트** http://post.naver.com/booktrigger
페이스북 www.facebook.com/booktrigger **ㅣ 인스타그램** @booktrigger

ISBN 979-11-89799-79-3 03800

* 책값은 뒤표지에 표기되어 있습니다.
* 잘못된 책은 구입하신 곳에서 바꿔 드립니다.
* 이 책의 전부 또는 일부 내용을 재사용하려면 반드시 저작권자의 사전 동의를 받아야 합니다.

북트리거

트리거(trigger)는 '방아쇠, 계기, 유인, 자극'을 뜻합니다.
북트리거는 나와 사물, 이웃과 세상을 바라보는 시선에 신선한 자극을 주는 책을 펴냅니다.